LEGADO

NANCY HOLDER & DEBBIE VIGUIÉ

LEGADO

WICKED
LIVRO TRÊS

Tradução
Priscila Catão

Título original
WICKED
Legacy

Este livro é uma obra de ficção. Qualquer referência a acontecimentos históricos, pessoas reais ou localidades foi usada de forma fictícia. Outros nomes, personagens, lugares e incidentes são produtos da imaginação da autora, e qualquer semelhança com acontecimentos reais, localidades, pessoas vivas ou não é mera coincidência.

Copyright de *Legacy* © 2003 *by* Nancy Holder

Todos os direitos reservados.
Nenhuma parte desta obra pode ser reproduzida ou transmitida por qualquer forma ou meio eletrônico ou mecânico, inclusive fotocópia, gravação ou sistema de armazenagem e recuperação de informação, sem a permissão escrita do editor.

Copyright da edição brasileira © 2014 *by* Editora Rocco Ltda.

Publicada mediante acordo com a Simon Pulse,
um selo da Simon & Schuster Children's Publishing Division.

Direitos para a língua portuguesa reservados
com exclusividade para o Brasil à
EDITORA ROCCO LTDA.
Avenida Presidente Wilson, 231 – 8º andar
20030-021 – Rio de Janeiro – RJ
Tel.: (21) 3525-2000 – Fax: (21) 3525-2001
rocco@rocco.com.br
www.rocco.com.br

Printed in Brazil/Impresso no Brasil

preparação de originais
LUANA LUZ

CIP-Brasil. Catalogação na fonte.
Sindicato Nacional dos Editores de Livros, RJ.

Holder, Nancy
H674L   Legado/Nancy Holder, Debbie Viguié; tradução de Priscila Catão. – Primeira edição. – Rio de Janeiro: Rocco Jovens Leitores, 2014.
(Wicked; 3)

Tradução de: Legacy
ISBN 978-85-7980-189-1

1. Sobrenatural – Ficção infantojuvenil. 2. Bruxas – Ficção infantojuvenil. 3. Ficção infantojuvenil americana. I. Viguié, Debbie. II. Catão, Priscila. III. Título. IV. Série.

13-06692
CDD-028.5
CDU-087.5

O texto deste livro obedece às normas do
Acordo Ortográfico da Língua Portuguesa.

Para aquela que detém o legado da nossa família,
Elise Jones, uma verdadeira heroína.
— Nancy Holder

Para o meu pai, Richard Reynolds,
que sempre me apoiou e é o meu fã mais fiel.
— Debbie Viguié

AGRADECIMENTOS

☾

Gostaria de agradecer em primeiro lugar à Debbie, uma coautora incrível e uma amiga fantástica. E ao seu marido, Scott, que é o melhor dos melhores. Muito, muito obrigada a Lisa Clancy, a Lisa Gribbin e a Micol Ostow. Ao meu agente, Howard Morhaim, e ao seu assistente, Ryan Blitstein, a minha mais profunda gratidão. Obrigada a Art e Lydia; J&M'e; Melanie e Steve; Del e Sue; AngelaBAH Rienstra e Patmom; Allie Costa; meu marido do nunca Bill Wu; Liz Engstrom Cratty e Al Cratty; meu grande parceiro Steve Perry; Kym; Karen Hackett; Lisa Bayorek e Linda Wilcox.

— N. H.

Obrigada às duas Lisas da editora Simon & Schuster por todo o suporte e trabalho duro. A Mimi Viguié por todo o seu incentivo e amor. A David e Eunice Naples pela amizade de vocês. A Ted Rallis por sempre me escutar. Obrigada também a Brian Liotta pelo seu entusiasmo e por ser parte da minha família postiça. Como sempre, eu não teria sido capaz de fazer nada disso sem o amor e o apoio do meu marido, Scott.

— D. V.

LEGADO

Parte Um
Yule

☾

Quando o tronco de Yule está em brasas,
As bruxas saem à noite para brincar.
Mas, quando o ano enfim virar,
Bruxas vão se afogar, e bruxas vão queimar.

UM
OBSIDIANA PRETA

☾

Procurar e destruir, caçar e achar,
Todos eles mataremos
Eles vão implorar e suplicar
Com hidromel o sangue deles tomaremos.

Proteja-nos, Deusa, estamos suplicando,
As Cahors os céus estão chamando,
Sob seus braços conceda alento
E nos livre de todo sofrimento.

Confraria Cathers: Londres, dezembro

A Confraria estava fugindo

Holly Cathers, sua prima Amanda e seus amigos eram bruxos da luz tentando se esconder na escuridão num terreno controlado pela Suprema Confraria – composta de bruxos que louvavam o Deus Cornífero. Ao caminhar devagar pela escuridão cada vez maior, Holly não parava de rever as instruções que tinha, esperando, desesperada, que estivessem se aproximando de seu destino e da segurança.

Se é que existe segurança, pensou com amargura. Um ano e meio antes, ela era uma adolescente normal, feliz. Mas, por uma ironia cruel do destino, seus pais morreram num acidente, vítimas de uma maldição que atingia a quem se envolvesse com uma bruxa Cathers. Ela foi morar com uma tia distante e as primas gêmeas. Foi a partir daí que começou o caos total.

Holly descobrira fazia poucos meses sua herança: ela era a mais nova de uma longa linhagem de bruxas, uma descendente da antiga Confraria dos Cahors. Sua família estava envolvida há séculos numa rixa com outra Confraria de bruxos, os Deveraux. E agora Michael Deveraux estava atrás dela e de seus companheiros. Apesar disso, eles tiveram de ir para Londres, a sede da Suprema Confraria, em busca da prima desaparecida de Holly, Nicole.

Após aquele primeiro ano terrível, em que Michael matara a mãe de Amanda e Nicole, Nicole fugiu, assustada demais com a magia e com a perda para continuar em Seattle. Ela telefonara uma vez, meses depois, para alertá-las a respeito do perigo e para dizer que tentaria voltar para casa. Mas nunca conseguiu voltar; em vez disso, foi sequestrada pela Suprema Confraria.

A Confraria continuava a seguir em frente a passo de tartaruga, por causa do cansaço. Holly estava exausta após meses de luta. O estresse a afetava negativamente, e ela começava a se comportar de um jeito que antes consideraria abominável.

Agora, enquanto corriam para ficar o mais longe possível do perigo, os outros seguiam a certa distância de Holly, deixando-a sozinha no meio da agitada tarde londrina. Assim como os transeuntes evitavam por instinto as bruxas de mantos, o restante da Confraria evitava chegar perto demais de sua líder.

Obsidiana Preta

Eles estão com medo de mim, pensou Holly Cathers conforme ela e os membros de sua Confraria atravessavam depressa a Oxford Street. *Com medo do meu poder, com medo de que eu vá perder a calma de novo.*

E eles têm razão de estar com medo.

Não sei se consigo mais me controlar. Isabeau está me inflamando por dentro, está me fazendo desobedecer e ir até Jer. O marido dela, Jean, consegue se manifestar através dele, e ela o quer...

... ela quer tanto amá-lo quanto matá-lo, para poder descansar...

Aguarde o momento certo, minha parente. Deixe-me fazer o que eu disse que ia fazer.

Holly quase conseguiu escutar a resposta de Isabeau: *Então me ajude a fazer o que eu disse que faria: matar o meu único amor, o meu único ódio.*

Terei de perambular através do tempo e do espaço, presa à Terra, até ele morrer de verdade...

– Não – sussurrou ela, depois fechou a boca e seguiu em frente. Isabeau, ancestral de Holly, morrera traindo a confiança do marido, Jean Deveraux, seis séculos antes.

Agora ela permanece viva dentro de mim, pensou Holly, com amargura. *E Jean permanece vivo através de Jeraud Deveraux. Os dois não nos deixarão em paz.*

Isabeau e Jean eram casados; foram peças no jogo mortal conduzido por suas famílias – foi isso que causou a destruição dos dois. Agora, Isabeau e Jean estavam amaldiçoados: teriam de perambular pelo mundo como espíritos até conseguirem concretizar a maldição que um tinha lançado sobre o outro... Isabeau, que prometera à mãe, a cruel rainha Catherine, que mataria Jean, estava condenada a ficar no mundo, presa à Terra, até conseguir cumprir sua promessa de matar o marido.

Jean prometera vingar-se de Isabeau após ela trair a família dele em favor de Catherine. Graças à falsidade dela, todos os homens, mulheres e crianças de sangue Deveraux foram queimados vivos. Bebês. Até o gado foi queimado vivo. Jean foi o único a escapar, mas com queimaduras terríveis.

Jeraud Deveraux tinha sido queimado, assim como Jean, pela mulher que ele amava...

A cada nova geração, Jean e Isabeau tentavam possuir membros de suas próprias famílias. Seria por meio deles que se libertariam do amor e do ódio, voltando para dentro da terra uma última vez... quem sabe para encontrar a paz nos braços dos anjos ou um no outro...

Todas as gerações tinham fracassado.

Na época de Holly, era ela a hospedeira relutante de Isabeau. Jeraud Deveraux, filho de seu terrível inimigo, Michael, era quem Jean utilizava. A paixão e o ódio ferviam nos dois enquanto Jean e Isabeau se perseguiam através do tempo e do espaço, amando-se e odiando-se, desejando e então impedindo a morte do outro...

Holly balançou a cabeça. Isabeau tinha passado a se comunicar mais com ela nos últimos tempos, invocando tudo o que havia de frio e de selvagem em seu interior. Estava ficando difícil ignorá-la, delimitar quando era Isabeau, quando era apenas Holly.

Ela deu uma olhada ao redor, perguntando-se quanto mais ela e seus companheiros de Confraria teriam de andar. Fazia um frio opressivo em Londres; a neve cor de granito cascateava do céu cor de lápide, e o vento gélido congelava até os ossos. Os ônibus de dois andares e os táxis pretos antiquados aglomeravam-se ao redor da rotunda lotada; os pedestres arrastavam-se, mal-humorados e soltando vapor pela boca.

Lá em cima, sete falcões, lacaios dos Deveraux, rodopiavam à procura de Holly e sua Confraria. Holly foi a primeira a percebê-los e observou-os com atenção: estavam nos postes do lado de fora da Victoria Station, os olhos pequeninos e fulminantes indo de um lado para o outro, checando cada passageiro que passava apressado.

Lá em Paris, a Sacerdotisa-Mor da Confraria Mãe tinha lançado feitiços de invisibilidade sobre a Confraria de Holly para protegê-los dos Deveraux – de toda a Suprema Confraria, para falar a verdade. Como não queria colocar tal proteção à prova, Holly e os outros voltaram em disparada para dentro da estação e logo pegaram o metrô em direção a Essex Square, mas, de alguma maneira, os pássaros sentiam a presença das bruxas e não saíam da cola do grupo.

Naquele momento, as asas deles formavam silhuetas mortais contra as luzes dos letreiros em neon e dos postes já acesos, apesar de serem apenas quatro da tarde. No inverno, os dias de Londres eram curtos; já a noite, soberana. Camuflados em meio aos guarda-chuvas escuros, os pássaros desciam mais e procuravam, sem serem percebidos pelos londrinos comuns, pois eram criaturas do mundo da magia, visíveis apenas para quem também pertencesse a esse mundo. Mas, até aquele momento, elas não tinham conseguido localizar o seu alvo.

Legado

A Confraria seguia em frente com pressa. Junto de Holly e Amanda estavam os outros membros da Confraria: Tommy Nagai, melhor amigo de Amanda; Silvana Beaufrere, amiga de infância de Amanda; e Kari Hardwicke, bastante relutante. Antes de Holly chegar, Kari fazia parte da Confraria de Jer e era amante dele.

Holly suspirou ao olhar para ela. Kari nunca a perdoara por tê-lo abandonado no colégio enquanto ele era consumido pelo Fogo Negro, lançado por seu pai e seu irmão. Passou meses achando que Jer estava morto, e os membros de sua Confraria acabaram se juntando a Holly e seus amigos. Agora toda a confraria de Jer estava morta, exceto por Kari, que não queria mais fazer parte daquilo.

Kari tinha acompanhado Holly a Londres apenas porque a Sacerdotisa-Mor da Confraria Mãe lhe informara que ela provavelmente seria assassinada ou sequestrada pela Suprema Confraria caso abdicasse da relativa segurança de ficar com um grupo mais numeroso. Tudo o que ela queria era voltar para Seattle e, assim como Nicole Anderson, esquecer que tinha aprendido que a magia e a bruxaria eram forças reais no mundo.

A nova integrante do grupo deles – ou até mesmo integrante oficial da Confraria – era Sasha Deveraux, mãe de Eli e Jer e esposa de Michael, com quem não falava há tempos. A adorável mulher, ruiva e de olhos verdes, tinha pedido para acompanhá-los, pois queria salvar seu querido filho Jer e afastá-lo completamente do Deus Cornífero e de toda a escuridão que estava associada a esse mundo... era o que Sasha esperava.

E era também o que Holly esperava.

Mas Holly tinha prometido à Confraria Mãe – e à irmã de Nicole, Amanda – que primeiro eles salvariam Nicole. Após ela ser resgatada da Suprema Confraria – *e como é que a gente vai conseguir fazer isso?* –, Holly ficaria livre para ir atrás de Jer.

Espero que eu consiga cumprir essa promessa.

A Confraria Mãe tinha ajudado protegendo o grupo no caminho até Londres; eles tinham ido de trem e de barca, e durante o percurso Holly não parou de pensar na maldição de sua família, a de que todos que os amassem morreriam afogados. Foi por isso que ela se recusou a pegar o Chunnel, o túnel subterrâneo que transporta viajantes por baixo do Canal da Mancha. No fim das contas, ela começou a achar que a balsa não era tão arriscada quanto o túnel e passou a viagem inteira revivendo o pesadelo do ataque à balsa em Seattle, quando o grupo perdeu Eddie.

Quando eu perdi Eddie, corrigiu a si mesma. O rosto dele ainda a assombrava, assim como a certeza de que ele tinha morrido porque ela escolhera salvar a prima, Amanda, em vez dele. Esse era um segredo que não tinha contado para ninguém. *Apenas mais um entre tantos nos últimos tempos.* Suspirou, frustrada. Ser a líder do grupo significava ter de tomar as decisões mais difíceis, escolher o que devia ser sacrificado. *Ei, só quero ficar com a consciência limpa*, pensou com amargura. Mas a verdade era que ela começava a assustar até mesmo a si própria.

Pela centésima vez, pensou na grande batalha dentro da baía e em seus arredores, contra as legiões de Michael.

Legado

Lembrou-se da promessa que tinha feito à sua ancestral, a poderosa Catherine. A promessa de que seria digna de levar em frente a herança dela.

Estremeceu, mas não por causa do frio intenso. Não sabia ao certo o que teria de fazer, quanto mais de sua alma teria de sacrificar para ser digna disso. As visões que tivera de Catherine, do ponto de vista de sua filha, Isabeau, foram insuportavelmente horrendas. Balançou a cabeça e, ansiosa, olhou para o céu.

Concentre-se; pense apenas na tarefa a ser cumprida.

Holly olhou para o pedaço de papel em sua mão; era o endereço do esconderijo da Confraria Mãe. A dona dele estava pondo a si mesma em risco ao abrir as portas para a Confraria Cathers. Mais uma vez, Holly percebeu o quanto a Confraria Mãe era fraca em relação à Suprema Confraria – diferentemente do fantástico exército de fantasmas que ela tinha guiado pelo interior da Elliot Bay para salvar Kialish e Silvana... apesar de apenas Silvana ter sobrevivido.

Eram todos Cahors, pensou ela, o coração batendo rápido. *Fortes, selvagens e corajosos. Eles me chamaram de sua rainha... e Catherine disse que eu era a única capaz de manter o nome da família vivo...*

Mas preciso de Jer para fazer isso. A magia dele, junto com a minha, vai nos dar o poder necessário para derrotar a Suprema Confraria. Sinto isso. Sei disso...

Oui, ma belle, sussurrou uma voz dentro de sua cabeça. Alors, *vá até ele. Agora.* Vite.

Era Isabeau.

Dividida, Holly gesticulou para os outros, apontando para a lanchonete do outro lado da rua. Era um ponto de referência – ali eles deveriam virar à direita e em seguida percorrer o segundo beco estreito. O contato estaria observando da janela, à espera.

Kari lançou um olhar suplicante para o restaurante – eles não comiam havia horas –, mas Holly balançou a cabeça com firmeza. Tinham de abrir mão de certos confortos até ficarem fora de perigo... ou pelo menos até saírem da rua.

A Confraria virou à direita, obediente, um pouco atrás de Holly. Seu rosto estava ardendo; ela estava com vergonha, na defensiva, ainda se lembrando de quando quase lançou uma bola de fogo para cima do grupo no Templo da Lua, a área mais sagrada da Confraria Mãe. Ela insultara Hecate, uma das formas mais reverenciadas da Deusa – e também o nome da familiar de Nicole, que Holly sacrificara em nome do poder.

Eles ficaram chocados por eu ter feito aquilo... mas sou eu que tenho de fazer com que sobrevivam aos ataques de Michael Deveraux. Sacrifiquei um pedacinho da minha alma por eles, e eles só conseguem pensar em como sou uma pessoa horrível por ter afogado a gata.

Ela colocou as mãos nos bolsos do casaco preto de lã e baixou a cabeça, pressionando os lábios com raiva. *Como é mesmo o ditado? "Está sempre pesada a cabeça coroada..."*

Amanda aproximou-se depressa e puxou a manga do casaco da prima. Holly olhou para ela; Amanda estava apontando o dedo para cima, com o rosto pálido.

Os sete falcões haviam formado uma fileira no peitoril do prédio de dois andares do outro lado da rua; eles inclinaram a cabeça na direção da Confraria em fuga, com as penas preto-azuladas reluzindo à luz da rua, que também fazia seus olhos brilharem. Batiam os bicos de forma delicada mas ameaçadora, e suas garras agitavam-se na varanda enquanto se deslocavam com cuidado, no mesmo ritmo rápido dos passos de Holly.

Amanda olhou para ela, como se perguntasse: *E agora, o que fazemos?*

O rosto de Holly estava tomado pelo medo, e seu coração trovoava dentro do peito. Ela cerrava os punhos dentro dos bolsos para não gritar.

Será que conseguem nos ouvir?

Será que nos encontraram?

Ela não sabia se devia evitar o olhar deles ou observá-los para ver o que fariam em seguida. Foi então que percebeu: o falcão do meio – havia três de um lado dele, três do outro – tinha um brilho verde sinistro; e também era maior do que os outros. Havia algo que o diferenciava do restante; ele era o líder, era sombrio... e sobrenatural. Será que era Fantasme, o espírito familiar da Confraria dos Deveraux, que havia sobrevivido aos séculos em parte como uma representação e em parte como coisa viva e real? Tinha sido Fantasme que salvou o irmão de Jer, Eli, do Fogo Negro tantos meses antes.

O falcão-líder piou uma vez, depois se soltou do peitoril e começou a voar pela rua.

Holly virou-se para avisar aos outros que era para ficarem quietos. Tommy tapou a boca de Kari com a mão a tempo, balançando a cabeça com vigor. Os olhos de Kari arregalaram-se. Tommy continuou com a mão sobre a boca de Kari, e Holly acenou com as duas mãos para dizer a ela: *Não! Pare!*

Então o rufar das asas chamou sua atenção. Olhou para cima e viu os falcões virando em direção ao grupo, as garras para fora e os bicos batendo.

Os falcões estão atacando!

Pensou em Barbara Davis-Chin, que tinha sido atacada por um falcão após o funeral dos pais de Holly e que ainda estava à beira da morte num hospital em São Francisco. Naquela época, Holly não fazia ideia de que os falcões eram servos de Michael Deveraux e de seu perverso filho, Eli. Não fazia ideia da existência do mundo da magia, nem de que ela mesma era uma das principais peças desse jogo.

Ainda sem falar nada, Holly gesticulou para que todos corressem.

Ela não olhou para o restante do grupo enquanto corria pela calçada, mas esperou que os outros mantivessem o ritmo – contava com isso – e se perguntou se não deveria desobedecer ao édito da Confraria Mãe de não usar magia nas ruas de Londres, a não ser que estivessem correndo perigo de morte.

– Se usar algum feitiço, eles vão saber exatamente onde você está – alertara a Sacerdotisa-Mor para Holly. – A única chance que você tem contra eles, enquanto tenta resgatar Nicole, é ficar escondida.

E sem fazer nada. E desarmada, pensou Holly naquele instante. *Estamos em perigo. Será que devo romper o manto da invisibilidade para poder lutar?*

Legado

O falcão-líder moveu a cabeça da maneira típica de um pássaro – girando-a para a direita e para a esquerda – e depois voltou para o meio do céu tempestuoso. Os outros também subiram, formando um "V" atrás dele, e então se lançaram em direção à lua como foguetes.

Holly ficou tão surpresa que tropeçou no próprio pé e caiu. Seu tornozelo latejava enquanto ela se arrastava para a parede do prédio mais próximo.

Sasha correu até ela e apontou o dedo como se fosse lançar um feitiço. Holly balançou a cabeça descontroladamente, e Sasha parou na hora, encurvando-se e estendendo a mão em direção à garota, um gesto comum para ajudá-la a se levantar. Holly agarrou o pulso de Sasha, deixou que ela a erguesse e gemeu por causa da dor no tornozelo.

As duas olharam para cima.

O pássaro-líder brilhante quase parecia ter desaparecido diante da lua, enquanto os outros transformavam-se em linhas pequenas e móveis... e logo depois também desapareceram. Holly não sabia se eles de fato tinham sumido, indo parar em outro lugar, ou se tinham apenas voado para tão longe que não dava mais para vê-los.

Talvez voltem.

Sem querer se arriscar, ela saiu mancando, gesticulando com a mão para que os outros fizessem o mesmo. Conseguia ouvir os passos do grupo, mas logo escutou alguém parando. Virou-se e viu Kari paralisada, confusa e em pânico. Tommy agarrou a mão dela e a puxou para a frente; ela balançou a cabeça mais uma vez e continuou no mesmo lugar.

Obsidiana Preta

Ela está surtando.

Amanda olhou para Holly com uma expressão meio exasperada, depois correu para Kari e segurou a outra mão dela. Silvana fez gestos para animá-la enquanto Tommy continuava segurando-a, e, juntos, ele e Amanda a puxaram para a frente, como um cavalo puxado pelas rédeas.

Holly fulminou Kari com o olhar, mas Sasha deu um tapinha no ombro da líder, como se dissesse: *Pegue leve com ela.* Então passou o braço de Holly sobre os seus próprios ombros e a ajudou a andar.

No mesmo lado em que estavam da rua, a uns trinta metros de distância, uma porta se abriu.

Um homem colocou a cabeça para fora, avistou-os e ergueu a mão.

Sasha e Holly olharam uma para a outra. Holly moveu os lábios: *Um homem?*

Eles estavam esperando uma mulher; o único homem que conheciam relacionado à Confraria Mãe era Tommy. Ele estivera presente no templo durante a cerimônia para renová-los após as batalhas contra Michael Deveraux e também durante o longo voo de Seattle a Paris no jatinho particular da Confraria Mãe.

O homem era jovem, talvez da mesma idade de Holly, e gesticulou para que o grupo se apressasse. Sasha puxou Holly para a frente sem dizer nada; Holly fechou os olhos com firmeza por causa da dor e depois olhou por cima do ombro para se assegurar de que os outros estavam por perto.

E estavam. Quando Sasha e Holly chegaram à porta, todos já estavam juntos.

Legado

No momento em que Holly passou pela soleira, seu tornozelo sarou. Ela ergueu as sobrancelhas, alegremente surpresa.

Após todos entrarem no prédio, o homem fez uma pequena reverência e disse para Holly:

– Que assim seja. – E depois acrescentou: – É seguro conversarmos aqui dentro. Este lugar é muito bem protegido.

– Obrigada – disse ela em gratidão, deixando de lado a tradicional saudação da Confraria Mãe. O que era algo rude de se fazer. Talvez fosse imaturo da parte dela, mas estava com raiva da Confraria, que deveria ter protegido mais o grupo durante a viagem. – E *você* – continuou ela, virando-se para Kari – nunca mais coloque o restante da Confraria em perigo.

– Ou o quê? – desafiou Kari com os olhos fulminando-a. – Vai jogar outra bola de fogo para cima de mim?

– Ei! – Amanda parou entre as duas. E disse para o homem: – Que assim seja. – Ela pronunciou cada sílaba com calma, como se quisesse lembrar a Holly como se diziam aquelas palavras.

– Que assim seja – acrescentaram Silvana e Tommy.

Silvana estendeu a mão.

– Meu nome é Silvana; este aqui é Tommy.

– Meu nome é Joel – apresentou-se ele, apertando a mão dela. Holly detectou o *R* gutural típico dos escoceses. – Sou bruxo.

– E não um feiticeiro? – acrescentou Holly, um pouco perplexa.

– Isso mesmo – respondeu ele. – Eu louvo a Deusa.

Obsidiana Preta

Houve um momento de silêncio em honra à Deusa.

– Disseram que uma mulher estaria nos aguardando – explicou Holly. Então percebeu que na verdade não tinham dito nada a respeito de quem os aguardaria. Talvez ela tivesse apenas presumido que seria uma mulher.

Ele franziu a testa.

– Que estranho. Como está vendo, não sou uma mulher.

Holly e sua Confraria olharam para ele com desconfiança. Ele estendeu as mãos; em cada palma estava gravada a lua, o símbolo da deusa. Holly ainda não estava convencida.

– Existe alguma maneira de você contatar a Confraria Mãe? – perguntou ele. – Para poder verificar as minhas credenciais.

Assim como o uso da magia, Holly havia sido avisada de que, caso tentasse se comunicar com a Confraria Mãe, os inimigos também perceberiam a presença dela.

Ela olhou friamente para Joel e disse:

– Nós vamos ficar aqui por um tempo. Mas, se fizer qualquer coisa minimamente suspeita, mato você. Combinado?

– *Holly* – protestou Kari, mas a garota não respondeu, apenas ficou encarando Joel calmamente.

– Combinado – disse ele de modo sombrio. – Garanto que estamos do mesmo lado.

– Contanto que isso continue assim, está tudo bem entre nós – respondeu Holly.

Ele inclinou a cabeça, e o clima tenso sumiu do ambiente.

Holly deu uma olhada ao redor e percebeu que era uma loja de suvenires. Na vitrine, havia conjuntos de chá feitos de porcelana inglesa, e as prateleiras estavam cheias de bonecos vestidos como os alarbadeiros da Torre de Londres ou como marinheiros reais, junto a pilhas de cachecóis com estampas xadrez ou tartan.

Talvez eu encontre algo que possa levar para casa, pensou ela, irônica. *Mas preferia que fosse a cabeça de Michael Deveraux.*

Ficou um pouco chocada ao perceber que estava sendo sincera.

– Por favor, tirem os casacos e fiquem à vontade – pediu ele enquanto virava a placa da entrada para o lado que dizia FECHADO e puxava as cortinas, obstruindo a vista da rua. – Vou preparar um pouco de chá.

O grupo começou a fazer exatamente isso quando ele atravessou uma cortina, deixando a Confraria a sós.

– Foi tão assustador o que aconteceu lá, com os pássaros – disse Amanda enquanto levava o casaco para o cabideiro que ficava ao lado da porta de madeira escura. – Acho que eles não conseguiram descobrir onde a gente estava.

– Eles estavam perto demais para o meu gosto – observou Silvana, balançando as tranças nagôs para tirar a neve delas.

– Não foi um bom sinal – observou Sasha. – Era para estarmos completamente invisíveis. A Suprema Confraria deve estar se esforçando muito para nos encontrar.

– Ah, que bom – disse Tommy devagar.

– Por favor, entrem – chamou Joel de trás da cortina.

Holly entrou primeiro, sentindo-se apreensiva. Murmurou metade de um feitiço para formar uma bola de fogo e afastou a cortina.

Ela entrou na sala de estar do que devia ser a área onde ele residia. Havia um sofá bem acolchoado com uma estampa de rosas enormes e uma poltrona ao lado, formando um ângulo de noventa graus. Na mesa de centro diante do sofá havia um anel feito de pedras rúnicas, uma vela de lavanda acesa e uma estátua da Deusa em sua encarnação como a Virgem Maria.

Um aquecedor zunia do outro lado do sofá, e, por instinto, Holly moveu-se em direção ao calor.

Gesticulando com animação, Joel disse:

– Por favor, sentem-se. A Sacerdotisa-Mor disse que era para eu deixá-los bem à vontade.

Ele entrou numa pequena alcova que servia de cozinha. Silvana aproximou-se furtivamente de Holly e falou:

– Estou com uma sensação boa a respeito dele. Não estou sentindo nenhuma vibração negativa.

Holly inclinou a cabeça.

– Não sabia que você era capaz de sentir como as pessoas são.

Silvana deu de ombros.

– Não de uma maneira mística. É só intuição.

Joel voltou com uma bandeja oval cheia de xícaras de chá e com toda a miríade de coisas que os britânicos usam para tomá-lo. Holly gostava do sabor de grandes quantidades de açúcar e creme.

– A gente pode fazer magia aqui dentro? – perguntou Tommy.

– Sim. Magia. – Joel sorriu para ele enquanto colocava a bandeja na mesa de centro. Em seguida corou e desviou o

olhar. Tommy sorriu ao perceber que Joel estava flertando.
– Também tenho algumas camas dobráveis para vocês... – completou Joel. – No meu quarto. – Para Holly, ele acrescentou: – Você pode ficar com a minha cama, claro.

– Tratamento digno de uma rainha – murmurou Kari.

Holly não reagiu. – Ela não se incomodava mais com aquilo. O ressentimento de Kari era coisa antiga, bem entediante. Mas Amanda, sempre leal, retrucou:

– Cale a boca, Kari.

– Vamos todos ficar calmos – sugeriu Sasha, estendendo as mãos. Ela havia tirado o casaco. Ao ver o rosto suave, quase infantil, e o corpo esguio dela, era difícil acreditar que tinha idade suficiente para ter dois filhos. Tinha a aparência que muitas meninas têm no início da adolescência. Holly também achava difícil acreditar que Sasha tivesse sido casada com Michael Deveraux. Ela era tão legal.

– Nós fomos atacados – disse Holly a Joel enquanto se sentava no sofá. A calça jeans estava úmida por causa da neve, e as botas estavam completamente ensopadas. – Você viu os falcões?

– Sim. – O seu sorriso tímido voltou. – Lancei um feitiço, tentei fazer vocês continuarem invisíveis.

– Funcionou – falou Tommy enquanto se sentava ao lado de Holly e aceitava uma xícara de chá de Joel. – Obrigado. Pelo chá também.

– Mas e agora? – perguntou Holly. Ela estava exausta, mas também imensamente agitada. Vivia num estado de tensão constante; era como se fugir da própria vida tivesse sido a única realidade desde sempre. Como se ser uma garota em

São Francisco com um emprego no estábulo de cavalos e pais que brigavam muito fosse apenas algum sonho estranho que tinha pegado emprestado de outra pessoa durante certo tempo.

Será que algum dia vou conseguir relaxar de novo? E, mesmo se eu não estivesse correndo risco, será que me lembraria de como é não ter que ficar prestando atenção em tudo? À procura de algum perigo, com um sono leve e breve?

Holly deu um gole no chá e ficou pensando nessas coisas. Pelas expressões no rosto dos outros, eles também estavam pensando em algo semelhante.

Amanda olhou para ela e, por trás do vapor do chá, murmurou:

– Que assim seja, Holly.

Não há nada de bendito nessa situação, pensou Holly com raiva. Mas ela deu a sua prima o que ela queria: um sorriso – que não chegou nem perto do coração isolado e frio de Holly.

Nicole: sede de Londres, Suprema Confraria, dezembro

A "suíte de núpcias" da sede da Suprema Confraria era decorada com cenas de pesadelos.

Nicole recostou-se na cabeceira da cama, entalhada com figuras humanas deformadas e grotescas – diabretes – adorando o Deus Cornífero, que tinha sido entalhado no centro, em cima de uma pilha de crânios humanos. *Que lindo*. As cortinas que cercavam a cama de ébano com dossel eram de um tom de carmim claro, e nelas havia o rosto malicioso de Pã, o deus florestal da luxúria.

Legado

Ao ouvir a porta se abrindo, ela endireitou a postura e puxou os joelhos em direção ao peito, murmurando um feitiço de proteção. Um retângulo transparente e azulado formou-se ao redor da porta.

James Moore, noivo de Nicole, deu uma risadinha ao atravessar o retângulo e fez um gesto com a mão esquerda. O retângulo estourou como uma bolha de sabão, e o que restou dele voltou para dentro do vazio de onde tinha aparecido.

– Vai precisar fazer mais do que isso se quiser me manter longe de você – disse ele, rindo. – É melhor se conformar logo, Nicki. A sua magia não chega nem perto da nossa. Seria até melhor se você se rendesse logo como minha serva por vontade própria, pois no Yule eu vou forçá-la a fazer isso de todo jeito.

Ele tinha descolorido o cabelo, que estava branco, e vestia uma calça jeans, uma camiseta e uma jaqueta de couro pretas. Sua orelha esquerda era furada, e havia uma argola preta de metal pendurada.

– Não sei por que está se dando a esse trabalho – falou ela com tristeza.

O sorriso dele aumentou.

– Porque você é gostosa.

– Você me dá nojo.

Ele riu.

– Não, não dou. – Ele tirou a jaqueta, soltou-a no chão com displicência e foi em direção à cama. – Dou, sra. Moore?

Não vou chorar, Nicole ordenou-se. *Não vou fazer nada. Vou só ficar sentada aqui...*

James aproximou-se dela de maneira furtiva, como um jaguar diante de uma presa. Ela cerrou os punhos ao redor dos joelhos e fechou a boca para não gritar.

— Eu sei o que você fez comigo – informou ele enquanto baixava o braço e puxava a camiseta por cima do peito. – Quando a capturamos, você lançou um encantamento em mim. Até mesmo naquela hora eu já sabia disso. Mas deu errado, não foi, Nicki? Você não achou que eu realmente me casaria com você. Achou apenas que eu me apaixonaria por você e a soltaria.

— Sim – sibilou ela, quebrando a própria promessa de não respondê-lo de maneira alguma. – Eu o enfeiticei. E agora se casou comigo e você... você... – Ela não terminou a frase, desamparada. – Você não se importa com o fato de eu não o amar?

Ele piscou os olhos azuis e profundos.

— Não. Por que me importaria? Sou um feiticeiro. Nós não acreditamos no amor. – Ele deu uma risadinha baixa dentro da garganta e acrescentou: – Mas na luxúria nós acreditamos.

Então ele foi para a cama, e Nicole transportou-se para outro lugar...

— *Isabeau, ma vie, ma femme* – sussurrava Jean intensamente. – *Comme je t'aime! Comme je t'adore!*

Ela estava deitada embaixo dele, na cama de recém-casados dos dois, num colchão repleto de amuletos de fertilidade. Havia rosas espalhadas por todo o aposento – rosas em pleno inverno, forçadas a florescer pela magia dos Deveraux.

Legado

Eu também estou sendo forçada, pensou ela, mas estava mentindo para si mesma. Entregava-se a ele por vontade própria; não, ela o desejava, possuía-o assim como ele a possuía...

Jamais sonhei que uma paixão como essa pudesse existir, pensou ela enquanto, à luz das velas, os olhos de Jean refletiam o fogo. O rosto dele era uma mistura de êxtase e de triunfo. *E é ele que me proporciona isso; ele é o centro do fogo que queima dentro de mim... eu queimo com ele, queimo por causa dele...*

E, no pequeno apartamento londrino de Joel, Holly gritou e levantou-se de um pulo. Estava coberta de suor, com o coração em disparada.

Da porta do quarto, Amanda ligou a luz e perguntou:

– Holly, o que foi? O que há de errado?

– Foi um pesadelo, só isso – tranquilizou-a Holly enquanto afastava os cachos escuros da testa úmida. – Desculpe. Volte a dormir.

Amanda hesitou.

– Tem certeza? Meu Deus, você está ensopada.

– Estou bem – insistiu Holly, erguendo a voz. – Vá. Está tudo bem.

– Mas...

– Que droga, Amanda! Me deixe em paz! – gritou Holly. *Quero voltar a dormir.*

Para poder ficar ao lado dele mais uma vez.

Chocada, Amanda ficou encarando Holly enquanto ela fechava os olhos e se virava de lado.

Aconteceu alguma coisa com ela, pensou Amanda. *Ela está tão malvada desde que sacrificou Hecate.*

Estou com medo. Todos nós estamos. É para ela ser a nossa líder, mas não sei para onde está nos levando. Será que estamos mesmo indo resgatar Nicole ou será que Holly vai nos obrigar a procurar Jer?

Infelizmente, Amanda não era capaz de prever o futuro e, mesmo se fosse, não sabia se gostaria de fazer isso. Só o tempo revelaria as intenções de Holly. Enquanto Holly estava deitada, imóvel, Amanda saiu do quarto e fechou a porta.

Sede da Suprema Confraria, Londres, 1676

Luc estava diante do Conselho de Julgamento reunido, que o observava de uma plataforma. Dez anos antes, ocorrera o Grande Incêndio de Londres – era assim que estava sendo denominado –, iniciado por ele e por Giselle Cahors enquanto brigavam em público. Dez anos a Suprema Confraria tinha esperado para que a Confraria dos Deveraux revelasse o segredo do Fogo Negro em troca de redenção. O trono de crânios, que já tinha sido ocupado por sua família, rangia com o peso de Jonathan Moore, que ainda reinava como Mestre da Suprema Confraria. O brasão vermelho e verde dos Deveraux, com o rosto orgulhoso e intenso do Homem Verde, estava pendurado atrás do trono, simbolizando a posse dele pela família. Havia um homem encapuzado ao lado da tapeçaria com borlas, segurando uma tocha, apenas aguardando a ordem para poder envergonhar Luc encostando a chama na insígnia de honra da família.

Legado

Apesar de Luc continuar com a cabeça erguida, ele estava apavorado. Não era apenas a sua vida que estava em risco, era também a sua alma. E por quê? Por causa de uma discussão estúpida com a bruxa Cahors. Foi uma tolice atacá-la à luz do dia na frente de Londres inteira.

É o meu sangue esquentado de Deveraux, disse para si mesmo. Até o mais forte de nós fica completamente furioso ao ver um Cahors. *Eles quase nos destruíram, e nós fizemos o voto de exterminar todos eles desta terra e de todas as outras. Nós fizemos juramentos de sangue, de pai para filho, para filho, para filho, dizendo que não haverá lugar algum em que eles ficarão protegidos de nós. O juramento nos enfeitiçou. Não conseguimos nos segurar; ao ver um deles, temos que atacar.*

Agora ele estava diante dos juízes. Eram treze no total, todos de beca preta, típica da sua posição, com pesadas correntes douradas enfeitando os ombros e o peito. Por causa dos capuzes, mal dava para ver os seus rostos. Estavam sentados um ao lado do outro numa fileira de cadeiras de encosto alto com um pentagrama entalhado. Havia uma mesa comprida na frente deles, e diante de cada um estava uma tigela de sal, um cálice de vinho e uma vela preta acesa.

Atrás deles, no vitral da janela, havia o Grande Deus Cornífero devorando demônios e humanos, que gritavam por misericórdia. Chamas dançavam atrás dele e, de sua boca aberta, saía uma cascata vermelha que caía numa piscina situada atrás das cadeiras de ébano gigantescas, onde estavam os juízes.

Jonathan Moore deu-lhe um sorriso maldoso enquanto Luc encarava os inquisidores. Ele sabia muito bem que, se a sentença do seu contratempo dependesse apenas de Moore, ele seria transformado numa torre de chamas naquele mesmo instante. Seria o próprio Satã quem se banquetearia com sua alma.

Mas o voto de Moore era apenas um no meio de vários, e os Deveraux ainda tinham muitos amigos – amigos cujas fortunas dependiam dos sucessos e insucessos da Confraria dos Deveraux.

– Luc Deveraux – disse Moore. Seu sorriso esmoreceu, e a testa se franziu. O coração de Luc disparou. *As notícias são boas*, pensou ele. *Se fosse o pior dos casos, ele me contaria com alegria no coração e um sorriso no rosto.*

Luc, que estava com as pernas afastadas, ergueu o queixo, lembrando-se de que, enquanto estivesse vivo, teria a oportunidade de tentar restaurar os Deveraux ao poder. E, para isso, tudo que precisava fazer era sobreviver.

Com um floreio, Moore desenrolou o rolo de velino e começou a ler:

– Você lutou em público, dando provas da existência das Artes Negras para os homens comuns – começou ele. – Você provocou um desastre na cidade de Londres, colocando em perigo a nossa sagrada sede. E, aumentando ainda mais a sua lista de crimes, você deixou a bruxa Cahors escapar.

– É tudo verdade – admitiu Luc com ousadia.

Moore olhou sobre o topo do rolo. Estava na cara que o que ele tinha a dizer não o deixava muito contente.

– Dez anos atrás, nós o informamos de que tudo isso seria perdoado caso você nos revelasse o segredo do Fogo Negro, um segredo que a sua família manteve escondido desta irmandade por tempo demais.

Legado

— Nós compartilharíamos um segredo como esse por vontade própria caso soubéssemos como ele funciona – disse Luc. Ele estendeu as mãos, que estavam acorrentadas. – Infelizmente, não é esse o caso.

Vários dos juízes olharam para ele de soslaio, como se não estivessem acreditando. Ele estava extremamente frustrado. Alguns Deveraux já haviam sido torturados até a morte porque certas pessoas acreditavam que eles ainda detinham o segredo do Fogo Negro. Foram perseguidos, colocados em situações de risco, abandonados. Perdurou por séculos essa crença de que os Deveraux detinham o segredo e aguardavam o momento propício para conjurar o Fogo Negro. *Quem me dera que isso fosse verdade*, pensou ele.

— Como está sendo tão recalcitrante – prosseguiu Moore –, eis a nossa sentença: que a sua família seja exilada desta Confraria e da Europa por um período de cem anos, quando a sua Confraria poderá pedir para fazer parte da irmandade mais uma vez. Vocês não devem ter contato algum conosco por cem anos. Se durante esse tempo vocês descobrirem que são capazes de conjurar o Fogo Negro mais uma vez, então poderão nos contatar. Caso contrário, nós romperemos todos os laços com a sua Confraria.

Ele ficou encarando-os, sem acreditar. *Eles estão me concedendo a minha liberdade?* Permitindo a sua família elaborar uma conspiração sem ter de dar explicações à Suprema Confraria?

Luc quase riu bem na frente deles. Não acreditava no quanto estavam sendo idiotas.

— A sua família será exilada para as Américas – prosseguiu Moore – por cem anos. Vocês estão obrigados a ficar lá.

Se um Deveraux, ou um familiar dos Deveraux, colocar um pé no oceano, nós exterminaremos toda a sua família.

Ele estendeu a mão.

– E o seu familiar, Fantasme, ficará aqui como refém até os cem anos de exílio se completarem. Se descobrirmos que você tentou abandonar seu país de aprisionamento, nós mataremos o pássaro e espalharemos a alma dele pelas brisas do tempo.

Como que para enfatizar o pronunciamento, Moore bateu palmas. Dois feiticeiros de manto estavam com um mastro grosso por cima dos ombros; pendurada no mastro havia uma gaiola com pontas de ferro. Dentro dela, o orgulhoso pássaro estava mascarado e com as patas presas a uma correia, encolhendo-se, obviamente sentindo dor.

– O que vocês fizeram com ele? – perguntou Luc, dando um passo para a frente.

– Pense nele como seu bode expiatório – disse Moore, contente ao ver a aflição de Luc. – Se alguém da sua família se comportar mal, Fantasme é quem vai pagar sendo torturado.

Luc fechou a boca. Não adiantaria protestar ou pedir por misericórdia em nome de Fantasme. Além do mais, Fantasme era um Deveraux. O pássaro preferiria ter uma morte lenta e sofrida a ouvir outro Deveraux implorando por alguma coisa, ainda mais por sua vida.

– Muito bem – falou Luc, conciso, inclinando a cabeça de um jeito majestoso. – Eu aceito a sentença da corte.

Moore abriu um sorriso e acenou com a cabeça sutilmente para o feiticeiro de manto que segurava a tocha. O ho-

Legado

mem encostou-a nas cores dos Deveraux. As chamas pegaram no tecido, espalhando-se por cima do rosto do Homem Verde. A fumaça foi até as narinas de Fantasme, e o pássaro tentou balançar as asas e piar. Mas estava bem preso e o seu bico permaneceu silencioso debaixo da máscara.

Os juízes disseram em uníssono:

– A Confraria dos Deveraux está banida. Maldito seja o feiticeiro que os assista, que se torne amigo deles. A Confraria dos Deveraux está morta para nós.

Todos tomaram um gole de vinho dos cálices que estavam na sua frente. Então, enquanto engoliam, ergueram as velas pretas, viraram-nas de cabeça para baixo e esmagaram os pavios tremeluzentes na superfície da mesa.

O salão passou a ser iluminado apenas pelas chamas que destruíam o estandarte dos Deveraux.

– Vá embora – ordenou Moore para Luc. – Vire as costas para nós e corra, pois você tem até a próxima lua para se retirar deste lado do oceano. Se o encontrarmos entre nós, destruiremos Fantasme e cortaremos você e todos os seus parentes em pedacinhos, que virarão a comida dos Cérberos. Prenderemos a cabeça de vocês no portão dos traidores e entregaremos suas almas a Satanás.

Luc virou-se. Não precisava de mais incentivo para ir embora.

O manto esvoaçou ao seu redor enquanto os outros o observavam em silêncio. As botas tiniam nas pedras frias do Grande Salão. Havia fumaça atrás dele, assim como o crepitar do fogo, que destruía as cores da família Deveraux.

Obsidiana Preta

Pela minha honra, prometo que os Cahors pagarão por isso, pensou ele. *Vou persegui-los, capturá-los e destruí-los. Sem parar para descansar.*

E, com o tempo, também vamos destruir a Confraria Moore.

Juro pela minha alma.

Que Satanás a devore caso eu fracasse.

Atenção, Cahors: a nossa vendeta é perpétua. Que a morte venha a qualquer Deveraux que poupar um de vocês.

DOIS

PEDRA DA LUA

☾

Caçamos nossas presas enfeitiçando
E à luz do dia abençoado procurando.
Lua, nós vos amaldiçoamos enquanto subis
Com todos vossos laços femininos sutis.

A Deusa divina é objeto de nossa adoração,
Acima de nós, a lua cheia é uma indicação,
Paz a todos, amigos e parentes,
Que possuem a Deusa em suas mentes.

Confraria Cathers: Londres

Sasha estava preocupada. Holly estava começando a perder o controle de novo, assim como tinha feito no Templo da Lua em Paris. Holly era a bruxa viva mais poderosa que existia, mas Sasha temia que ela fosse jovem demais para lidar com tamanha responsabilidade. E, por mais poderosa que fosse, a garota ainda não era páreo para a Suprema Confraria.

Joel sentou-se ao lado de Sasha tão silenciosa e sorrateiramente que ela quase não o escutou. Abriu os olhos e viu a preocupação que havia no rosto dele.

– E então, o que acha da nossa pequena Confraria?

— A maioria do pessoal está... arrasada — disse ele, com a língua demorando mais na última palavra.

Ela concordou com a cabeça.

— Holly perdeu os pais e a melhor amiga, descobriu que era uma bruxa e virou a líder da própria Confraria, tudo no período de um ano. Durante esse tempo, ela não parou de lutar contra Michael Deveraux. Agora toda a Suprema Confraria está atrás de nós.

Ele ergueu as sobrancelhas.

— É muita coisa para uma pessoa só.

— Holly não está só — falou Amanda da porta, na defensiva.

Joel inclinou a cabeça, convidando-a a se juntar a eles.

— Não, não está, mas é assim que ela se sente.

Amanda aproximou-se deles com os braços cruzados. Ela parecia estar com raiva e, mais do que tudo, apavorada. Joel e Sasha afastaram-se para que ela pudesse se sentar entre eles. A garota hesitou por um instante antes de se deixar afundar no sofá.

— Eu tenho medo dela — sussurrou ela baixinho, tão baixinho que Sasha teve de se esforçar para escutar. — Ela me deu o maior fora. Eu surtei. E depois pensei: e se ela ficar com *muita* raiva de mim?

Ela começou a chorar baixinho, e Sasha a puxou para perto de si, sussurrando palavras de cura sobre a garota. Joel juntou-se a ela, com o seu delicado sotaque escocês espalhando-se por cima das duas. Sasha conseguia sentir tudo de Amanda: o luto por ter perdido a mãe, o medo do que podia acontecer com o seu pai e a sua irmã, e o senso de responsabilidade que tinha em relação a Holly e às suas ações.

Aos poucos, Amanda parou de chorar e endireitou a postura.

– O que vocês fizeram comigo? – murmurou ela. – Estou me sentindo *ótima*.

– Joel é um curandeiro – explicou Sasha, sorrindo para o bruxo.

– É uma segunda natureza para a maioria dos druidas.

– Druidas? – perguntou Amanda.

– Sim. Sou descendente dos celtas. Os druidas obtêm poder da terra. Tentam encontrar harmonia e equilíbrio dentro dela e depois mimetizam isso dentro de si mesmos.

– E vocês adoram a Deusa? – indagou Amanda, começando a parecer sonolenta.

Ele concordou com a cabeça.

– Da Mãe Terra para a Deusa é apenas um pequeno passo. Na verdade, muitos diriam que não é nem um passo.

Amanda concordou com a cabeça.

– Obrigada. Por tudo o que tem feito por nós, e por mim. – Ela estava começando a enrolar as palavras e os olhos passaram a ficar pesados.

Ele deu de ombros.

– Faço o que posso.

Os olhos de Sasha encontraram os de Joel.

– Está a fim de fazer um pouco mais?

Ele concordou com a cabeça.

Amanda roncou de leve. A garota tinha adormecido, o queixo no peito. Sasha e Joel levantaram-se e a mudaram de posição com cuidado para que ela ficasse deitada no sofá. Juntos, os dois foram para o outro quarto em silêncio. Primeiro, foram até Silvana e moveram as mãos no ar em cima do corpo dela. Sasha sentiu a ansiedade e a preocupação da garota com a mãe, que estava nos Estados Unidos, protegendo o xamã Dan Carter e o pai de Amanda, Richard. Eles disseram palavras de calma e de força sobre ela e rezaram para que a Deusa protegesse os que tinham ficado para trás.

Em seguida, foram até Tommy. Assim como Amanda, ele estava com medo de Holly. A sua maior preocupação, contudo, era Amanda – ele tinha medo de que ela se machucasse. Esse medo só era equiparável ao amor que sentia por ela. Eles murmuraram palavras de força e de paz sobre ele, para que pudesse ser um porto seguro para a garota.

Ao passarem as mãos por cima de Kari, Sasha sentiu um pavor tão grande que quase gritou. Ela olhou para o rosto de Joel, que espelhava o terror de Kari. Os dois ficaram vários minutos com ela, tentando purgar a mente, a alma e o corpo daquele medo paralisante. Sasha sabia que, se eles não conseguissem fazer isso agora, mais cedo ou mais tarde a incapacidade de ela reagir aos perigos acabaria a matando.

Eles endireitaram a postura e ficaram se olhando por um longo instante enquanto respiravam profundamente. Então, de uma vez só, os dois viraram-se em direção à cama onde estava Holly.

Mas Holly estava sentada, encarando-os. Ela sorriu lentamente, o que provocou calafrios em Sasha.

– Por favor, não – pediu Holly com sensatez na voz. – Obrigada por ajudá-los e obrigada por curarem o meu tornozelo. Mas não quero que vocês bisbilhotem a minha mente. Ela é confidencial.

Por um breve momento, Sasha ficou pensando se valeria a pena argumentar. Estava sentindo a raiva que Holly emitia. A garota mal estava conseguindo se controlar, e irritá-la não faria bem a ninguém. Os olhos de Sasha encontraram os de Holly por um breve instante. *Depois a gente retoma essa discussão*, pensou a bruxa mais velha.

Holly concordou sutilmente com a cabeça, indicando para Sasha que tinha compreendido a mensagem.

Nunca vamos retomar essa discussão, pensou Holly enquanto afofava o travesseiro. Perfumara-o com lavanda, para combater a tristeza, e com alecrim, para a memória. *O que está no meu coração é confidencial. E estou ficando cansada de ver Sasha questionando tudo o que faço. Já disse que primeiro vamos resgatar Nicole, e é o que vamos fazer.*

Mas se dependesse só de mim... como é que eu poderia escolher entre minha prima e a força de um amor que é maior do que Jer e eu?

Com frieza, ela fechou os olhos. O mundo diurno a lembraria de que Nicole era da família, era do mesmo sangue. Jer, por sua vez, estava muito mais para um desconhecido. Ele era de outra Confraria mágica; seu irmão e seu pai estavam decididos a matar Holly e qualquer pessoa que ela encontrasse pelo caminho. Desde que o tinha conhecido, ela só tinha ficado perto dele fisicamente por, no máximo, alguns dias.

Mas se dependesse só de mim...

Pedra da Lua

Ela estava pegando no sono enquanto brumas rosadas tomavam conta de suas pálpebras. Seu corpo livrou-se lentamente de todas as dificuldades e preocupações. Escutou o ruído de um mar calmo batendo em madeira, era um som suave e morno, como um gato saboreando nata. O céu estava límpido e fresco, as águas imóveis e tranquilas. Ela estava à deriva, mas seu barquinho deslizava em direção à ilha num ritmo constante.

O sol reluzia nas ameias de um castelo antigo; havia rosas silvestres cercando-o, como mãos ao redor de um coração; eram anéis de Claddagh vermelhos e aveludados feitos pela própria natureza. Em cada janela arqueada havia um vitral com uma letra, e elas ondulavam ao sol enquanto o barco se aproximava. E formavam a palavra R-E-S-G-A-T-E.

Ela não estava com medo. Seria fácil.

A ilha foi ficando maior enquanto ela navegava até lá; o litoral era acolhedor, havia um tapete de musgo e de samambaias cumprimentando o casco enquanto seu barco encostava na terra firme. Enquanto se levantava, olhou para baixo e percebeu que estava vestindo as cores dos Cahors, prata e preto, com mangas longas rendadas que tocavam a bainha de sua saia reta. Havia um aro ao redor de seu cabelo preto encaracolado e seus brincos cascateavam até os ombros. Um cinto também prateado estava bem baixo em seus quadris.

O barco era acolchoado com veludo preto; as toleteiras, prateadas. Ao sair do barco, uma pequena figura de proa ergueu a mão e a saudou. Era uma guerreira grega, cujo elmo havia sido puxado para trás, deixando à mostra um sorriso sereno de confiança e orgulho.

Até na Grécia antiga a minha linhagem era poderosa, *pensou Holly.* O nosso sangue tem enobrecido as mulheres há séculos.

Legado

Sabendo disso, ela ficou com mais certeza de que iria resgatar o seu único e verdadeiro amor.

Sua pantufa encostou na samambaia macia, e então...

... ela estava caminhando no meio da floresta delicada; ao entrar numa senda iluminada pelo sol, o canto dos pássaros a cumprimentou. No meio, um carvalho enorme subia até os céus, e os galhos grossos serviam de proteção para o homem que descansava embaixo dele.

Era Jer, com o cabelo negro encaracolado ao redor das orelhas e os olhos negros de Deveraux. Em sua cabeça havia uma coroa de hera, e ele estava deitado numa cama de folhas de carvalho. Seu rosto estava magro e um pouco castigado, e ele estava mais musculoso do que ela lembrava.

Está mais velho. Amadureceu.

Ao vê-la, o rosto dele iluminou-se. Os olhos negros brilharam de desejo, e ele ergueu-se do ninho de folhas. Sua cabeça estava orgulhosamente erguida, com um porte nobre e gracioso.

Então ele abriu as asas e voou na direção dela.

Ela ergueu as próprias asas, e os dois saíram voando.

– Jer – murmurou ela enquanto os dois voavam em direção à lua, às estrelas, ao coração do céu. – Jeraud Deveraux, eu sou tua.

– Minha e de mais ninguém – sussurrou ele. – Et nul autre.

À noite, no meio da escuridão, Holly suspirava e sonhava. No corredor, observando-a, Sasha preocupava-se.

Algum dia ela vai acabar se virando contra nós, pensou ela, terrivelmente perturbada. Então ela deixou a Sacerdotisa-Mor a sós com seus sonhos. Era apenas isso que eles eram – sonhos. Não havia nenhuma verdade neles.

Nenhuma mesmo.

Pedra da Lua

Confraria da Magia Branca: Londres, dezembro

O mal locomovia-se com mais facilidade durante a noite, então a Confraria de José Luís apressou-se para percorrer a maior distância possível durante o dia.

Mas a Confraria não é mais de José Luís, pensou Philippe. *É minha.*

A Confraria era composta por quatro bruxos de origem espanhola ou francesa. Os quatro adoravam a Deusa de um jeito próprio, incluindo elementos do catolicismo praticado pelas suas famílias. O mais solene dos membros, Armand, chegou até a estudar num seminário antes de se juntar à Confraria. Alonzo era o mais velho, era a figura paterna e o benfeitor do grupo. Pablo era um adolescente, o irmão mais novo de José Luís. A morte de José Luís tinha deixado Philippe no comando.

A Confraria havia encontrado Nicole Anderson, descendente das bruxas Cahors, e estava tentando protegê-la do mal que a perseguia. Eles fracassaram, e os feiticeiros que capturaram Nicole mataram José Luís durante o ataque. Somente o líder da confraria tinha sido uma vítima fatal... se é que nesse caso era possível usar a palavra *somente*. Para Philippe, perder José Luís foi como perder um irmão.

Ele era meu melhor amigo, meu copain. *E eles o mataram.*
Eles não vão se safar.

Os outros agruparam-se atrás dele, como se aguardassem a sua ordem para poder se mover e respirar. Astarte, a gata que Nicole tinha adotado alguns dias antes de ser capturada, ronronava enquanto se acomodava nos braços de Armand, pressionando a patinha enquanto olhava atentamente para Philippe. Estava claro que ela também aguardava alguma ordem.

Eles foram de carro até os arredores de Paris e lá o abandonaram, para o caso de a Suprema Confraria ter lançado feitiços para localizá-los. Jogaram os mantos nas águas do Canal da Mancha e protegeram-se uns aos outros com feitiços o máximo possível.

A cada mudança na jornada, consultavam o verdadeiro irmão mais novo de José Luís, Pablo, cujos sentidos eram mais apurados – e que, com frequência, conseguia ler mentes – para uma orientação sobre qual seria o próximo passo. Fazia sentido ele levá-los até Londres, pois a Suprema Confraria havia reivindicado a antiga cidade como território seu há séculos. Após o Grande Incêndio de Londres, a Confraria Mãe retirou-se de lá... e os cidadãos de Londres pagaram por esse ato de covardia, e foi um preço bastante alto – Jack, o Estripador, foi uma das consequências, assim como os inúmeros ataques a bomba do IRA. A doença da vaca louca espalhou-se, sem controle, graças à Suprema Confraria.

E agora eles estão com Nicole, pensou Philippe, furioso. *Deusa, proteja-a da selvageria deles. Entregue-os nas nossas mãos e deixe que nós a libertemos.*

– Alguma coisa? – perguntou ele para Pablo. As feições espanholas de José Luís ficaram bem nítidas no rosto de Pablo enquanto ele erguia o queixo e fechava os olhos, franzindo a testa de concentração. Os outros continuaram parados, observando-o, desejando que ele os levasse até os inimigos.

Eles estavam na rotunda de Piccadilly Circus, com uma loja da Virgin à esquerda e um enorme museu de estilo grego à direita. Bem na frente deles, os carros davam a volta num obelisco em cujo topo havia a estátua de um herói de guerra. Pablo guiara-os até ali, sentindo a força da influência sombria da Suprema Confraria e usando-a como bússola. Ela havia se tornado muito forte... mas agora tinha desaparecido.

Eles sabem se esconder bem.
Assim como matam bem.

Após Pablo não dizer nada, apenas exalar e olhar para a calçada, todo o grupo suspirou. Estavam ficando exaustos, e Philippe sabia que tinha de fazer alguma coisa para animá-los, mantê-los confiantes e focados.

Então Pablo murmurou:

– *Un rato.* Tem alguém... – Ele inclinou a cabeça como se estivesse ouvindo sons que Philippe não conseguia detectar. Então seus olhos arregalaram-se. – *Una bruja* – sussurrou ele e apontou para o outro lado da rua.

Naquele mesmo instante, uma jovem belíssima deu meia-volta, e o olhar dela passou pela Confraria como que por acidente. Philippe perdeu o fôlego. *Nicole!*

O rabo de Astarte sacudiu loucamente, como se ela também estivesse reconhecendo a dona.

O cabelo da mulher estava bagunçado ao redor do rosto, eram vários cachos e ondas; ela tinha sobrancelhas muito pretas e olhos intensos. Era magra e estava tensa.

Mas não era Nicole.

Ela era, entretanto, descendente de bruxas.

Legado

E pareceu perceber que Philippe e os outros também eram.

Apesar da multidão agitada ao seu redor, ela permaneceu paralisada no mesmo lugar, com os lábios movendo-se, fazendo um gesto discreto com a mão esquerda. Ela estava lançando um feitiço.

Então tudo mudou; a cena ao redor de Philippe esticou-se e ficou mais devagar; as pessoas passavam por ele em câmera lenta; as vozes arrastavam-se; até a luz transformou-se, ficando estranhamente difusa e inundando a cena com cores estranhas, sem vida.

A bruxa deslizou na direção deles, apesar de que, em alguma parte de sua mente, Philippe tenha percebido que ela não estava se movendo. Estava projetando a presença como forma de confrontação; seus olhos crepitavam de tanta energia. Ela ergueu os braços e perguntou numa voz cheia de eco: *¿De quién eres?*

Não foi *Quem é você?*, mas sim: *De quem são vocês?*

Ele respondeu, entrando na mente dela: *Sou de Nicole.*

Aquilo abalou-a; sua imagem refletida estremeceu como se estivesse dentro de uma TV e o sinal de repente tivesse ficado ruim. Então a cena mudou de novo: ela tinha voltado ao seu lugar do outro lado da rua, e ele a encarava.

Ele disse para os outros:

– *Bon, allons-nous.* – Sua vista firmou-se na jovem, que virou a cabeça para a direita, olhou de volta para ele e começou a andar no meio da multidão. Ela estava indo em direção ao prédio mais próximo, que era uma lanchonete.

Ela olhou para ele de novo.

— Também estou sentindo — murmurou Pablo. — *Ella es familia de Nicole.*

Ela é da família de Nicole.

Então uma sombra passou por cima da cabeça dela, como se fosse uma nuvem baixa. Ela deu um passo para trás e olhou para cima.

Por cima do barulho e do tumulto da rua, o inconfundível grito de guerra de um falcão espalhou-se pelo céu de inverno. Astarte miou de dor e de raiva e balançou a pata no ar.

Philippe olhou em direção às nuvens. De fato, havia três falcões enormes voando devagar, e o maior fulminava a bruxa com o olhar. Ela estava imóvel; os três deram uma volta e apontaram o bico na direção dela no meio das correntes de ar.

— *Non* — murmurou Philippe, erguendo a mão direita. Uma bola de fogo apareceu nela, e ele preparou-se para arremessá-la; os falcões passaram bem em cima da cabeça da bruxa e depois subiram de novo. Ele extinguiu a bola de fogo. Ao que parecia, eles não tinham conseguido enxergá-la.

Ou então ela é amiga deles.

Os membros da Confraria de José Luís fizeram o sinal da cruz. O guia espiritual deles, Alonzo, murmurou:

— Os pássaros não conseguiram vê-la.

— Vamos — ordenou Philippe, correndo na direção dela.

— Talvez seja uma armadilha. Os falcões servem à Confraria dos Deveraux — comentou Armand. — Talvez estejam tentando fazer a gente sair do nosso manto de invisibilidade.

Após olhar mais uma vez na direção dele, a bruxa lançou-se entre dois prédios e sumiu da vista de Philippe.

Legado

– *Attends!* – exclamou ele. Colocou o pé na rua, e as buzinas soaram. Um homem de bicicleta pisou nos freios e começou a xingá-lo em farsi.

Philippe girou os pulsos, criando uma bolha de segurança ao redor de si mesmo enquanto passava no meio do trânsito. Os carros paravam bruscamente; o homem da bicicleta diminuiu de velocidade e quase caiu, equilibrando-se com o pé. Philippe sabia que aquilo era uma idiotice. Por mais que ele e seus companheiros de Confraria pudessem ficar imperceptíveis, os efeitos de seu feitiço podiam ser vistos por qualquer um – incluindo os falcões vigilantes, que agora estavam agrupados num trio e começaram a mergulhar na direção dele.

Agora já era, pensou Philippe. As criaturas estavam a uns dez metros acima dele. Viu seus olhinhos brilhando e conseguiu escutar, através da magia, os bicos batendo enquanto os falcões os abriam e fechavam. Ficou observando o sol reluzir em suas garras.

Então eles giraram e voaram até Philippe, assim como tinham feito com a bruxa que era tão parecida com Nicole. Em seguida, deram meia-volta, guinchando de frustração, e voaram na direção oposta.

Quando o seu pé encostou no meio-fio do outro lado da rua, Philippe avistou um breve clarão azul à sua direita, num pequeno beco. E correu naquela direção.

Ela não estava lá.

Mas havia um lírio no meio das pedras antigas, e, ao erguê-lo, ele olhou para a esquerda, para a direita... e não viu nenhuma bruxa.

Enquanto os outros o alcançavam, ele analisou o lírio e inalou o seu cheiro.

– Ela está do nosso lado – disse ele em voz alta, estendendo a flor –, e está em perigo.

Astarte ficou encarando-o com enormes olhos amarelos e miou reclamando.

Jer: Avalon, dezembro

Pela terceira vez naquele dia, Jeraud Deveraux começou a contar as pedras que formavam as paredes da prisão. Pensou na sua antiga vida, em sua casa em Seattle, onde podia ir para onde bem entendesse, via quem desejasse e fazia o que quisesse. *Nossa, como a minha vida tornou-se mais restrita.*

Ele não sabia há quanto tempo estava na ilha. Conhecia apenas a área onde estava, que era formada por um quarto parecido com uma cela, onde havia uma pequena abertura que ia dar num caminho estreito que, por sua vez, levava a uma rocha isolada num penhasco íngreme. O percurso de dois metros e o penhasco não ofereciam qualquer chance de escapar. Ele não era capaz de escalar uma rocha íngreme.

No interior da cela havia apenas uma porta, mas ele era o único que a utilizava. Os outros que chegavam e partiam faziam isso pela parede, por alguma espécie de escotilha que ele tinha sido incapaz de encontrar ou abrir. Passara dias tentando descobrir outra maneira de sair do quarto e mais dias à procura de alguma maneira de escapar pelo penhasco. Até que enfim desistiu.

Aproveitaria melhor o tempo tentando curar o corpo e a mente e obter informações com a garota que lhe

Legado

trazia comida. Temia não estar se saindo muito bem em relação à cura. Sua carne ainda estava estraçalhada, e ele temia estar com uma aparência quase inumana. Sua mente também não estava nada melhor. Todas as noites ele sonhava com Holly, desejando-a e odiando-a. Debatia-se para não recorrer a ela, o que fazia apenas quando estava tendo algum ataque de angústia, que era quando o verdadeiro sofrimento começava. Toda noite, nos seus sonhos, ele revivia a noite no colégio em que seu pai e seu irmão invocaram o Fogo Negro, em que Holly o deixou queimando lá dentro.

Em compensação, ao menos ele tinha conseguido obter uma quantidade significativa de informações. Sabia que estava sendo mantido como prisioneiro na ilha mítica de Avalon. Tinha aprendido também que lá era a residência de sir William, o líder da Suprema Confraria, e de seu filho, James. Até chegou perto de descobrir a localização exata da ilha usando diversos métodos, como a astrologia e a magia. Se suas estrelas estivessem corretas, a ilha estava localizada no Mar Celta, entre a Irlanda e a Grã-Bretanha. Se estivessem erradas, ele poderia muito bem estar no lado escuro da lua e não fazer a mínima ideia disso.

A pele de trás do seu pescoço começou a se arrepiar. Era uma reação muito desconfortável que ele tinha passado a associar à presença de membros da Confraria Moore.

Segundos depois, escutou passos aproximando-se. Virou-se e ficou encarando James e Eli enquanto eles se materializavam dentro do quarto. Ficou piscando os olhos, sem reação. Já tinha visto pessoas aparecendo dentro do recinto,

Pedra da Lua

mas aquilo ainda o surpreendia. Uma luz azul brilhava ao redor dos dois e esvaeceu após um instante. *Tem que haver um portal. E ele tem que ser aberto por magia.* Mas, se isso fosse verdade, então como é que a serva que lhe levava comida conseguia atravessá-lo? Tentou seguir a mulher até lá fora uma vez, mas terminou sendo jogado para trás até o meio do quarto. Talvez houvesse uma ligação com a aura de certas pessoas. Talvez houvesse uma ligação com a dele.

Concentrou-se nas duas pessoas que agora estavam no quarto com ele. James era o filho e o herdeiro de sir William, chefe da Suprema Confraria. Eli era irmão de Jer, apesar de ser difícil acreditar que os dois tinham algo em comum, pais ainda por cima. James passeava pelo local como se fosse dono dele, o que, tecnicamente, era verdade. O seu jeito arrogante com certeza estava mais exagerado. Ao lado dele, Eli andava discretamente para a frente, como se fosse um vira-lata.

No anelar esquerdo de James havia um anel. Era uma aliança de ouro que cercava um heliotrópio enorme. O anel brilhava, contrastando com a pele dele. Um sorriso tomou conta do rosto de James quando percebeu que Jer estava olhando para o anel.

– Lamento por você não ter comparecido ao meu casamento ontem – zombou James. – Foi esplêndido. Os ritos foram obedecidos, bebia-se vinho sem parar e a noiva estava muda. – Ele deu uma risadinha. – Você deve conhecê-la, afinal, ela é de Seattle. Uma linda bruxinha Cahors.

Jer sentiu um aperto no estômago. *Holly!* O que havia acontecido com ela? Ele concentrou-se tanto para conter a náusea repentina que quase não escutou as próximas palavras de James:

— Mas, claro, agora é Moore. Nicole Moore.

O coração de Jer acelerou. Não era Holly! Ele rezou para qualquer entidade que o escutasse, pedindo que a mantivessem em segurança, e em seguida rezou pedindo pela pobre prima dela, que agora estava casada com James.

— Por que não está com ela agora? — perguntou ele.

— Digamos que ela ainda está se recuperando da noite passada. — James deu uma risada malvada.

Ao observar o arranhão comprido que ia da ponte do nariz dele até a mandíbula, e a maneira como o braço esquerdo dele estava mole, Jer ficou se perguntando se não seria James quem estava se recuperando.

— Parabéns — disse Jer, sarcástico. — Agora me deixe em paz.

— Desculpe, irmãozinho. — Eli enfim se manifestou. — Não podemos fazer isso. Temos trabalho a fazer.

Jer ficou observando Eli em silêncio. O seu irmão tinha namorado Nicole por um bom tempo. *O que ele achava de James se casar com ela?* O rosto de Eli estava sem expressão, impenetrável, e Jer percebeu o quanto Eli tinha ficado mais parecido com o pai deles desde a última vez que o vira. Mas havia algo nos olhos dele. Um brilho perigoso. *É melhor James tomar cuidado.*

— Que trabalho? — indagou ele, temendo a resposta.

— Fogo Negro — respondeu James.

Jer forçou a si mesmo a não recuar. Forçou-se a ficar completamente paralisado, sentado, como se não tivesse nenhum conhecimento, nenhuma experiência, nenhum pavor intenso daquele fogo.

– O que disse?

James gesticulou como se estivesse mostrando as chamas subindo.

– Fogo Negro. Você vai me ajudar a conjurá-lo.

Jer riu, sem acreditar.

– Não vou ajudá-lo a fazer nada.

– Ah, se quiser continuar vivo, você vai sim – ameaçou James, lentamente.

– Pode me matar, você estaria me fazendo um favor – respondeu Jer. Era um blefe. Há algum tempo não teria sido, mas à medida que recobrava as forças foi começando a ficar esperançoso mais uma vez. *Ou foi isso, ou foram os sonhos em que Holly vem até mim*, pensou ele.

– E vou matar, mas não antes de matar Holly bem na sua frente, assim como Amanda, a irmã de Nicole.

Jer lambeu o que havia sobrado dos lábios. Havia jurado uma vez, que parecia ter sido mil anos atrás, que as protegeria do seu pai. Tinha se comprometido a defender os desamparados. Ao olhar nos olhos de James, não duvidou de que a ameaça de matar as duas era verdadeira. Uma transformação sutil ocorreu em seu interior.

– Não sei nada a respeito do fogo – admitiu ele. – Só sei que queima.

Confraria Moore: Van Diemen's Land (Austrália), 1789

Sir Richard Moore, Pela Graça de Vossa Majestade George III, Governador Real de Botany Bay, encarava a pedra

Legado

premonitória que estava na sua frente, em cima de sua escrivaninha de madeira. Em dez dias, o navio britânico *Destiny* chegaria com uma nova leva de prisioneiros para trabalhar nas terras. Entre os mais de cem homens e mulheres, havia ladrões, assassinos, sodomitas e o mais importante: seis bruxas. Claro que elas não haviam sido condenadas por causa da bruxaria; tinham sido acusadas do crime de roubo. Mas ele sabia que elas adoravam a Deusa e que estavam a caminho.

Sir Richard encurvou o lábio. *Seguidoras da Confraria Mãe. Elas acham que podem escapar de nós e espalhar a sua imundície por aqui, no meio da escória da sociedade. Mas nós, que somos leais à Suprema Confraria, estamos por todo canto.*

Apesar de às vezes parecer que fomos exilados para o próprio Inferno... como eu, nesta terra vasta e erma, desprovida de cultura e de companhia sofisticada...

Não importa. Minha Confraria está crescendo em influência. Meu pai está sentado no trono de crânios na cidade de Londres, e eu, o seu filho mais velho, vim para esta terra abandonada em busca de novas magias que possam ser acrescentadas ao nosso arsenal nos dias vindouros. Pois, embora seja verdade que os Deveraux estejam exilados há cento e treze anos por lutar em público durante o Grande Incêndio de Londres, é possível que um dia eles retornem com o segredo do Fogo Negro. E então a Confraria Moore terá que lutar para manter a nossa coroa de Sacerdote-Mor.

Tenho muito a ganhar caso consiga aprender, nesta terra vasta e deserta, novas maneiras de causar o mal.

Mas, antes disso, vou me livrar desse pequeno inconveniente que são essas bruxas...

Fechou os olhos e se concentrou. Visualizou o navio com a mente. As ondas estavam altas, e o vento fortalecia-se. Havia uma tempestade formando-se e, com o conhecimento que tinha das Artes Negras e com o poder que detinha, ajudou-a a se intensificar.

Então pressionou uma das costuras no casco do navio. Lentamente, uma fenda começou a se formar. Primeiro foi uma gota d'água que conseguiu entrar, depois um pequeno filete. Ele abriu os olhos. Sabia que o filete viraria uma enchente em alguns instantes.

Virou-se mais uma vez em direção à pedra premonitória e ficou observando até o navio afundar. Todos os homens, mulheres e crianças se afogaram, e ele observou cada um deles, sorrindo.

Quando enfim tudo acabou, levantou-se, satisfeito consigo mesmo. Os documentos em sua mesa relacionados à administração da colônia podiam esperar. Ele tinha de comparecer a uma reunião.

Confraria Cathers: Londres, dezembro

Era fim de tarde, quase vinte e quatro horas após Holly e os outros terem chegado ao esconderijo de Joel. Agora, sentada mais uma vez diante da lareira de Joel, Holly estava piscando os olhos, agitada por causa do seu devaneio. Tivera uma visão: ela tinha visto a si mesma caminhando perto da lanchonete, encontrando um homem alto do outro lado da rua, tentando se comunicar com ele. Havia outros com ele. Então os falcões Deveraux precipitaram-se sobre eles, deixando-os atormentados.

Legado

Ela não sabia o que aquilo significava, mas tinha a impressão de que a proteção da loja de suvenires tinha sido penetrada. Isso, junto com a inquietação que sentia por não ter sabido com antecedência que Joel era um bruxo homem – um druida ou seja lá como ele se denominava –, fez com que ela decidisse ir embora.

Eles partiram da casa de Joel pela manhã, após terem recebido as instruções de como chegar a outro esconderijo de Londres, além de uma opção em outra cidade caso Londres ficasse perigosa demais. A cidade era Coventry.

Viraram em inúmeras ruas, até ficarem bem distante de Joel e de seu esconderijo. Uma sombra cruzou a mente de Holly, que se virou, esperando ver alguma coisa atrás do grupo. Não havia nada lá. Ela mudou de caminho, e eles começaram a ir em direção ao sul. A cada passo que dava, a sensação de estar sendo seguida diminuía. Eles viraram em outra esquina e foram por outra rua, que serpenteou devagar até ficar voltada para o norte.

A sensação aumentou, e Holly parou bruscamente. Os outros trocaram olhares, mas não disseram nada. A intensidade da sensação continuou a mesma.

– Alguém mais está sentindo isso?

Sasha concordou em silêncio com a cabeça, mas os outros olharam para ela com rostos inexpressivos. Holly deu um passo para a frente, e o calafrio na sua espinha aumentou. Deu um passo para trás, e ele diminuiu. Mais um passo para trás e diminuiu mais ainda.

– É no norte, acho que a sede da Suprema Confraria fica ao norte daqui.

Pedra da Lua

Sasha fez que sim com a cabeça, concordando.

Devagar, o grupo começou a ir para a frente. Meia dúzia de passos depois, Amanda falou:

– Agora também estou sentindo.

Mais uma dúzia de passos e os outros também passaram a sentir.

Mais uma dúzia de passos e a situação ficou bem feia.

TRÊS

AMETRINO

☾

Somos conhecidos pela morte e pela destruição,
Ao ouvir o nome Deveraux, todos estremecerão,
No fim, dominá-los nós vamos,
Amigos e inimigos, rei e escravos.

E agora pelos nossos nós clamamos
Por todo o poder que propagamos.
Deusa, responda aos nossos pedidos,
Traga sangue e gritos aos nossos inimigos.

– Deusa, proteja-nos! – exclamou Holly enquanto, bem acima da Confraria, a uns seis metros de altura, demônios gigantescos e escamosos irromperam de portais redondos e azulados, vestidos com armaduras de batalha antigas. Em suas cabeças havia chifres, seus olhos eram vermelhos, com fendas brilhantes, e suas bocas reluziam por causa das múltiplas fileiras de caninos. Seus corpos eram da cor de um machucado, roxo e preto-azulado.

Eles começaram a cair no chão. *Está chovendo demônios*, pensou ela, sentindo uma vontade gigantesca de cair na gargalhada. Então um dos demônios aterrissou a uns trinta centímetros de Holly, e a vontade de rir desapareceu. Ela deu um salto para trás, tropeçando e caindo, mas mesmo assim conseguiu lançar uma bola de fogo na direção do monstro. Ele ergueu a garra e segurou a bola de fogo, que se extinguiu, fazendo as brasas caírem no chão. Com um rugido, ele avançou para cima de Holly. Seus dentes pontiagudos reluziam com saliva verde enquanto ele dava passos pesados para a frente com as pernas grossas e musculosas. Após colocar a mão dentro da armadura, ele puxou o que parecia ser o cabo de uma espada. E então ergueu o cabo no ar.

Um falcão preto guinchou ao irromper do portal. Em suas garras, carregava uma lâmina reluzente. Com mais um guincho, soltou a lâmina, que sibilou pelo ar como uma bomba e se encaixou magicamente no cabo.

Enquanto o demônio a brandia em direção a Holly, as crepitações da energia verde e mágica seguiam a espada, que chiava e dançava com a magia. Quando Holly lançou mais uma bola de fogo, a espada a dilacerou, formando fragmentos dançantes de calor e luz.

Ela conjurou e arremessou mais bolas de fogo, sentindo-se como uma máquina, como algum tipo de autômato de combate daqueles que as clãs guerreiras possuíam na Idade Média. Perguntou-se onde estavam os outros, pois tudo o que conseguia ver era o intenso caos que a cercava.

O demônio dilacerava seus projéteis com facilidade. Então ele golpeou o próprio ar, e o céu cinza e nervoso pareceu se estilhaçar. Fragmentos cor de níquel explodiram para fora, deixando um buraco verde fluorescente de uns três metros de diâmetro, chacoalhando.

Da abertura mágica, mais demônios saíram rastejando, escalando pelos pedaços quebrados do céu. Esses demônios eram bem menores, totalmente pretos, com olhos averme-

Legado

lhados e profundos e bocas que cobriam metade de suas cabeças ofídicas. Ao avistarem Holly, três pularam em cima dela. Ela moveu as mãos e proferiu um encantamento, formando e enviando um feixe mágico de energia na direção deles.

Ela acertou bem no alvo: dois dos três foram derrubados e explodiram, causando uma chuva de partes de corpos. O sobrevivente passou com facilidade no meio da carnificina aérea e atacou o joelho dela, prendendo seus incisivos com bastante força.

Holly gritou de dor, o que a distraiu, mas conseguiu conjurar outro feixe. Arremessou-o no demônio, que se desintegrou. Conjurou mais e fez com que eles voassem sem mirar em nada, tentando ferir o demônio maior enquanto ele se arrastava na direção dela. A espada não brilhava mais, era como se tivesse perdido a carga mágica, porém a lâmina parecia mortal.

– Deusa das profundezas da escuridão, faça com que todos eles sumam da minha visão – murmurou ela. Olhou para cima, esperando ver os demônios desaparecerem. Em vez disso, eles continuaram se aproximando, mas a sua vista começou a ficar embaçada e a esmorecer. – Não! – lamentou ela, com a frustração tomando conta de si. – Deusa, restaure agora a minha visão e mate essa besta com precisão. – Sua vista foi parcialmente restaurada, mas ela começou a perder a consciência por causa da ferida. *Sou a bruxa mais forte que existe*, pensou ela, *mas não sei usar o meu poder nem mesmo para me salvar*.

Então o monstro ficou imóvel, jogou as mãos para o ar e rugiu de dor. Devagar, começou a cair para a frente... bem em cima de Holly. Os dedos dela contorceram-se quando ela sussurrou:

– *Desino!*

A vista de Holly ficou embaçada mais uma vez, e manchas acinzentadas dançavam diante dos seus olhos. *Estou desmaiando... Deusa, exijo proteção!*

O monstro congelou enquanto caía. Movimentando um dedo, Holly jogou-o para o lado, e ele tombou em cima de uma pilha no chão. Atrás dele, estava o homem alto de cabelo escuro da sua visão. Ela não sabia se tinha sido a sua magia ou a dele que matara o demônio.

– Cuidado – ordenou Holly enquanto outro demônio surgia atrás dele.

Ele virou-se e moveu as mãos em sentido horário. O demônio cambaleou para trás e depois lançou-se para cima dele mais uma vez. Em seguida o monstro colocou a mão dentro da armadura e tirou uma espada curta que brilhava e crepitava por causa da magia.

Holly lançou uma bola de fogo na direção da espada, que se incendiou. Assustado, o demônio soltou-a. Ela caiu no espaço entre o demônio e o homem, e Holly ergueu a mão para ajudá-lo de novo.

Mas, dessa vez, mais demônios pequenos pularam em cima dela, subindo em suas costas. Eles começaram a mordê-la...

– *Non, não morrerei hoje!* – gritou uma voz dentro da cabeça de Holly. Era Isabeau. Palavras latinas e francesas jorravam dentro da mente de Holly enquanto a sua ancestral bruxa conjurava. Os demônios impediam-na de se levantar, ferindo-a com os dentes, mastigando-a...

— Non! – protestou Isabeau. – *Sobreviva, garota!*

De algum canto bem profundo em seu interior, Holly viajou para um lugar livre do pânico e da dor. Tudo ao seu redor era preto e gélido, mas ela era uma luz. Era como se de alguma maneira a sua consciência tivesse se cristalizado e fosse alguma espécie de entidade brilhante e tremeluzente. Então, como se lábios fantasmagóricos tivessem assoprado suavemente em cima dela, a luz ficou mais intensa.

— *Diga palavras mágicas. Vou lhe ensinar.* Écoute... – pediu Isabeau.

Holly prestou bastante atenção, mas as palavras escapavam antes que pudesse distingui-las. Eram como bolhas luminescentes, cada uma afastava-se e depois estourava quando Holly tentava alcançá-la pela mente. No início, ficou frustrada e se esforçou mais. O tempo passou; ela ficou fraca e foi percebendo que havia alguma espécie de aconchego frio no gelo preto que a cercava. Lá havia paz, não havia medo...

— Non! *Você não vai morrer!* – protestou Isabeau.

Mas estou morrendo, pensou Holly. *E não há nenhum problema nisso. É melhor do que toda essa correria e medo...*

Um homem estava correndo em sua direção de braços estendidos. Estava com uma capa feita de hera verde e azevinho vermelho. No seu braço direito havia um belíssimo falcão encapuzado e preso. Na mão esquerda, segurava uma espada de guerreiro.

Ametrino

As batidas lentas do coração dela ecoavam os passos dele. Cada pé se erguia e se movia aos poucos para baixo. Era como se ele estivesse flutuando no meio de uma paisagem sem fim.

– *É o meu Jean. Então ele veio* – disse Isabeau para ela –, *através dos ecos do tempo, após longos períodos de tempo longe um do outro, luas, e anos, e séculos...*

Agora ele estava vindo buscá-la, tomá-la para si. Cercado pela escuridão, saindo da escuridão, para levá-la de volta para a escuridão.

Para arrancar o meu espírito e enviar a minha alma para o Inferno...

Jean... non, ah, Jean... tenha misericórdia de mim...

Holly sentiu a confusão de Isabeau, o seu desejo, o seu medo. Para Isabeau de Cahors, Jean de Deveraux era o seu único amor, que surgira de seu único ódio. Ela fizera um juramento de que o mataria, mas não o cumprira; por causa disso, estava presa à Terra. Ela morrera, e ele nunca a perdoara por suas traições – o massacre de toda a família dele, ou por ela própria ter morrido...

Lá vinha ele, flutuando estranha e graciosamente. Era alto e tinha cabelo escuro; os seus olhos eram fundos, e suas sobrancelhas, marcantes. Havia uma expressão de ferocidade no seu rosto que Holly não sabia como interpretar. Era raiva? Alegria?

Ele aproximou-se enquanto o coração dela batia alto como um trovão. Iluminado pela luz de Holly, as feições dele ficaram mais nítidas. Os lábios dela separaram-se, surpresos. Não era um desconhecido, era Jer Deveraux.

Legado

Jer! Estou aqui!

A expressão do homem alterou-se; ele parecia bastante confuso. Então balançou a cabeça – o seu cabelo flutuou em câmera lenta, e a luz bateu nos seus olhos, que reluziram. E a sua voz deslizou na direção de Holly como se uma bola de cristal estivesse rolando dentro dela:

Holly, não! Não faça contato comigo! Eles vão encontrá-la!

Dentro da cabeça de Holly, Isabeau gritou:

– Jean!

Ainda se percebendo como uma luz, Holly moveu-se em direção a Jer. O rosto dele mudou, ficou com um jeito levemente perverso, e ele murmurou:

– *Isabeau,* ma femme.

Mais uma vez, ele era Jean.

– *Eu não matei você, não matei* – implorou Isabeau. – Je vous en prie, monsieur!

Jean rasgou o capuz da cabeça do falcão e ergueu o cotovelo direito, indicando que queria que o pássaro gigantesco voasse. A criatura subiu no meio da escuridão e lançou-se em direção a Holly. O seu bico pontiagudo mirava no rosto da garota, os seus olhos encaravam os olhos dela com um ar perverso.

Holly gritou de desespero.

O pássaro voou na direção dela.

Ela tentou afastar-se, movimentar-se em alguma direção, mas não conseguiu.

Atrás do pássaro, Jer Deveraux – e não Jean – gritou:

– Não!

Ametrino

E, naquele momento, Holly acordou.

Os seus olhos abriram-se depressa. O homem alto estava de costas para ela, enfrentando dois demônios maiores com feixes de magia. Ao lado dele, outro homem, mais velho, segurava uma grande cruz no alto. Havia neve caindo e logo ela bloqueou os dois homens da vista de Holly. Tudo transformou-se num borrão de neve, com manchas pegajosas e verdes, e algo que parecia sangue humano.

– Calma – disse uma voz. Ela a reconheceu, era a voz de Joel. O que ele estava fazendo ali? – Estou curando você.

– Jer – sussurrou ela.

Então tudo ficou preto.

– Meu Deus! – gritou Kari enquanto ela e Silvana tentavam se livrar do demônio que ia atacá-las. Ele estava indo bem na direção delas, e os feitiços das duas não o desaceleraram nem um pouco. Acima da cabeça dele, balançava-se uma maça de guerra, uma esfera de metal coberta de espetos.

A pele preto-arroxeada do demônio fumegava no meio da neve; seu hálito fedia à morte. Gavinhas de chamas escapavam dos seus olhos incandescentes e, quando abria a boca, saíam cinzas.

Kari gritou e começou a fugir. Ao lado dela, Silvana tentou manter-se firme, murmurando um dos feitiços de proteção que Holly e Amanda haviam lhe ensinado durante o verão, mas estava tão apavorada que esquecia as palavras o tempo todo. Cecile, a *tante* – tia – de Silvana, ensinara-lhe como o vodu funcionava, não a magia negra ou branca. E o combate ainda era algo novo para ela.

Legado

– Kari, não fuja! Ele vai alcançar você! – falou Silvana, e depois percebeu que tinha interrompido o próprio feitiço.

Mas Kari fugiu, gritando enquanto se virava e corria na direção oposta. O demônio rugiu e lançou a maça de guerra na direção dela, mas não a atingiu. Ilesa, Kari continuou correndo.

Silvana gritou:

– *Concresco murus!* – E, para o seu alívio (e surpresa), uma barreira de energia azul reluzente formou-se entre ela e a bola com espetos. A maça de guerra colidiu com a barreira e ficou presa nela.

Enfurecido, o demônio jogou-se para cima da barreira, mas foi lançado para trás e colidiu de costas no chão gélido.

Silvana virou para a direita e repetiu o feitiço. Em seguida, virou-se para a esquerda e fez o mesmo, formando uma parede de proteção de três lados. Os demônios menores tentaram arranhá-la, batendo nela com as garras e tentando rasgá-la com os dentes. Dois demônios maiores avançaram, um com um machado de guerra e o outro com uma cimitarra curva. Os dois foram repelidos e continuaram tentando atravessar.

Basta um deles perceber que o quarto lado está desprotegido, pensou Silvana, *para nós morrermos.*

Ela alcançou Kari, agarrou o braço dela e ordenou:

– Ande!

Enquanto tentava se distanciar o máximo possível dos demônios, Silvana proferiu o feitiço mais uma vez, apontando para o espaço bem atrás delas. Arriscou olhar por cima do ombro e viu que outra barreira havia se formado.

Ametrino

– Me tire daqui, me tire daqui! – gritou Kari, histérica. – O que está acontecendo?

– Imagino que são guardas – disse Silvana para ela, desperdiçando uma energia preciosa. – A gente deve estar perto da sede.

– Então eles provavelmente já sabem! – exclamou Kari. – Eles vão enviar reforços!

Como se tivesse escutado a deixa – ou por causa de algum feitiço –, a área bem na frente de Kari e Silvana abriu-se de repente com um clarão azul. Surgiram dúzias de criaturas ossudas e pequeninas chilreando e grasnando enquanto corriam em direção às duas. Eram diabretes furiosos, com bocas enormes, que perseguiam Kari e Silvana.

Kari mais uma vez começou a gritar.

– Quer calar essa boca?! – pediu Silvana.

As duas deram meia-volta e passaram a correr na direção de que tinham vindo... até verem a quarta barreira que Silvana tinha criado. Sem conseguir desacelerar a tempo, Kari bateu diretamente nela; já Silvana conseguiu evitar a colisão. Kari ricocheteou para trás, desorientada, enquanto Silvana lançou-se para a frente e a agarrou, puxando a jovem para perto de si enquanto estendia a mão esquerda e tentava conjurar uma bola de fogo.

O feitiço não funcionou.

Os diabretes continuaram aproximando-se.

Sasha estava ao lado de um bruxo cujo nome não sabia – não era Joel, que os seguira em silêncio –, e juntos criaram uma parede de luz grossa e brilhante. As criaturas da escuridão que se jogavam em cima dela viravam cinzas instantaneamente. A parede durou uns dez segundos e depois se extinguiu.

– Outra? – perguntou Sasha, e o homem concordou com a cabeça.

Os dois estenderam os braços, murmuraram os seus encantamentos e invocações em latim e criaram uma segunda parede. Mas desta vez os demônios que se aproximavam desviaram, e ela terminou desaparecendo sem destruir nenhum adversário.

O homem gritou:

– *La-bas!*

Sasha, que morava na sede da Confraria Mãe em Paris e falava francês, apontou os dedos para o chão. Ela desejou que a sua energia se submetesse a ele para que o feitiço ganhasse mais força, e juntos formaram uma ravina dentro da neve.

O primeiro demônio que pisou nela despencou como se estivesse caindo num abismo sem fim.

A pedido do homem, Sasha deu alguns passos para trás, deixando que ele usasse a sua energia para criar uma segunda ravina, e depois uma terceira. Àquela altura, ela já estava completamente exaurida, tremendo como uma folha. Os seus joelhos estavam bambos, e ele a pegou nos braços, segurando-a enquanto virava para o outro lado. Ela sabia que tinham passado tempo demais sem proteger as próprias costas, então não se surpreendeu ao ver um novo tipo de demônio – que parecia uma cobra, com vários braços e uma cabeça comprida – movendo-se na direção deles. O monstro estendeu a língua preta e bifurcada, que golpeou o braço do homem como um chicote. Sasha escutou o chiado agudo da carne queimando, e o homem se contorceu, mas não a soltou.

O demônio recolheu a língua enquanto acelerava na direção deles.

Em seguida a criatura a estendeu de novo.

Tommy berrava enquanto lutava num combate corpo a corpo. Lutava com uma espada que Amanda tinha pegado de um dos demônios mortos. O seu oponente tinha acabado de surgir, saindo de repente de um dos portais – um guerreiro esquelético de olhos verdes e resplandecentes.

Enquanto Amanda bombardeava-o com ondas de energia mágica, ele continuava a atacar. Por milagre, Tommy estava conseguindo se virar bem, lutando com uma habilidade excepcional – *não é possível que seja por causa das aulas de esgrima que tive* – e parecendo tão surpreso quanto Amanda. Então ela percebeu que alguém devia estar aumentando as habilidades dele usando alguma magia.

Com um movimento atlético, Tommy enfiou a espada na caixa torácica do esqueleto, como se quisesse perfurar o coração. A criatura explodiu, produzindo uma chuva de ossos.

Não houve nenhum segundo de comemoração. Outro esqueleto irrompeu do mesmo portal e assumiu posição de

Legado

ataque. Antes que Amanda percebesse a presença dele, um terceiro esqueleto apareceu.

Alguma coisa percorreu o corpo dela como uma corrente elétrica, fazendo as obturações dos seus dentes formigarem. Os seus músculos pulsaram, o seu coração parou; ela sentia-se renovada e mais forte.

Lançaram um encanto em mim, pensou ela. *Alguém fez comigo a mesma coisa que fez com Tommy.*

Sem tempo de assimilar esse fato, ela correu em direção a outro demônio morto e pegou uma espada para si. Brandiu-a só para treinar, confirmando o palpite de que tinha ficado mais forte por alguma mágica, e voltou correndo para o lado de Tommy.

Ele estava combatendo o segundo e o terceiro esqueletos, que estavam revidando. Amanda entrou no meio, com a espada cintilando, e os seus movimentos eram tão velozes que nem ela percebia o que estava fazendo.

Os ossos voaram para todo canto quando os dois esqueletos explodiram.

Conseguimos!, pensou ela, exultante.

Mas então um quarto esqueleto surgiu de dentro do portal. E um quinto. E um sexto.

Ela lançou um rápido olhar para Tommy, que balançou a cabeça, demonstrando ansiedade.

– Estou cansado – confessou ele.

Ela respirou fundo.

Eu também.

Os esqueletos guerreiros atravessaram o portal.

Ametrino

Havia gritaria e luta em todo canto ao redor e, pelo tremor na voz de Joel, Holly sabia que o seu grupo estava sendo derrotado.

– Fique bem, cure-se – implorou Joel para Holly. – Você é a nossa única esperança.

Não posso ser, ela queria dizer para ele. *Por favor. Eu não.*

Ela estava sentindo muita dor. Tinha sido dilacerada e mordida em tantos lugares que não fazia ideia de como ainda estava inteira. Antes que Joel começasse a usar magia nela, Holly estava bem à beira da morte, bem dormente; mas, à medida que o feitiço de cura a renovava, a sua percepção da dor aumentava. E agora tinha se tornado insuportável.

Ela tentou evitar isso e se deixar morrer, mas ele cerrou os dentes e rosnou:

– *Droga, salve a gente.*

– Não temos muito tempo! – gritou o homem de cabelo escuro, lançando magia em cima de um demônio que se aproximava. O demônio gritou e caiu. O homem virou o olhar na direção dela e depois retornou ao seu combate mágico.

Joel prosseguiu, teimoso:

– *Bi tarbhach, bi fallain, bi beò cath. Rach am feabhas creutar agus inntinn.*

E Holly sentiu como se estivesse sendo puxada para dentro de si mesma de novo, para dentro do lugar gélido e escuro. Havia sombras ao redor, como se fossem cortinas congeladas. Assim como antes, ela era a única fonte de luz. Será que era impressão sua ou a luz estava mesmo mais fraca?

Legado

Uma silhueta apareceu ao fundo, e Holly encolheu-se. Será que era Jean? Ou Jer?

Não era nenhum dos dois.

Vestindo preto e prata, e segurando um grande buquê de lírios, Isabeau flutuava em sua direção. O seu cabelo estava solto, caindo em cima dos ombros, e ela parecia selvagem e bravia.

– *Ma fille, eu trouxe alguém para ajudá-la.*

Ela estendeu o braço, e outro vulto flutuou em direção a Holly, também em câmera lenta. Esse vulto estava todo de preto e coberto por um véu. Mas dava para ver as mãos, que seguravam uma adaga luminosa na frente do peito. O cabo era feito de bronze, com joias incrustadas.

A adaga brilhava; havia algo de muito bonito e hipnótico nela. A ponta reluzia.

– *Você vai morrer e não está se importando com isso. Você deseja a morte* – disse o vulto. A voz era profunda e tinha um sotaque carregado, como a de Isabeau. – *Você é uma covarde.*

Holly engoliu em seco.

– *Os seus amigos vão morrer. Pense nisso, jovem fraca. Nos próximos instantes, eles morrerão.*

– Não – sussurrou Holly.

– *Tudo será perdido. E a minha linhagem se extinguirá. Para sempre.*

– Você é Catherine – falou Holly ao perceber. – A mãe de Isabeau.

O vulto ergueu a cabeça coberta pelo véu.

– *A bruxa mais forte que já existiu. Até você nascer.* – Ela ergueu a adaga e a apontou em direção a Holly. – *Você pode salvar tudo. Mas precisa estar disposta a se tornar a bruxa que nasceu para ser.*

Ametrino

– Eu... eu...

– *Não gagueje, garota! Isso me envergonha tanto! A batalha está sendo perdida. Eles estão morrendo.*

– Então acabe com ela! – exclamou Holly. – Faço qualquer coisa! Eu... eu faço sim!

– *Jure.* – Catherine estendeu a adaga. – *Jure pelo seu próprio sangue, que é o meu sangue, Holly da Confraria Cahors.*

Holly esticou o braço e encostou na adaga, que furou a ponta de seu indicador, cortando-a. Três pingos de sangue caíram em câmera lenta na paisagem preta...

E ela estava no meio da rua.

Com os outros.

E não estava ferida.

Ela ficou boquiaberta; ao lado dela, Amanda perguntou:

– O que foi, Holly?

Não havia nenhum demônio. Nenhum diabrete. Nenhum portal. Todos estavam bem. Os outros membros da Confraria estavam parados na neve, observando-a, curiosos, enquanto ela virava para os lados, completamente desnorteada.

– Onde estão os outros? – quis saber ela. Estava perplexa. – Aqueles caras? O homem de cabelo escuro?

Amanda olhou para Sasha e Silvana, que estavam perto. Tommy aproximou-se e acenou com a mão na frente dos olhos de Holly.

– Ei. Está tudo bem?

– Joel? – chamou ela.

A neve caía pesada. O vento assobiava. Outros pedestres passavam pela rua sem perceber a presença da Confraria, que estava protegida e invisível.

Legado

– Tá, isso é muito estranho – falou Holly devagar.

– Concordo plenamente – disse uma voz enquanto um vulto saía do meio da cortina de neve e se aproximava.

Era o homem de cabelo escuro. Ele inclinou a cabeça e ficou observando Holly.

– Houve uma batalha – explicou ele e apontou para a Confraria. – E agora... não há mais.

Ela concordou com a cabeça, sentindo um imenso alívio. Mais alguém também sabia o que tinha acontecido.

Do meio da neve que caía, saíram mais três homens, um muito jovem, parecendo confuso e receoso. Os outros eram mais velhos, um deles estava na casa dos quarenta. Holly reconheceu-os da batalha.

– Você acabou com a batalha – prosseguiu o homem. – Com magia. – Agora ela teve tempo de perceber o quanto o sotaque dele era carregado.

– Holly? – chamou Amanda, falando mais alto. – Do que ele está falando?

– Eu acabei com ela – concordou Holly. *Mas foi à custa de algo... à custa de quê? De outra morte? O que foi que fiz?*

Ela virou-se e caminhou em direção ao norte.

Não havia mais nenhuma sensação de formigamento, nenhuma ansiedade, nenhuma sensação de perigo iminente.

– Sumiu. – Ela olhou para o homem de cabelo escuro, que a observava com atenção. – Nós nos deparamos com alguma coisa e fomos atacados.

Os membros da sua Confraria encaravam-na. Mas estava claro que o homem também se lembrava de tudo o que acontecera.

Ametrino

– Nós estávamos vindo procurar vocês – explicou ele. O homem colocou a mão no bolso da calça e tirou as pétalas de um lírio murcho. – Você deixou isto.

– Eu... – Ela pegou o lírio, examinando-o com cautela. – Tive uma visão. Vi você, mas nem saí... do lugar onde estava. – Ela tomou cuidado para não mencionar o esconderijo. – Quem é você?

Ele gesticulou na própria direção e disse:

– Servimos à Magia Branca. Meu nome é Philippe. O nosso líder foi morto pelas pessoas que vocês estão enfrentando.

O mais novo parecia abalado.

– Ele era o meu irmão, José Luís – disse ele baixinho.

– Morto? – Holly apontou para os seus arredores. – Mas a batalha... acabou.

– Houve outra batalha – explicou o mais velho dos homens. – Foram várias batalhas.

– A quem vocês servem? – perguntou Philippe, olhando para Holly com firmeza. – A quem vocês devem obediência?

– Holly, não responda – aconselhou Sasha com firmeza, aproximando-se e colocando a mão no ombro dela. – Não sabemos quem são esses homens.

Holly pressionou os lábios.

– Perdemos José Luís durante um sequestro – informou Philippe para Holly. – A Suprema Confraria pegou uma pessoa do nosso grupo. – Ele parou e acrescentou com cuidado: – O nome dela é Nicole.

– *Nicole!* – exclamou Amanda, correndo em direção ao homem. – Onde ela está?

Holly ergueu a mão.

– Amanda, cuidado. Não diga mais nada antes de descobrirmos o que está acontecendo.

O homem olhou com atenção para Amanda, que estava nervosa por causa das várias perguntas que queria fazer.

– Você conhece Nicole? – Ele estreitou os olhos. – Você é bem parecida com ela.

Holly deu um passo para a frente.

– Sou a Sacerdotisa-Mor desta confraria – anunciou ela. – É comigo que precisa conversar.

– Viemos aqui para resgatá-la – informou Philippe. Os outros homens concordaram com a cabeça, e o mais velho fez o sinal da cruz.

– Ah, Holly! – exclamou Amanda.

Holly cedeu. Decidiu confiar nele. Afinal, eles tinham colocado a vida em risco ao lutarem ao lado da Confraria.

– Nós também – avisou ela.

Após uma breve discussão, Holly decidiu que a melhor opção era ir para o segundo esconderijo de Londres, seguindo as instruções dadas por Joel.

Ela estava preocupada por não tê-lo visto de novo após Catherine ter acabado com a batalha por eles. De todas as pessoas que Holly tinha visto na batalha, ele era o único que estava faltando.

Tinha de ser à custa de alguma coisa, lembrou ela a si mesma, com uma terrível sensação de pavor. *Se eu causei a morte dele...*

Ela não podia mais pensar nesse assunto.

Tinha uma Confraria a salvar.

São Francisco

Tante Cecile ficou boquiaberta ao ser arrancada de suas meditações. As garotas estavam correndo perigo. Inquieta, deu uma olhada pela casa de estilo vitoriano e ficou se perguntando se deveria ir atrás de Dan. Eles estavam em São Francisco há vários dias, cuidando do pai de Amanda e Nicole e da amiga de Holly, Barbara Davis-Chin.

Tinha sido difícil separar-se da filha, Silvana, sabendo que talvez elas nunca mais se vissem. Mesmo assim, as duas fizeram o que tinham de fazer pelo bem da Confraria.

Fechou os olhos e massageou as têmporas devagar, tentando visualizar com mais foco as imagens que tinha visto. *Uma grande batalha, com a sua Silvana lutando nobremente. Então, de repente, tudo acabou, como se nem tivesse acontecido. Por quê? Ela viu Holly em pé, na frente de uma mulher de véu, prometendo... o quê? Alguma coisa.*

Os seus olhos abriram-se bruscamente, e o seu coração parou. *Ah, Holly! O que foi que você fez?*

Londres, esconderijo

O segundo esconderijo era mais como Amanda imaginou que o primeiro seria: um pequeno apartamento londrino, decorado alegremente para o Yule, com guirlandas feitas de hera e de azevinho e um tronco de Yule em cima da lareira, aguardando o nascer do sol. Uma bruxa chamada Rose era quem tomava conta do apartamento. Foi ela quem acompanhou os dez fugitivos para dentro do local e que os levou para longe das janelas e portas.

– Não temos mais como garantir a segurança de vocês – disse Rose para eles após Holly contar da batalha e de como ela deixou de existir. – Mas não sei o que posso fazer.

Ela lhes serviu comida e pediu licença para poder arrumar o apartamento para todos dormirem.

Enquanto se acomodavam na sala de estar, Philippe aproximou-se de Holly e Sasha e falou:

– Precisamos conversar.

Amanda franziu a testa, um tanto magoada por ter sido excluída. Estava na cara que ela não fazia parte do sacrário do grupo.

Então Tommy segurou a mão dela e disse:

– Deixe eles lidarem com isso por enquanto, Amanda. Holly é a nossa líder.

O contato com a pele dele, apesar de já ter acontecido centenas de vezes durante os rituais, fez um arrepio inesperado percorrer o corpo de Amanda. A mente dela começou a ir para um lugar que a assustava. *Tommy... Tommy Nagai é um homem... ele é um garoto... e eu... sou uma mulher... nós estamos crescendo. Nós podemos... podemos fazer algumas coisas e ficarmos juntos, nós dois... se, hum, ele quiser...*

De repente ela perdeu o interesse na conversa de Holly com o homem. Não estava mais com ciúmes por Sasha ter sido convidada a se juntar a eles, e ela não. Estava apenas bastante ciente da presença de Tommy. *Nenhum deles está ao lado de Tommy. Eu é que estou.*

Ametrino

Ela olhou para a mão dele, em cima da dela. Percebeu que estava corando e disse:
– Nagai, você está tocando na minha pele.
Ele deu um sorriso extremamente meigo. Os seus olhos castanhos estavam dançando. Parecia que ele tinha engolido uma lanterna, e ela ficou sem ar. *Está o maior clima entre a gente*, pensou ela.
– Tommy, você... você está segurando a minha mão.
– E daí? – Ele deu uma risadinha.
Ela balançou a mão dele.
– Vamos, me solte. – Após ver que ele não ia soltar, ela disse: – O que você tem, Tommy?
– Você é a maior boba de todas – falou ele carinhosamente. – Anderson, faz anos que sou a fim de você. Você nunca percebeu?
– Ah. – Ela ficou surpresa. *Tommy?*
Tommy, o brincalhão, que nunca a levava a sério, mas que sempre estava ao seu lado, sempre a escutando, sempre se compadecendo de tudo o que acontecia com ela?
Sério?
– Faz anos – repetiu ele, como se estivesse tentando vencer a barreira do espanto dela. – Praticamente desde que somos bebês.
– *Ah.* – Ela sorriu para ele, tímida. – Oi. – Não era nada poético, entretanto foi tudo o que ela conseguiu dizer. Mas, de certa maneira, aquilo era tudo o que ela precisava dizer.
Ele sorriu de volta.
– Oi. – Ele apertou a mão dela de novo. – Isso não é tão ruim, é?

– Não, não é tão ruim – concordou ela. – Mas ainda somos bebês.

– Nem tanto. – Ele deu um beijinho na bochecha dela.

– *Miau*.

Uma gata saltou no colo de Amanda. Assustada, a garota pulou e depois se acomodou de novo enquanto a gata começava a ronronar e a se encurvar como se fosse dormir.

– E de onde foi que você veio, hein? – perguntou ela para a felina enlameada. – Você é de Rose, é?

– O nome dela é Astarte. É de Nicole. Ela chegou até Nicole algumas noites antes do sequestro. E está participando conosco da busca – explicou Pablo a Amanda.

Amanda sentiu o estômago revirar. Algumas noites antes do sequestro... *Será que essa gata tinha ido até Nicole após Holly afogar Hecate?*, perguntou-se ela. Um calafrio percorreu a sua espinha.

Philippe olhou para Amanda e Tommy. Parecia estar com inveja.

– Eles encontraram um ao outro – murmurou ele.

– Bem, eles não tiveram muitos lugares onde procurar – disse Sasha secamente. Em seguida, olhou para Holly, esperando que ela dissesse algo.

Holly limpou a garganta.

– Como você sabe, houve uma batalha e eu... fiz contato com uma mulher coberta por um véu. Ela desfez a batalha de alguma maneira.

– Qual foi o preço que ela cobrou? – perguntou Sasha. Quando Holly corou, ela insistiu: – Foi pior do que a gata, não foi?

Ametrino

Holly estreitou os olhos.

— Isso é assunto meu.

— Não, não é, não quando você é parte de uma Confraria. Todos temos que concordar com as decisões. É assim que funciona na Confraria Mãe.

A mãe de Jer estava deixando Holly na defensiva, e a líder do grupo não gostou disso. Holly jogou a cabeça para trás e retrucou:

— E é por isso que a Confraria Mãe é tão fraca, Sasha. É só olhar para a nossa situação. Eles não conseguem nem nos proteger enquanto a Suprema Confraria sequestra alguns dos nossos e mata outros. Ela é inútil.

Sasha ficou sem reação.

— Não acredito que você foi capaz de dizer isso quando...

— *Alors* — interveio Philippe, erguendo as mãos. Ele virou-se para Holly. — Peço perdão, mas temos que decidir o que fazer, não podemos ficar discutindo filosofia.

— Você tem razão — falou ela, sucinta. — O que está feito está feito. O que eu fiz ou disse... — Suspirou. — Não sei com o que concordei, para ser sincera. Mas foi o que nos salvou.

— Nem sempre isso é o correto — insistiu Sasha.

— Bom, então me avise quando deixar de ser tão arrogante. — Holly virou-se.

— Holly — chamou Philippe, seguindo-a enquanto Holly ia para a cozinha em disparada. Ela deu uma olhada ao redor, encontrou a chaleira elétrica de Rose e a ergueu para ver se havia água dentro. Contente ao perceber que estava cheia,

Legado

Holly ligou-a na tomada e vasculhou as coisas de chá que estavam numa bandeja prateada, procurando um saquinho para infusão.

– Foi você quem Nicole chamou – disse Philippe, encostando-se no balcão de azulejos brancos. – Foi quando James e Eli descobriram a nossa localização. E foi assim que José Luís foi morto.

Ela encolheu os ombros enquanto escolhia um saquinho de chá Prince of Wales e afastou o fio do envelopezinho contendo o chá cheiroso.

– Está tentando fazer com que me sinta culpada para que eu vá salvá-la? Pois não é necessário. Já disse que vou fazer isso e é o que de fato vou fazer.

– Só estou dizendo que me importo com ela. Nós nos importamos com ela – acrescentou ele.

– Não, não se importam. – Ela franziu a testa. – Vocês são tão ruins quanto a Confraria Mãe. Todo esse papo não vai trazer ninguém de volta.

– Primeiro precisamos saber quem é cada um de nós – respondeu ele e depois apontou para o chá. – Posso tomar um pouco?

– Desculpe – murmurou ela, pegando outro saquinho. – Deve haver xícaras em algum canto por aqui...

Ele abriu o armário e tirou duas canecas em que havia LILITH FAIR escrito. Ele deu uma risada.

– Rose é dessas que vão para esse tipo de coisa, é? Sarah McLachlan e tal?

Apesar de não querer, Holly terminou sorrindo.

Ametrino

— A minha mãe adorava as músicas dela. Ela achava que era superdescolada por causa disso.

— As mães fazem de tudo para serem descoladas. — Ele riu. — Já a minha mãe é uma típica dona de casa francesa. Exceto pelo fato de vender ervas mágicas e poções para todas as suas amigas ricas.

— Algumas pessoas vendem cosméticos, outras vendem poções do amor.

— *Exactement*.

Ela apontou para o armário.

— Você tem um pouco de percepção psíquica. Não tinha como você saber que as canecas estavam ali dentro.

— *Peut-être*. — Ele deu de ombros de uma maneira extremamente francesa.

A chaleira começou a borbulhar. Holly pegou as canecas das mãos dele e colocou os saquinhos nelas.

— Tá bom. Você já quebrou o gelo, e nós encontramos algo em comum, então já há algum vínculo entre nós. O que propõe que a gente faça agora?

— Feitiço de transportação — sugeriu ele. — Irmos até eles.

O sorriso dela aumentou.

— Gostei disso.

Ele retribuiu o sorriso e apontou para a própria cabeça.

— Percepção psíquica — respondeu ele. — Está vendo só? Vamos trabalhar bem juntos.

— Espero que sim — afirmou ela enquanto levantava a chaleira de novo.

Ele franziu a testa.

Legado

– Deixe ferver. Os americanos nunca esperam ferver.

Após abaixar a chaleira mais uma vez, ela cruzou os braços.

– Eu deixo ferver, se for o que preciso fazer. Para o chá ficar bom – acrescentou ela diretamente.

– Para o chá ficar bom – repetiu ele.

Jer: Londres

James e Eli vangloriavam-se no interior do navio, com canecas de cerveja nas mãos, e riam de como Jer estava acabado, deitado de bruços numa cama dobrável em meio à carga. Tinham pegado um dos iates particulares da Suprema Confraria para fazer a viagem até Londres – James, pela sua posição, pudera requisitar isso –, e Jer, apesar de estar sentindo uma dor terrível, compreendia que estava sendo levado para a sede com o intuito de ajudar a conjurar o Fogo Negro.

Será que o meu pai sabe o que está acontecendo?, perguntava-se ele. *De que lado está agora? Será que vai estar lá?*

Sabia que os dias de relativo isolamento tinham acabado. Agora que teria de ganhar o próprio sustento... e garantir a própria sobrevivência.

Mas foram Eli e o meu pai que conjuraram o fogo. Não faço a menor ideia de como eles fizeram isso.

Ficou imaginando como Holly estaria. Onde estaria. Sonhara com ela tantas vezes.

Espero que eu não tenha enviado o meu espírito até ela, mas não tenho como saber ao certo. Passei muito tempo semiconsciente e sei que pensei nela. Eles estão procurando-a. Querem matá-la.

Ametrino

— Quer uma cerveja, Jer? — perguntou Eli, indo de lado até o irmão. Maldoso, ele pressionou a base da caneca contra os lábios inchados e queimados de Jer, que gemeu de dor quando o lábio inferior rachou e começou a sangrar. — Não está com sede?

Jer estava com sede. Estava morrendo de sede.

Não vou dar a ele a satisfação de me ver implorando, pensou ele. Mas, ao exalar, ele gemeu:

— Água.

— Como? O que disse? — indagou Eli educadamente.

Jer fechou a boca.

Eli riu. De maneira teatral, tomou um bom gole de cerveja e se afastou.

— Ajude a mim e a James a conjurar o Fogo Negro — pediu ele —, e assim você terá toda a água do mundo.

Londres, esconderijo

Kari estava sentada em silêncio, balançando-se sutilmente. Estava se sentindo melhor e mais segura na casa de Joel. O fato de uma grande batalha ter ocorrido e ela nem conseguir lembrar a deixava apavorada. *Será que eu ia morrer?* Era inevitável ficar pensando nisso. *E como foi que Holly deu um fim a tudo?* Havia algo de errado naquela história. Será que os outros não percebiam isso?

Estão ocupados demais puxando o saco dela para perceber qualquer coisa, pensou ela com amargura. *Bom, eu não a elegi como líder da Confraria. Nem sei por que temos que fazer tudo o que ela manda.*

Legado

Verdade seja dita, ela acharia bem melhor se Sasha fosse a líder do grupo. Ela era mais velha, mais experiente e mais gentil, principalmente com Kari.

E Sasha era mãe de Jer. Kari não era tão ingênua a ponto de achar que isso não influenciava (e muito) a sua opinião. Lágrimas ardiam na parte de trás de seus olhos. Havia algo de muito reconfortante na presença de Sasha, e ela lembrava tanto Jer – seu jeito, suas feições.

Kari sentiu as lágrimas escorrendo pelo rosto. Mas os outros não perceberam. Nunca percebiam. Ou então apenas não se importavam.

Ela havia passado diversas noites acordada, desejando nunca ter conhecido Jer e o mundo da magia que ele tinha lhe apresentado. E depois se arrependia desses pensamentos, pois não conseguia imaginar a sua vida sem Jer Deveraux. Diversas noites ela havia pegado no sono chorando, rezando para vê-lo de novo um dia.

Mas quando ela o viu... ele só quis saber de Holly. Kari tentou se convencer de que Holly o tinha enfeitiçado. *Mas será que eu já o estava perdendo antes disso? Ele estava tão retraído e severo. A situação com o pai dele tinha atingido um nível crítico... era quase como se os dois soubessem que iam se confrontar.*

Holly meteu-se no meio dos dois e forçou as circunstâncias. Ela é a menina mais arrogante que conheci na vida... e isso, aliado ao poder que possui, a torna muito perigosa. Caramba, como queria nunca ter me envolvido em toda essa idiotice.

Já teria um doutorado a essa altura se tivesse seguido com a minha vida normal.

Ametrino

Pois é, mas estava apaixonada demais por Jer para voltar atrás quando percebi que ele era mesmo um feiticeiro e que a verdadeira magia de fato existia. Naquela época, estava louca por ele e louca para aprender a usar a minha própria magia. Não tenho como culpar Holly por isso.

Mas culpá-la por tê-lo tirado de mim eu posso.

Um dia a vingança chegará, Cathers. Com certeza.

Kari cerrou os punhos e fechou os olhos.

As lágrimas não paravam de escorrer.

Parte Dois
Imbolc

☾

SALEM, MASSACHUSETTS
"Quando a enforcaram, fiquei observando e rindo. Ela era inocente. Eu era a bruxa que eles estavam procurando. Vendi a minha alma para o próprio Diabo, e o Diabo protege os seus. Ele me protegeu e protegeu a mulher Cathers. Uma vez ela me contou que era descendente de bruxas poderosas, eu acredito nela."
— Confissão de Tabitha Johnson no leito de morte.

QUATRO

HEMATITA

☾

Lambemos as feridas que carregamos,
Com os corpos destroçados nós estamos,
Mas nos levantaremos e de novo iremos viver,
A morte não é o fim, é um renascer.

Encontre agora a força para mudar,
Para levar nossas almas e as reorganizar,
Em qualquer coisa podemos nos transformar,
Podemos amar, gargalhar ou matar.

Sede da Suprema Confraria: Londres

Com as roupas que usava quando foi sequestrada, apesar de recentemente lavadas, Nicole andava de um lado para outro na suíte nupcial. Estava com os cabelos emaranhados, assim como os seus pensamentos.

Tenho que sair daqui.

O quarto era a sua prisão, e ela não tinha permissão de sair de lá. Tentara de tudo – de arremessar raios mágicos na porta a usar um cabide de madeira na maçaneta. Sentia-se incapaz de descobrir uma maneira de fugir – a vida real não era como nos filmes – e ficava envergonhada por ter desistido com tanta facilidade.

Legado

James estava fora havia dois dias, o que era um alívio, mas ela sentia uma tensão insuportável só de imaginar o que aconteceria depois. A tensão pressionava o seu coração enquanto ela encarava a lua em alto-relevo que havia na cabeceira da cama. Todas as bruxas sabiam quando era lua cheia: dentro de duas noites seria Yule, uma das noites mais sagradas no calendário das Confrarias – e a noite em que James prometera que a transformaria em serva. Ela seria a Dama de seu Senhor, e ele exploraria as energias mágicas dela, as utilizaria para os próprios fins maléficos... e não havia nada que pudesse fazer para impedi-lo. Era a pior violação que ela conseguia imaginar.

Estraguei tudo. Não devia nunca ter abandonado a Confraria.

Furiosa, lançou outro raio na porta.

Para seu espanto, a parte de madeira adjacente à jamba estilhaçou-se da maçaneta até o topo.

Ficou boquiaberta olhando para aquilo, sem conseguir acreditar. Após correr até lá, pressionou a parte que havia lascado, escutando um estalo à medida que a madeira continuava se partindo. O seu coração parou; ela olhou ao redor, sentindo-se culpada e tentando escutar algum passo caso alguém tivesse percebido o que ela tinha feito, e em seguida disparou outro raio contra a porta.

Desta vez, a parte atingida formou uma rachadura larga o suficiente para que ela conseguisse passar a mão pelo buraco e destrancar a porta pelo outro lado. Arranhou a mão na madeira lascada, mas teria usado o braço até para quebrar uma janela caso isso lhe permitisse fugir.

Abrindo a porta devagar, bisbilhotou o corredor. Não havia ninguém, mas isso não significava que o lugar estivesse desprotegido. Pelo que ela sabia, algum alarme já tinha sido acionado, e os escudeiros da família de James estavam a caminho para detê-la.

Deu um passo para o corredor, que era forrado de preto e vermelho, e depois outro. Balançou a cabeça, surpresa por ter conseguido chegar tão longe. Lançou um olhar por cima do ombro à procura de algum movimento, com ansiedade.

E depois saiu em disparada.

Não fazia ideia de para onde ir e disse para si mesma que devia desacelerar e pensar em algum plano. Mas como? Que plano? Não sabia nada a respeito daquele lugar, só que ali era o lar da força mais maléfica das Confrarias: a Suprema Confraria. E que pessoas tinham morrido ali.

E que eu talvez morra aqui.

Então, saiu correndo.

Sentado no seu trono de crânios, sir William inclinou a cabeça enquanto Matthew Monroe, um de seus principais tenentes, entrava na sala.

Monroe, ruivo, parecia confuso e disse:

— Eis o que sabemos até agora: alguém fez os alarmes dispararem na guarita do norte de Londres, mas nada aconteceu. — Ele deu de ombros. — Pelo que pudemos descobrir, nenhum demônio ou diabrete foi despachado. Não houve nenhum combate, e agora tudo parece estar calmo.

Sir William balançou a cabeça.

— Isso não está certo. Os nossos alarmes só são ativados quando alguma ameaça identificável os dispara. Ou seja, uma bruxa.

Legado

Monroe concordou:

– É verdade, sir William.

– E, ainda assim, nada aconteceu.

– Também é verdade. – Monroe cruzou os braços. – Mas não acho que tenha sido uma falha. Acho que alguém tropeçou no alarme e depois usou alguma magia para reiniciá-lo antes que alguma coisa acontecesse.

– É a explicação mais lógica, mas claro que isso é muito perturbador.

– Sim, muito – falou Monroe.

Sir William estreitou os olhos. Lentamente, a sua forma humana derreteu, deixando à mostra a sua aparência demoníaca. Da qual tinha orgulho. Os seus ancestrais haviam trabalhado bastante, durante muito tempo, para poderem se tornar membros da elite dos malditos – o primeiro tinha sido sir Richard, governador de Botany Bay. As expedições de sir Richard dentro do Tempo do Sonho eram lendárias, e sir William sentia orgulho dele, merecidamente.

Monroe ficou piscando os olhos, mas se manteve firme. Era um dos poucos que tinha visto a transformação tantas vezes a ponto de não sair correndo, gritando de medo. A coragem era uma das suas características mais admiráveis, e também uma das mais perigosas. Ainda assim, era um dos poucos em que sir William confiava.

A voz dele ressoou no peito ao questionar:

– Localizamos a bruxa Cathers?

Monroe hesitou.

– Temos quase certeza de que ela está em Londres. Os falcões Deveraux sentiram a sua presença, mas não estão conseguindo localizá-la.

A mão de sir William era uma garra enorme. Ele cerrou o punho e com força o bateu no braço do trono.

– Maldita seja a Confraria Mãe com suas proteções e invisibilidades! Se eles parassem de se esconder, se aparecessem para lutar... – Ele bufou. – Não entendo como as Cahors concordaram em fazer parte desse grupo. Elas são esquentadas demais para isso. – Os seus lábios escamosos foram para trás, no ricto de um sorriso. – E Holly Cathers está mais para o estilo tradicional, não acha?

Monroe não pôde deixar de retribuir o sorriso.

– Concordo, sir William. Ainda mais se ela ativou o nosso alarme e viveu para contar a história.

– Ela precisa ser morta.

– Precisa – concluiu Monroe.

Sir William deu uma risada.

– O meu filho já apareceu? Ele trouxe Jeraud Deveraux?

Monroe conferiu o relógio.

– Devem chegar na próxima hora – informou ele a seu Sacerdote-Mor.

– Claro que James acha que vai descobrir o segredo do Fogo Negro primeiro e depois utilizá-lo para me tirar desta cadeira – raciocinou sir William devagar. – Aquele garoto... burro como um poste.

– Ele tem muitos amigos inteligentes – lembrou-o Monroe. – E ainda acho que Michael Deveraux é um deles.

– Michael só é leal a ele mesmo – insistiu sir William. – Enquanto eu estiver no controle, ele me seguirá.

Ele enfiou as garras nos braços do trono, quebrando os ossos, e arrancou parte deles. Os fragmentos pareciam pedaços de pão em seu punho.

Legado

— E pelo jeito ainda estou no controle.

As sobrancelhas de Monroe ergueram-se um pouco, e, enquanto respondia, a sua voz tremeu apenas por um instante:

— Pelo jeito, sim.

Sir William lançou os ossos no chão de qualquer jeito e ordenou:

— Escolha uma vítima de pernas mais longas esta noite. Precisamos de um novo fêmur para esta coisa aqui.

Preto e vermelho, preto e vermelho, pretovermelho, pretovermelho...
O papel de parede era um borrão. Pinturas e armaduras formavam borrões enquanto Nicole passava correndo por elas. Os espelhos assustavam-na, mas ela seguia em frente.

Nicole não havia parado de correr desde que tinha escapado do seu quarto na sede da Suprema Confraria. Os seus pulmões doíam e a sua garganta estava tão seca quanto pó; ela continuava dizendo para si mesma que devia desacelerar e pensar um pouco, mas de que isso adiantaria? Estava tão apavorada quanto um rato dentro de uma gaiola com uma cobra, e ela sabia muito bem disso.

Então continuou correndo.

O seu instinto dizia para ela descer a primeira escada que encontrasse, mas mesmo assim não sabia se isso era certo. Nunca tinha visto a parte externa da sede da Suprema Confraria, que, pelo que ela imaginava, podia muito bem ser totalmente subterrânea. Os feiticeiros preferiam que as salas dos rituais fossem dentro da terra; eram as bruxas que, por louvarem a Deusa Lua, tentavam construir os seus locais sagrados o mais perto possível dela.

Agora, na escuridão, ela quase tropeçou em mais uma escadaria, feita de pedra. Respirando dolorosamente, desceu os degraus bastante espaçados. Não havia um corrimão, era apenas uma parede de pedra, sem nenhuma iluminação.

Estava na metade da escadaria quando escutou vozes ecoando nas superfícies duras. E congelou.

– ... bem-vindo ao lar, Jer.

Nicole respirou fundo. *É a voz de Eli.*

– Como as coisas mudam, não é, Deveraux? Agora você está nas masmorras, junto com as vítimas de sacrifício. Se não tomar cuidado, vai terminar virando uma delas.

E essa é a voz de James.

Ela estremeceu e encostou na parede, apesar de não ter como eles a verem ali onde estava.

Mas não tenho certeza disso, não é?, pensou ela, entrando em pânico de novo. *Não sei de nada...*

Ela obrigou-se a se acalmar e tentou escutar mais alguma coisa. Os seus batimentos cardíacos troavam tão alto nos seus ouvidos que tinha quase certeza de que os três homens também conseguiam escutá-lo.

– Está com sede? – perguntou James.

Ninguém respondeu.

– Bom, tenho que avisar ao meu caro pai que cheguei – prosseguiu ele. – E depois vou ver como está a minha querida esposa.

O sangue dela gelou. *Ele vai perceber que escapei.*

Legado

— O seu pai está em alguma espécie de conferência — avisou Eli. — Vi aquele capacho dele, Monroe, indo para a sala do trono. E tenho que consagrar alguns arcanos novos. Você pode me ajudar?

— Claro. Nicole pode esperar.

Os dois riram.

Ela ficou ouvindo os passos no andar de baixo e aguardou um bom tempo até eles pararem de vez. Em seguida, continuou descendo a escada.

Será que posso confiar em Jer?, pensou ela. E será que isso importa? Preciso de ajuda, e ele conhece bem este lugar. Ele é prisioneiro deles, assim como eu, então há esperança.

Mas ele é um Deveraux. Como é que alguém pode confiar num Deveraux?

Ela chegou ao fim da escada. À direita, a uns cinco metros de distância, havia uma parede feita de barras, dividida em cinco ou seis celas. Acima delas, uma lâmpada fluorescente fraca tremeluzia. Enquanto se aproximava, vultos moviam-se dentro das celas, e por um instante ela parou, passando a língua nos lábios enquanto juntava coragem para ir mais adiante. Estava morrendo de medo de que alguém fosse dedurá-la. *Talvez haja alguma recompensa para esse tipo de coisa... O que estou dizendo? Claro que vai ter uma recompensa. Assim que eles notarem que sumi, todos vão sair me procurando.*

— Jer? — sussurrou ela.

Ninguém respondeu.

O que foi que fizeram com ele? Talvez ele não consiga nem me escutar. Talvez não consiga falar.

Hematita

Dando mais um passo à frente, ela tentou mais uma vez.

– Jer?

– Meu Deus! – exclamou uma voz masculina no meio da escuridão. – Ah, graças a Deus, você veio para nos salvar? Eles são completamente loucos! Vão nos matar!

– Shhiii – implorou ela. – Por favor, fique quieto.

– Somos turistas. Isso é maluquice! Somos de Ohio! – A voz ergueu-se, aguda e frenética. – Achamos que estávamos comprando ingressos para ver uma peça e quando nos demos conta... – Havia soluços de choro.

Nicole aproximou-se mais das celas. Na cela mais distante, à direita, havia mãos aparecendo para fora das barras, tentando tocá-la.

– *Meu Deus, tire a gente daqui!* – gritou uma mulher.

Nicole fez um gesto mágico que tinha aprendido com José Luís e falou:

– Acalme-se.

A magia fez a sua pele formigar enquanto uma sensação de serenidade percorria os seus braços e ombros. Um milímetro de tensão saiu do seu corpo. Mas nada mais do que isso. O seu coração ainda estava tão acelerado que era impossível contar as batidas.

A voz da mulher passou a sussurrar:

– Não nos conhecemos. Não temos nenhuma implicância com... quem quer que você seja. Você tem que nos ajudar. – As palavras estavam arrastadas, quase sombrias. – Senão seremos mortos.

– Nos ajude – acrescentou a voz masculina, implorando.

Legado

Nicole foi até a cela, abaixou-se e estendeu a mão. Colocou-a entre as barras, temendo que, de tanto pânico, aquelas pessoas a agarrassem e não soltassem. Mas ela sentia como se tivesse de dar alguma esperança a eles, algum consolo.

Deusa, proteja-os.

– Vou tentar – prometeu ela, experimentando mexer a mão para ver se fazia algum contato.

Outra mão encostou nos dedos dela. Ela escutou um choro pesaroso, mas estava escuro demais para que pudesse distinguir algum rosto. E, sem saber se a pessoa conseguia vê-la, ela disse mais uma vez:

– Prometo que vou tentar.

– Nicole?

Ela estremeceu. Aquela voz tinha vindo do outro lado da fileira; ela levantou-se, desequilibrando-se por um instante, e cambaleou até lá, sem ar.

– Jer?

A lâmpada iluminava um pouco melhor o quadrante direito da frente da cela, e ela posicionou-se para aproveitar isso enquanto espreitava por entre as barras.

– Não olhe para mim – pediu ele, rouco.

Ela desejou ter feito isso.

Ele não parecia humano. As queimaduras eram tantas que ela nunca o reconheceria se não soubesse quem ele era.

– Foi o Fogo Negro – murmurou ela. – Ah, Jer, sinto muito.

– Eu teria me safado – falou ele com a voz áspera –, se vocês não tivessem levado Holly para longe de mim. Cathers e Deveraux juntos conseguem enfrentar o Fogo Negro. Mas depois que ela me deixou lá... para lutar contra aquilo sozinho... – Ele estava rouco e falava devagar. Ela estremeceu ao ouvir o som da voz dele; as cordas vocais deviam estar queimadas. Ela não conseguia nem imaginar como devia ser a dor de ser queimado vivo por dentro e por fora. – Os Deveraux sempre foram abandonados pelos Cahors.

– Meu Deus, Jer. – Ela agarrou as barras e fechou os olhos, sem conseguir mais olhar para ele. – Meu Deus, me desculpe. Vou tirar você daqui. Logo James vai perceber que fugi, então temos de nos apressar. Estamos brincando com fogo. – Ela riu, tensa. – Por assim dizer.

– Tá certo. E qual é o seu plano?

– Meu... plano. – Ela hesitou. – Jer, eu não... eu acabei de fugir. Nem sabia que você estava aqui!

– Não podemos sair andando por aí, Nicole. – Ele parecia irritado com ela.

– Mas foi o que fiz – respondeu ela. – Bom, fugi causando uma explosão. Acabei com a porta do nosso quarto com uma magia que eu nem sabia que era capaz de fazer. Mas ninguém veio ver o que estava acontecendo – acrescentou ela apressadamente. – Ninguém me impediu de vir até aqui.

– ... deve ser porque não se importaram com o seu quarto... o lugar inteiro... extremamente protegido... imaginaram que você era inofensiva.

Ela esforçou-se para escutá-lo, mas a voz dele diminuía e aumentava. Houve um momento de silêncio, e ela achou que Jer tinha terminado de falar. Mas ele prosseguiu, com a voz um pouco mais forte:

Legado

— Você tem acesso aos arcanos de James?

— As coisas de magia dele? – perguntou ela, envergonhada por desconhecer a palavra. – Não.

— Então você tem que roubá-los.

— *O quê?*

— Precisamos de um plano – alertou ele. – As pessoas não conseguem sair daqui assim tão facilmente.

— Bom, eu sei disso.

— Volte para o seu quarto. Deixe James pensar que você não consegue sair de lá.

— Nem pensar! – Ela deu um passo para trás e colocou as mãos nos bolsos da calça jeans. – Nem pensar que vou voltar para lá. Está maluco, é?

— Eles vão procurá-la. E vão encontrá-la. E, se a encontrarem, não sairemos daqui nunca.

Ela ergueu o queixo, mas havia lágrimas escorrendo pelas bochechas. *Não queria que ele tivesse razão.*

— Daqui a duas noites será Yule – salientou ela, em desespero. – Ele vai me tornar serva dele. Não suportaria isso, Jer. Ele vai me obrigar a ajudá-lo nas magias dele, e não vou impedir isso. Você sabe os tipos de feitiços que eles fazem por aqui. São feitiços do mal.

— Então temos uma noite – avisou ele de maneira extremamente paciente – para planejarmos a nossa fuga. Agora volte pra lá.

Com tristeza, Nicole tirou as mãos dos bolsos.

— Não posso fazer isso. Não posso voltar para ele nem por um minuto!

— Tudo bem. Então vamos fugir agora mesmo – zombou Jer.

— James... ele é *mau*. Ele...

— Nicole, se quer mesmo sair daqui, tem que fazer bem mais do que simplesmente ficar surtando. *Agora volte para o seu quarto.*

Havia uma dureza ameaçadora na voz dele. Ela respirou fundo e disse:

— Quase esqueci que você é um Deveraux.

— Não se esqueça nunca disso – rosnou ele. – Eu não esqueço.

Ela enxugou as mãos, que estavam molhadas de suor. Tremia só de pensar em voltar para James.

— Como é que vou saber onde estão os arcanos dele? – perguntou ela.

— Ele já pediu para você participar de algum ritual?

— Não. Ainda não. Mas...

— Então você vai ter que pedir para ajudar. Diga que quer ajudá-lo.

Ela arregalou os olhos.

— De jeito nenhum. Ele faz Magia Negra!

— Tem alguma ideia melhor? – indagou ele. Ela ficou em silêncio. – Você vai ter que fazer o trabalho sujo, Nicole. Não temos como sair daqui de uma maneira agradável. Ninguém virá nos resgatar.

— A Deusa... – começou ela. – Acho que ela está me observando, me guiando.

— Então foi ela que trouxe você até mim. E estou dizendo que devemos fazer alguma coisa. Temos que nos salvar.

— Mas... ele *sacrifica* coisas. Você sabe disso. – Ela olhou com receio para a fileira de celas, pensando nas pontas dos dedos em que tinha tocado. E sentiu náuseas.

– Se ele a obrigar a sacrificar alguma coisa, você vai ter que obedecer – insistiu ele.

O estômago dela revirou-se.

– Jer... – implorou ela.

– Quando você tiver a oportunidade de ver os arcanos dele, procure uma pedra de alma. Você vai precisar de um *athame*. Ele provavelmente tem um de reserva. Você precisa roubar essas duas coisas – explicou ele, analisando mentalmente o plano. – Tente pegar um pouco de artemísia. Sempre temos isso lá em casa, e num lugar enorme como este deve ser possível pegar um pouco num armário comunal.

– O *athame*... isso é a faca dele, não é?

– Sim – confirmou Jer. – Eu diria para você pegar o *athame* principal, mas ele perceberia na hora. Um feiticeiro importante como ele deve ter no mínimo mais dois de reserva. Mas tem que ser um que ele tenha usado. Certifique-se disso.

Ela engoliu em seco.

– *Usado* significa utilizado num sacrifício?

Jer grunhiu de surpresa.

– Vocês, bruxas Cahors, são muito diferentes de nós, não é mesmo? Claro que é isso que significa.

– Meu Deus, Jer! Eu... eu...

– Droga, Nicole! Para com esse drama. Quer terminar como eu, é? Volte para lá *agora*!

– E depois? – quis saber ela. – O que quer que eu faça depois que roubar essas coisas?

– Traga-as para mim.

– Mas como? Como vou sair de novo do quarto?

Hematita

– Isso você vai ter que descobrir sozinha – respondeu ele, cansado. A voz dele estava ficando fraca mais uma vez. – Não sou capaz de ajudá-la nisso.

– Por que não? – questionou ela. – Você não é um feiticeiro?

– Estou semimorto, Nicole.

Ela colocou as mãos nos quadris e ficou olhando para a criatura deformada que costumava ser Jer Deveraux.

– Então é melhor você parar de drama também. Isso é mais o seu terreno do que o meu, Jer. Pare de jogar toda a responsabilidade nos *meus* ombros.

Os dois ficaram em silêncio. Então Jer fez um barulho grave e estranho, que parecia ser uma risada.

– *Touché*, Nicole. Você tem razão. – Ele exalou demorada e irregularmente. – Talvez eu possa fazer alguma coisa. Forçar a porta da cela, algo assim.

– Lance um feitiço de proteção em mim – sugeriu ela.

– Não somos muito bons nisso, mas vou fazer o meu melhor.

Ela ficou parada enquanto ele entoava algumas palavras em latim, usando um feitiço que ela não conhecia – *não que eu conheça tantos* –, mas não sentiu nada de diferente quando ele terminou.

– Não funcionou – disse ela.

– Eu avisei que não somos muito bons nisso – lembrou-lhe ele do meio das sombras. – É melhor você ir. Você tem que chegar ao seu quarto antes dele.

Ela fez uma careta.

– Ele vai ver a porta destruída.

– Você não pode consertá-la? – perguntou ele.
– Magicamente, não, acho que não.
– E a sua Deusa? Ela pode fazer isso?
– Não zombe das minhas crenças – retrucou ela, e então percebeu que a sua fé ainda não era tão verdadeira. Aos pouquinhos, a sua fé tinha aumentado. Mas não era forte de verdade. Nicole ainda sentia-se apavorada e muito sozinha.
– Lá você cuida disso – disse ele com urgência. – Vá logo, Nicole.
Ela hesitou.
– Não sei o caminho de volta.
– Nisso eu posso ajudar. Vou lançar um feitiço para você se guiar. Vá.
– Eu... volto assim que puder.
Ela virou-se e correu em direção à escadaria, subindo os degraus como uma louca, apesar da exaustão. Uma parte dela resistia a cada passo que dava para a frente – ela estava voltando para James, algo que não queria fazer de jeito nenhum –, mas de repente sentiu-se estranhamente animada, até mesmo elétrica. Sabia que devia virar à direita e que, na próxima escada, precisava virar à esquerda.

É o feitiço de Jer, percebeu ela.

Antes que se desse conta, estava em disparada pelo corredor que dava acesso ao quarto. A porta ficava no mesmo nível da parede, então foi apenas ao chegar na frente dela que Nicole percebeu que parecia intacta. Era como se não tivesse feito absolutamente nada.
– O quê? – questionou ela em voz alta, depois olhou ao redor e testou a maçaneta, que girou.

Hematita

Ela entrou, fechou a porta e escutou o clique da fechadura. Estava trancada de novo e não havia nenhum sinal de que tinha fugido.

Como isso é possível?

Então ela virou-se em direção à cama e ficou boquiaberta.

Havia um vulto azul e reluzente encarando-a. Pela altura, Nicole presumiu que era uma mulher. Ela estava ao lado da cama; era um fantasma translúcido, coberto por um véu negro da cabeça aos pés, exceto pela adaga que segurava por cima do peito. A adaga era curva, com joias incrustadas.

Um athame, percebeu Nicole. *Será que ela é a Deusa?*

– Quem é você? – perguntou ela em voz alta, ficando de joelhos.

No entanto aquele vulto tinha algo de... estranho. Ela sabia, no fundo da alma, que não era a Deusa, mas sim um ser inferior. Mas não queria insultar a aparição, que talvez tivesse surgido para ajudá-la, então continuou de joelhos.

– Você está do meu lado? Você consertou a porta?

O vulto continuou em silêncio.

Nicole tentou mais uma vez:

– Você é Isabeau? – Apesar de Isabeau ter possuído Holly durante uma sessão espírita conduzida por Tante Cecile no ano passado, Nicole não conseguiu enxergá-la muito bem. E, como o vulto estava todo coberto pelo véu, era impossível saber quem era.

O vulto não disse nada, apenas estendeu a adaga para Nicole, que, hesitantemente, esticou o braço naquela direção.

– É de James? – indagou ela enquanto se levantava.

Legado

Como se estivesse respondendo, a mulher inclinou a cabeça um pedacinho de um milímetro. Em seguida, desviou o olhar para a cabeceira da cama. Nicole acompanhou o olhar dela e foi até a cama, aproximando-se nervosamente da área onde ela estava.

– Tem algo para mim aqui dentro? – perguntou Nicole.

Ela foi até a cabeceira e tocou no Deus Cornífero entalhado, sentado na pilha de crânios humanos.

Estava solto.

Piscando, ela segurou-o entre os dedos, puxando-o com delicadeza, removendo-o do resto da cabeceira. Um buraco de uns cinco centímetros de diâmetro surgiu no meio da madeira, e ela deu uma olhada lá dentro.

Havia uma pequena pilha de objetos, incluindo um anel, umas duas coisas, que pareciam ser seixos, e mais um item. Removeu-o e viu que era uma estatueta de cera com cabelo ao redor da cabeça. O cabelo dela.

Nicole engoliu em seco e olhou para o vulto de véu.

– Sou eu?

A mulher estendeu a mão.

Em dúvida, Nicole segurou a estatueta contra o peito.

– Você quer?

A mulher mexeu a cabeça. Era bizarro ela não falar e mal se mexer. Tudo estava acontecendo de uma vez só. Nicole estava exausta de tanto correr e tão assustada que mal conseguia ficar de pé, muito menos assimilar o que estava acontecendo. Precisava de um instante para descobrir o que fazer... mas não teria esse instante.

— Mas... — Ela olhou para a estatueta, para os seixos e para o punhal. Podia ser que a mulher estivesse mesmo ajudando-a. Apesar de não ser um ser celestial, parecia estar do lado de Nicole, pelo menos de alguma maneira mais profunda que ela não conseguia nem começar a entender.

Então a mulher girou a adaga que segurava, deixando-a com o cabo para a frente, e a ofereceu para Nicole.

Nicole respirou fundo e colocou a mão ao redor do cabo.

Um arrepio frio e gélido percorreu a sua espinha. E, na sua mente, ela enxergou:

Uma loja de suvenires, com a porta da frente aberta e a neve entrando. Perto da porta, uma xícara de chá quebrada em cima do azulejo. Uma poça de chá.

Um homem, chamado Joel, e ele era um druida; tinha ajudado Holly, mas agora estava deitado no chão, na frente de um fogo que se extinguia, com os olhos bem abertos e lábios azul-claros.

— Meu Deus, ele está morto! — exclamou Nicole.

De repente, a figura reluzente desapareceu, deixando Nicole com a adaga, a estatueta de cera, o anel e os seixos.

E a porta do quarto começou a se abrir.

Depressa, ela guardou os seixos, o anel e a estatueta, colocando o Deus Cornífero entalhado de volta no lugar. Já a adaga ela escondeu debaixo de um dos travesseiros.

Tinha acabado de se virar em direção à porta quando James entrou com seu jeito pomposo.

Ele não disse nada, apenas deu um sorriso sarcástico e fechou a porta.

– Você deve estar morrendo de saudades – disse ele. – Está até ofegante.

Ela forçou a respiração a desacelerar, o que não foi complicado. À medida que ele se aproximava, o peito dela apertava-se e ficava cada vez mais difícil respirar.

– Hoje à noite vai haver um ritual – informou ele. – E você vai participar. – Ele sorriu com malícia. – Um velho amigo seu estará lá.

Ela percebeu na hora.

Será que está falando de Jer?

– Que espécie de ritual? – quis saber ela.

– Estamos tentando conjurar o Fogo Negro. Você sabe, ao juntar Cathers e Deveraux se tem uma combinação poderosa.

Ela fingiu não saber de nada.

– Então Eli vai estar lá.

– Ah. É. *Eli.*

Ele olhou para ela com uma expressão de deleite e menosprezo. Foi até a cama, sentou-se e depois se deitou, ainda de botas. Ela tentou acalmar a respiração, pois estava ficando zonza por causa da falta de oxigênio, mas sabia que tinha de agir normalmente.

Ele estendeu os braços.

– Venha aqui, Nicole. Venha me dar as boas-vindas.

Ela ficou encarando-o e balançou a cabeça. *De novo não. Nunca mais.*

Alguém bateu na porta, que se abriu. Um homem ruivo apareceu. Ele parecia inexplicavelmente nervoso e lançou o olhar na direção de Nicole. As bochechas dele coraram nitidamente, era como se alguém o tivesse esbofeteado. Nicole, intrigada, ficou observando-o com cautela.

James sentou-se, franzindo a testa.

– Monroe, eu não disse "pode entrar".

– O seu pai quer vê-lo – avisou o homem. Ele deu mais uma olhada rápida para Nicole. Ela quase conseguia escutar as batidas do coração dele de tão nervoso que ele estava.

Sem notar a aflição do homem, James soltou um palavrão baixinho e se levantou. Ele passou direto por Nicole e foi até a porta. Os dois saíram, James bateu-a com força, e ela escutou o barulho da fechadura se trancando.

Nicole ficou em pânico por um momento ao ver que estava trancada mais uma vez, mas logo lembrou que tinha conseguido fugir mais cedo. E agora estava com as coisas de que precisava.

Acho que sim.

– Isabeau? – chamou ela. – Você ainda está aqui?

Após não obter resposta alguma, Nicole sentiu que de fato estava sozinha. Subiu na cama de novo e pegou os objetos da cabeceira, parando para examinar o anel. A pedra negra tinha a forma de um pentagrama e no topo havia uma réplica dourada do Deus Cornífero entalhado na cabeceira.

Ela fechou a mão em volta do anel e respirou fundo.

Vou levar isso para Jer.

Se conseguir chegar até ele de novo.

Enquanto os outros se agrupavam ao redor de Holly e Amanda, a gata de Nicole, Astarte, acomodou-se no colo de

Amanda. Holly estendeu a mão para acariciá-la, mas a gata sibilou para ela.

Ela afastou a mão, olhando para Philippe, Sasha e Rose, que tinha organizado o grupo num pentagrama ao redor das duas bruxas. Eles ainda estavam no apartamento de Rose; o pentagrama tinha sido queimado no chão de madeira, debaixo dos tapetes de flores.

– Invocamos as encarnações dos Deveraux e Cahors do passado – entoou Sasha –, para que possamos aprender mais sobre a vendeta que existe entre essas duas grandes Confrarias. Que a nossa Sacerdotisa possa vislumbrar o seu passado e o passado da sua Confraria. Que o sangue dos Cathers pingue nas lembranças que existem nos corações dos Cathers.

Ela ergueu o *athame* de Rose. Holly estendeu a mão com coragem, a palma para cima. Sasha fez um corte bem no meio.

Doeu, mas Holly continuou parada e concentrada.

Era a vez de Amanda. Quando a faca percorreu a palma da sua mão, ela prendeu a respiração e murmurou:

– *Ai*.

– Que eu enxergue – pediu Holly. – Que eu viva pelos olhos dos Cathers. E dos Deveraux – acrescentou ela.

– Não – sussurrou Amanda. – Fique longe deles.

– E dos Deveraux – repetiu Holly, ignorando a prima.

O grupo agitou-se, mas Holly também ignorou isso. Ela pressionou a sua palma na da Amanda – e os seus sinais de nascença formaram dois terços de um lírio, que era o símbolo da grande Confraria dos Cahors. Imediatamente, ela sentiu as duas forças unidas percorrendo as suas veias.

Hematita

Quando resgatarmos Nicole, as três Damas do Lírio estarão juntas. Ninguém poderá nos impedir de fazer nada.

– Acalme a sua mente, Sacerdotisa – recomendou Philippe.

Holly respirou fundo e fez o que ele disse.

São Francisco

Richard Anderson sentou-se, pensou. Não tinha muito mais o que fazer por aqueles dias. Tinha passado um bom tempo de luto – anos. Então, um dia – no dia anterior, na verdade –, simplesmente parou. Tinha terminado. Terminado de lamentar a morte da esposa, de lamentar o casamento, de lamentar a sua própria vida. Foi como se de repente tivesse acordado.

Olhou ao redor, havia desconhecidos tomando conta dele. Um deles ele achava que era a tia ou a mãe de uma amiga de Amanda, algo assim. Ele não fazia ideia de quem era o indígena. Havia muita conversa e preocupação a respeito de uma tal de Barbara, que aparentemente não estava muito bem.

E ninguém sabia como as filhas dele estavam.

Alguma coisa tinha de mudar. Mas primeiro ele tinha de obter mais informações. Se tinha uma coisa que havia aprendido no Vietnã, era que é melhor a pessoa saber o que a aguarda antes de entrar de cabeça em algo. Outra lição que tinha aprendido era que segurança e estabilidade são coisas bem valiosas. Quando a sua esposa, Marie-Claire, conheceu-o, ele era bastante imprudente. Arriscava-se o tempo todo. Ao voltar da guerra para o seu lar, para a sua jovem esposa, ele

Legado

procurou o emprego mais estável possível e se acomodou. A sua empresa de informática surgiu a partir disso e nunca foi um empreendimento muito arriscado.

Richard percebia então que ela nunca tinha entendido por que ele queria tanto essa estabilidade. Talvez naquela época ele não fosse excitante o suficiente para ela. No entanto, em vez de tentar conversar sobre isso ou pedir o divórcio, ela foi infiel. O que foi culpa dela. Ele descobriu e não fez nada. O que foi culpa dele. Ele ficou preocupado demais, com medo de que ela o abandonasse. Ter duas garotinhas não ajudou em nada. Ele sentia uma necessidade enorme de manter o lar em segurança para que elas nunca tivessem que lidar com perigos e incertezas.

E foi algo que deu completamente errado. Talvez ele devesse ter ensinado as garotas a se virarem, a serem duronas. Talvez assim naquele momento elas estivessem mais preparadas para enfrentar um mal tão grande. Ele fechou os olhos. Não havia nada que pudesse fazer para mudar o passado. Poderia, entretanto, alterar o futuro. Talvez estivesse na hora de mostrar às filhas que o pai delas sabia algumas coisas a respeito da vida e da guerra. Não sabia fazer magia, mas apostava que elas ficariam surpresas ao verem do que ele era capaz.

CINCO

HELIOTRÓPIO

☾

Temos trabalho a fazer, prestem atenção,
Deveraux vivos ou mortos, sem exceção,
Ó Homem Verde, atenda à nossa prece,
Por coragem e vitória quando o sol desce.

Deusa, com nossos medos nos ajude,
E nossas lágrimas de raiva enxugue,
Conceda-nos força para triunfarmos,
Ao por baixo do véu olharmos.

Salem, Massachusetts: 29 de outubro de 1962

Jonathan Deveraux sorriu ao acordar. Conseguia ouvir o barulho da chuva no telhado e, a distância, trovões estrondeavam, sinistros. Sim, seria um dia glorioso.

Enquanto se vestia, pensou mais uma vez nos acontecimentos dos últimos meses. Salem tinha sido uma cidade calma até janeiro, quando as jovens Elizabeth Parris e Abigail Williams começaram a gritar que havia bruxas entre eles. Alucinações, convulsões e transes vivenciados por elas e por outras garotas da cidade bastavam como provas para o povo temente a Deus.

O que tinha começado como uma brincadeira maldosa feita por duas meninas entediadas e rancorosas terminou se transformando numa epidemia de medo e paranoia. Mas, além disso, a brincadeira transformara-se num jogo de xadrez entre Jonathan e Abigail Cathers.

Ao chegar em Salem, ele tinha ficado chocado ao encontrar uma descendente da família Cahors que lá vivia com um novo nome, sem nenhuma lembrança da vendeta que fizera o seu ancestral sair do seu país de origem, a França. Abigail Cathers era uma bruxa, mas ela nunca soube que ele, Jonathan Deveraux, era um feiticeiro.

Então ela fez parte do jogo por meses, apesar de não saber quem era o oponente. Ele dava a algum cidadão de Salem condições de denunciá-la como bruxa, e ela se livrava, fazendo com que outra mulher fosse acusada no seu lugar. Sarah Osborne, Margaret Jacobs e Elizabeth Proctor foram meras peças desse jogo, sacrificadas por Abigail para desviar a suspeita de si mesma. Os bons cidadãos não faziam ideia de como eram manipulados pelos dois.

Mas enfim ele tinha conseguido dar o xeque-mate nela. Naquele dia Abigail seria julgada diante da Corte de Oyer e Terminer. Os seis juízes remanescentes da corte, que havia sido instituída pelo governador para julgar os casos de bruxaria, teriam de declará-la culpada.

Ele queria estar presente no momento em que anunciassem a sentença, só para ver a expressão no rosto dela. Infelizmente, a corte não era aberta ao público. Ele teria de se contentar com a sua pedra premonitória.

Enquanto a garota Elizabeth Parris denunciava Abigal Cathers lenta e solenemente, a mulher ficou branca. Três garotas estavam sentadas diante dos juízes, as faces sombrias, mas os olhos dançando com um deleite diabólico. Quantas pessoas haviam morrido por causa delas?

– E Abigail amaldiçoou a minha cadela para que não pudesse ter filhotes. Todo ano ela dá cria e esse ano, nada. E é tudo por causa de Abigail Cathers. A cadelinha latiu para Abigail, que a olhou com crueldade e disse que ela nunca mais teria filhotes, pois eles só ficariam latindo.

– Não fiz nada de errado – defendeu-se Abigail, em pé. – Essas meninas acusaram tantas mulheres falsamente e vocês acreditaram em todas as palavras que elas disseram. Ouçam o que elas estão dizendo: isso é ridículo. Por que é que eu amaldiçoaria uma cadela por fazer algo que é parte de sua natureza? Esta corte condenou à morte dúzias de inocentes. Minha amiga, a dona de casa Mary Shiflett, foi uma delas... – Foi então que ela hesitou. Lágrimas formaram-se nos seus olhos. – ... E vocês a afogaram! Vocês a *afogaram*!

– Ela foi acusada corretamente – afirmou Samuel.

Abigail ergueu o queixo.

– Bruxas de verdade não teriam sido mortas. Bruxas de verdade teriam silenciado essas garotas, não os pobres cachorros delas.

Ela sentou-se mais uma vez, e as correntes que a prendiam tiniram ruidosamente em meio ao silêncio. Os testemunhos continuaram. As evidências eram todas ridículas, todas circunstanciais, e os juízes estavam acreditando em todas aquelas palavras.

Enfim, Abigail perdeu a paciência. Levantou-se de novo. Os seus olhos começaram a brilhar, e ela gritou:

Legado

— Suas garotas imbecis! Vocês não têm ideia do que uma bruxa é capaz de fazer!

Atrás dela, a parede explodiu, e os destroços saíram voando. Os homens gritavam enquanto pedaços de pedra despencavam em cima deles. O pó tomou conta do local. Então Abigail desapareceu, e as correntes caíram no chão fazendo o maior barulho. As garotas tinham sido esmagadas pelas pedras que caíram.

Um silêncio apavorante formou-se entre os homens ali reunidos.

— Será que isso é mesmo possível? – perguntou Samuel, quebrando o silêncio. – Será que condenamos tantas inocentes e deixamos a verdadeira bruxa escapar?

O governador Phips levantou-se. Estava pálido, tremendo da cabeça aos pés.

— Senhores, não sei a resposta à pergunta do sr. Sewall. Tudo o que sei é que vou dispensar esta corte.

— Mas, senhor, como pode considerar isso após o que acabamos de presenciar? – indagou Jonathan Corwin.

O governador ergueu a mão.

— E como o senhor pode apoiar a condenação de mais pessoas, provavelmente inocentes, após o que acabamos de presenciar? Acha mesmo que uma verdadeira bruxa morreria com tanta facilidade quanto as mulheres que vocês assassinaram?

— Mas as confissões...

— As confissões foram poucas, e a essa altura como podemos saber que não foi essa criatura demoníaca que acabou de fugir daqui que as enfeitiçou, fazendo-as confessarem só

Heliotrópio

para afastar a suspeita de si mesma? – salientou Bartolomeu, aborrecido.

Aquilo fez todos se calarem por um instante.

John Hathorne pronunciou-se baixinho em meio ao silêncio.

– Os senhores me conhecem e sabem que levo as nossas responsabilidades a sério. Na minha opinião, ou essa bruxa é bem mais poderosa do que as suas semelhantes, ou condenamos diversas almas inocentes à morte. Se essa última opção for verdade, como suspeito que é, então Deus nos julgará pelo que fizemos.

Ele parou, deixando as palavras serem assimiladas pelos outros.

– Então, se Deus nos julgará, que a história não nos julgue. Caso isso se torne público, haverá uma enorme inquietação popular, até mesmo levantes. A autoridade da lei, a própria Igreja, pode ser questionada. Já existem várias pessoas que acham que estamos errados; não vamos aumentar esse número. Temos diversas confissões que devem bastar como evidência para a maioria. Diversas mulheres foram condenadas e mortas. Então vamos pôr um fim a esses julgamentos de bruxas.

Ele aguardou os murmúrios terminarem.

– E vamos apagar todos os registros relacionados a Abigail Cathers e ao que ela fez aqui hoje. Não mencionemos mais o assunto, nem mesmo entre nós.

Enquanto a poeira ainda descia devagar, caindo nos seus ombros, John ordenou com a voz tremendo:

– Escrivão, arranque as páginas que tratam de Abigail Cathers do registro judicial. Destrua-as. Ninguém jamais poderá saber dessas coisas terríveis que testemunhamos aqui.

Legado

Solenemente, o jovem obedeceu. Após arrancar as páginas, acendeu um fósforo e colocou fogo nelas. Soltou-as no chão de pedra e, enquanto todos observavam os papéis queimando, a chama pareceu mudar de cor, indo do vermelho para o preto.

Enfim os registros viraram cinzas, e John sentou-se, estremecendo. Ele sentia-se nauseado.

– E as outras que já estão detidas? – perguntou Samuel. – Se simplesmente a libertarmos, é como se estivéssemos admitindo que não houve nenhuma ameaça real.

– Então elas serão julgadas, mas não por nós – respondeu John Richards. – E, por alguma razão, acho que elas serão consideradas inocentes.

– Amém – sussurrou o tenente-governador William Stoughton.

Jonathan Deveraux suspirou pesadamente ao guardar a pedra premonitória. Ele não tinha conseguido fazer com que Abigail fosse morta. Na verdade, era algo que tinha ficado bem mais difícil, pois então ele teria de encontrá-la. Com certeza ela iria para algum lugar bem longe daquela região – ainda mais depois do que tinha feito.

Ah, droga. Salem voltaria a ser uma cidadezinha pacata outra vez, e a vida voltaria ao normal.

Que coisa mais sem graça.

– E sempre foi assim – disse Sasha para Holly enquanto voltavam da visão compartilhada que tiveram do passado. Estavam na sala de estar do esconderijo com Philippe, que também tinha participado. Rose tinha recrutado os outros para ajudarem com a preparação da comida. – Deveraux caçando Cahors por todo o tempo e espaço. Aliás, caçando Cathers, depois que a família mudou o nome.

Holly concordou com um ar triste.

– Seiscentos anos atrás, Isabeau de Cahors foi obrigada a se casar com Jean de Deveraux, e depois ela ajudou a própria família a massacrar a família Deveraux. Houve um enorme incêndio, no qual ela morreu. Todos presumiram que Jean também tinha morrido.

– Mas ele não morreu – concluiu Philippe. – Ela havia jurado que ia matá-lo, mas ou ela fracassou, ou poupou a vida dele. E agora os espíritos dos dois estão entrelaçados, e creio que isso vai continuar assim até ela cumprir a promessa que fez à família, matando-o. E a Confraria Deveraux continua caçando as bruxas Cathers por todos os lugares onde elas possam ser encontradas.

– "Matando-o"? – repetiu Holly. – Mas como Isabeau pode matar Jean se os dois são espíritos?

– Acho que você já sabe a resposta – avisou Sasha, com cuidado. Ela colocou a mão no braço de Holly. – Isabeau consegue possuir você, e Jean está vivendo novamente por meio do... meu filho.

– Jer – murmurou Holly, estremecendo. Ela olhou para a mão de Sasha no seu braço. Gostava da presença calma e protetora da mulher mais velha. Apesar de Sasha não ser nada parecida com a sua mãe, ela era mãe de alguém... e nos últimos tempos Holly estava precisando bastante de cuidado maternal.

Legado

Ela é mãe de Jer, lembrou ela para si mesma. *Como ela pode falar sobre isso com tanta calma?*

– Acho que podemos pensar em alguma maneira de nos livrar disso – disse Sasha, com firmeza. – Tenho que acreditar nisso, Holly. Não acredito que você esteja destinada a matar o meu filho.

– Ou que ele esteja destinado a me matar. Isabeau quer pôr um fim nessa história, mas Jean quer vingança – lembrou-a Holly.

– Ele ainda está loucamente apaixonado por Isabeau. Eles eram pessoas muito passionais, Jean e Isabeau. – Ela fez uma pequena careta. – Foi por isso que senti atração pelo pai de Jer. Por causa da paixão que ele sentia pela vida. – Emocionada, ela apertou o braço de Holly mais uma vez. – Mas não quero mudar de assunto. Agora precisamos nos concentrar em achar a sua prima e em descobrir onde Jer está. Ele continua fazendo contato com você, então significa que ele está... vivo...

A voz dela hesitou. Holly colocou as mãos sobre as de Sasha e olhou calmamente nos olhos dela.

– Eu já tive de fazer coisas que não queria fazer pelo bem da Confraria – admitiu Holly para ela. – Sou forte, como Isabeau. Vou encontrá-lo, Sasha. Mas não vou machucá-lo.

Sasha fechou os olhos e suspirou pesadamente.

– Quando Michael me obrigou a ir embora, fiquei tão preocupada com os meus garotos. Não se passou um dia em que não tenha me preocupado com eles, me perguntado como estavam. Foi por isso que fui até a Confraria Mãe: para poder aprender feitiços, a fim de protegê-los e mantê-los em

Heliotrópio

segurança. E depois comecei a minha amizade virtual com Kari, que me manteve informada a respeito do namorado dela, o "bruxo".

Holly corou, sentindo-se constrangida. Jer e Kari passaram mais de um ano bem apaixonados, até Holly aparecer. Então naturalmente ela tinha sentimentos contraditórios a respeito desse assunto.

Sasha prosseguiu:

– Tenho certeza de que Michael disse para eles que eu os abandonei.

Holly engoliu em seco. Michael Deveraux de fato tinha dito aos filhos que a mãe os tinha abandonado. Eli fingiu não se importar com isso, mas ela sabia que Jer tinha ficado profundamente magoado. Por ser o único Deveraux da família que tinha alguma bondade dentro de si, Jer foi quem mais sofreu com a ausência de Sasha. Holly sabia que ele acreditava que, se a mãe tivesse ficado ou o levado com ela, ele não estaria tão corrompido pelo mal como estava agora.

Nem acho que ele seja uma pessoa má, disse Holly para si mesma. Mas ela percebeu que isso era apenas algo que esperava que fosse verdade, não um fato certo.

Mas também fui corrompida, pensou ela. *Deixei o mal entrar em mim para poder proteger a minha Confraria.*

Não posso ficar com ninguém que seja completamente bom. Eu terminaria arruinando essa pessoa.

Por um segundo, ela entrou em pânico. *O que foi que fiz comigo mesma? Com a minha vida?*

Então ela ergueu o queixo. *Fiz o que precisava ser feito. Já era, não adianta ficar pensando no assunto.*

Legado

— Você está bem, Holly? — perguntou Philippe, olhando para ela. Então ele deu um sorriso torto para ela e para Sasha.

— É uma pergunta estranha para esses tempos estranhos.

— Estou bem — respondeu ela, com calma. — Estou sim.

— Então temos que seguir em frente. Temos que elaborar um plano — afirmou Philippe, olhando para as duas. — A minha teoria é que, como você viu Jer tão nitidamente durante a batalha, ele está por perto. Se isso for verdade, é possível que ele esteja na sede da Suprema Confraria.

— Mas ele me disse que estava na ilha de Avalon — argumentou ela. — Ele mesmo me disse isso, num sonho. — Ela cerrou os punhos. — Ele mentiu para mim.

— Talvez ele tenha sido transferido — opinou Sasha.

— Sim — concordou Holly, incomodada.

Philippe deu de ombros.

— Nós sabemos que Nicole está na sede. E que ela está casada com James, ou pelo menos foi isso que os espiões da Confraria Mãe disseram. Talvez Jer também esteja lá.

Rose, que estava ouvindo a conversa, aproximou-se. Ela concordou com a cabeça e disse:

— Sim, é verdade. Recebemos uma mensagem de alguém lá dentro afirmando justamente isso. Alguém que está do *nosso* lado — acrescentou ela. — Dizendo que Nicole está casada com James e que está na sede.

Philippe tensionou a mandíbula e cerrou os punhos. As suas sobrancelhas escuras se comprimiram enquanto ele falou entredentes:

— Isso não pode ficar assim. Temos de resgatá-la o mais rápido possível.

— Então você sabe onde fica a sede? – indagou Holly devagar. – E não nos contou?

— Não sei onde fica – respondeu Rose. – Isso não nos foi revelado.

— Quem é o espião? – perguntou Holly para Rose. – E, se a pessoa sabe tantas coisas assim, por que ela, ou ele, não conta logo onde fica o local?

— Não sabemos quem é – rebateu Rose com franqueza. – Temos um amigo lá dentro. Ele, provavelmente, é um homem, mas não se identificou. E, quanto a nos informar a localização, temos esperança de que ele vá fazer isso quando chegar a hora certa.

— Então como sabemos que esse *amigo* não está nos dando informações erradas? Brincando com a gente? – insistiu Holly.

— Pablo também confirmou a presença de Nicole na sede – observou Philippe. – Ele é um vidente. E também é capaz de ler mentes.

Holly olhou para cima bruscamente.

— E ele não consegue *ler* o endereço na mente de alguém?

— Pense um instante – pediu Rose. – Uma informação dessas é provavelmente um dos segredos mais bem guardados da Suprema Confraria. Eles provavelmente descobriram uma maneira de protegê-lo, mesmo de alguém como Pablo. Claro que eles sabem que há pessoas que conseguem ler mentes do nosso lado, assim como há no deles.

— Acho bom ele ficar longe da minha mente. – O tom da voz de Holly estava tenso. Severo. Foi inevitável. Não queria que ninguém soubesse o que tinha feito para proteger os membros de sua Confraria... nem o que seria capaz de fazer no futuro.

Nem eu sei direito o que seria capaz de fazer.

– Entendeu? – perguntou ela, com mais severidade ainda.

Philippe ficou surpreso, mas não disse nada. Holly percebeu que ele estava ficando mais desconfiado em relação a ela.

É melhor vocês todos ficarem longe de mim, pensou ela, com raiva. Não sou o que pareço. As suas mãos tremeram de tanta fúria – e medo – que se debatia em seu interior.

– Holly? – chamou Amanda, aproximando-se do grupo. – Você está bem?

– Sim. Estou – disse ela secamente e virou-se.

– Pablo conseguiu sentir a localização de novo? – questionou Sasha para Philippe, talvez para acalmar Holly. Ele balançou a cabeça, frustrado. – Então sugiro o seguinte – falou ela timidamente. – Com você e Pablo trabalhando juntos, tentaremos nos conectar com Nicole. E, através dela, tentaremos localizar a sede de novo.

Amanda cobriu a boca com as mãos.

– Nicole – murmurou ela. – Nossa, espero que esteja bem.

– Isso de tentar se conectar com ela talvez a coloque em perigo – salientou Philippe. – Se eles descobrirem o que estamos fazendo...

– Não sei que outra opção nós temos – ponderou Sasha. – E ela já está em perigo.

Rose ergueu a mão.

– Talvez devêssemos pensar melhor. Estamos nos precipitando...

Heliotrópio

– Não podemos ficar parados, só esperando alguma coisa acontecer – interrompeu-a Holly. – Nós é que temos que fazer algo acontecer.

– Ela tem razão – concordou Philippe e levantou-se. – Vou buscar Pablo.

– Antes de tudo precisamos comer – insistiu Sasha. – Holly tem trabalhado bastante. Ela está exausta, eu também. Precisamos nos recompor.

Philippe hesitou, mas depois assentiu com a cabeça.

– *Eh, bien*. Você têm razão. Precisamos ficar fortes e nos preparar. – Ele olhou para Alonzo, que estava no outro cômodo, distribuindo xícaras de café para o restante do grupo. – Nós, da Confraria da Magia Branca, gostaríamos de fazer uma missa católica. Alguém se opõe a isso? – perguntou ele a Holly, Sasha e Rose.

– De maneira alguma – respondeu Rose. – Quanto mais bênçãos para nós, melhor.

– Vou falar com Alonzo – avisou ele, levantando-se.

Sasha ficou observando enquanto ele se afastava. E então falou:

– Que sorte que eles nos encontraram. – Depois ela se virou para Holly. – Me conte mais sobre como a batalha *desapareceu*. Precisamos saber tudo o que pudermos sobre a magia deles.

Holly sentiu um frio na barriga.

– Isabeau veio até mim quando eu estava machucada. Eu estava morrendo. – Ela engoliu em seco. – Ela disse que podia nos ajudar. E depois... – Ela respirou fundo. *Será que devo contar tudo a ela?*

Legado

— Prossiga — insistiu Sasha.
— A mãe dela apareceu.
Sasha ficou surpresa.
— Catherine?
— Sim. Ela já tinha aparecido para mim uma vez. — Holly ficou pensando por um instante. — Mas como um cadáver. Dessa vez, ela estava coberta por um véu.

E foi então que ela percebeu: Isabeau mentiu para mim. Aquela não era a mãe dela. Era a Deusa na forma de Hecate, a Rainha das Bruxas. Hecate ainda não me perdoou por sacrificar a familiar de Nicole, Hecate. A estátua dela no Templo da Lua chorou ao me ver.

Se estou certa, sacrifiquei Joel a ela. Foi o segundo sacrifício que fiz a ela. Talvez até o terceiro, se a morte de Kialish contar. E qualquer bruxa sabe que, quanto mais sacrifícios você faz a uma manifestação da Deusa, mais essa manifestação possui você, controla você.

Holly tensionou a mandíbula.

Não sou controlada por ninguém. Nem por Hecate. Ninguém. Sou dona de mim mesma.

— Deixe isso pra lá — disse ela em voz alta. — Esquece esse assunto. Precisamos procurar Nicole. Agora.

— Mas... — Sasha ficou confusa. — Você precisa comer, e os homens querem fazer a missa...

— Quem é que manda aqui? — perguntou Holly com a voz aguda. — Philippe! Mudança de planos!

Após Nicole ter certeza de que James tinha mesmo ido embora, ela foi até a porta de novo e descobriu que estava trancada. Antes de lançar magia nela, tentou usar o *athame*. A arma, pesada e extremamente afiada, separou o caixilho e

Heliotrópio

abriu a porta com facilidade. Ela saiu do quarto e foi para o corredor, assim como antes. E colocou os seixos, a estatueta e o anel nos bolsos.

Em vez de correr, foi andando na ponta dos pés, sorrateiramente, pensando se o feitiço de Jer a ajudaria a refazer o caminho até ele. A sede da Suprema Confraria era gigantesca, a arquitetura era de vários séculos diferentes.

Deixando a intuição guiá-la, percorreu diversos corredores, alguns tão estreitos que teve de se virar de lado para poder passar. Havia teias de aranha espalhadas pelas paredes de pedra, ela entrou em pânico ao perceber que estava numa área que não conhecia, que não estava fazendo a mesma rota de antes. Então lembrou que não era necessário pegar o mesmo caminho. Tudo o que precisava fazer era encontrar Jer.

O tempo estava passando, e ela ainda perambulava pelos cantos. Quando estava começando a perder as esperanças, escutou vozes.

Intrigada e assustada, aproximou-se de uma parede de madeira e encostou o ouvido. Então percebeu que, à sua direita, mais ao longe, havia uma espécie de sacada. Ficou de quatro e foi engatinhando até a parede baixa.

– ... traidor – disse uma voz de algum lugar embaixo dela. Ela encolheu-se de medo. Era sir William. *O meu sogro.*

– Não, juro. Sou fiel à Suprema Confraria. Por que iria querer que a Confraria Mãe ficasse mais poderosa? Sou um feiticeiro. Isso é loucura!

O homem que estava falando era o mesmo que tinha ido até o seu quarto. *Monroe.* O que não tinha conseguido parar de olhar para ela. Ele parecia apavorado. A voz dele tremia.

Legado

– Monroe, acha que sou idiota? – perguntou sir William. – Eu o observei com a minha pedra premonitória. Você achou que a sua mente estava protegida, escondida do meu olhar. Como ousa me subestimar! Há quase um ano você passa informações para aquelas desgraçadas! Toda a sua família nos trai há séculos! E você achou que era o momento certo. Você baixou a guarda e as contatou. Tenho observado por todo esse tempo.

– Não, sir William! Deve haver algum engano...

– Com certeza. Cometido por você! – ressoou a voz de sir William.

Houve um grito terrível. Nicole cobriu os ouvidos, mas o barulho penetrou-os mesmo assim. E durou tanto tempo que ela achou que ia terminar gritando também.

Então tudo ficou em silêncio. Em seguida ela escutou um baque, como se um corpo tivesse caído.

– Limpe isto – ordenou sir William.

Por um instante, Nicole ficou com tanto medo que não conseguiu enxergar nem respirar. Então ela se afastou o mais rápido possível, ainda engatinhando, até conseguir se levantar de novo. Ela encurvou-se e ficou nauseada. Depois começou a correr, rezando para que a Deusa a levasse até Jer antes que o que quer que tivesse acontecido com Monroe acontecesse com ele, ou com ela.

Ela encontrou uma escada e disparou para baixo; ao dar a volta para descer mais uma escada, ficou ofegante. Ficou tateando na escuridão, aquele grito angustiante ressoando na cabeça.

Heliotrópio

À frente, havia uma luz pairando a meio metro do chão. Ela estancou e se afastou, tremendo tanto que mal conseguia ficar em pé.

Uma voz surgiu do meio da luz:

– Nicole?

– Holly – sussurrou Nicole. – Holly! – Ela correu em direção à luz, rezando para que não fosse uma armadilha. – Estou aqui! Sou eu! – sussurrou ela.

– Fique na luz – pediu Holly. – É um feitiço de teletransporte. Vamos tirar você daí.

Nicole começou a ir até lá, mas depois hesitou.

– Jer também está aqui. Na sede. Mas ele não está comigo – avisou ela.

Houve uma pausa.

– Fique na luz, Nicole. Depois a gente o resgata – falou Holly, com a voz calma.

– Mas...

E então ela ouviu passos descendo os degraus.

Nicole correu e, no segundo em que ia entrar nela, a luz desapareceu, deixando a garota na escuridão. Ela ficou piscando diante da imagem residual da luz forte, totalmente desorientada e começando a entrar em pânico.

Os passos aproximavam-se dos últimos degraus. Eram pesados, de um homem. Será que era imaginação sua ou pareciam os passos de James?

O seu coração acelerou. Ela olhou por cima do ombro e avistou uma pequena luz tremeluzindo, como se fosse uma vela ou uma lanterna, enquanto quem quer que se aproximasse descia o último degrau. Uma vez que os passos não estavam apressados, ela presumiu que o estranho ainda não a tinha visto.

Ela foi para a esquerda e, como não havia nada bloqueando o caminho, começou a andar o mais rápido e silenciosamente que pôde. O seu ombro esbarrou numa parede; ela presumiu que tinha entrado num corredor. Continuou indo em frente e mordeu o lábio para não gritar quando alguma coisa passou correndo por cima do seu sapato.

Então pisou numa poça fedorenta, fazendo-a salpicar. Prosseguiu com dificuldade até a água ficar na altura dos joelhos. Quase sufocando por causa do cheiro, continuou andando e olhando para trás, com medo. Estava fazendo muito barulho, mas não podia ir mais devagar. Estava apavorada demais.

Finalmente, a água ficou mais rasa; logo depois Nicole tinha saído dela. O corredor levou-a até outra escada, que ela desceu, cansada e dolorida, começando a perder as esperanças de encontrar Jer. Ela não parava de ouvir aquele grito terrível; era tudo o que podia fazer para não imaginar o que sir William tinha feito com o homem chamado Monroe, rotulado de traidor.

De repente, ela percebeu que estava no patamar da última escada antes das masmorras, e, enquanto descia, avistou de novo a lâmpada fraca e a fileira de celas.

O seu coração parou, e ela começou a correr, contente de alívio e tremendo de exaustão.

– Jer! – sussurrou ela baixinho. – Jer, é Nicole! Peguei as coisas!

Heliotrópio

Ela alcançou a cela dele no mesmo instante em que a esfera de luz de Holly apareceu lá dentro. Jer, que aparentemente não a tinha escutado, entrou na luz.

E então a esfera desapareceu mais uma vez, levando Jer.

Deixando-a para trás.

Ela deu um passo em direção à cela e estendeu a mão. O aposento estava totalmente vazio.

– Oi? – sussurrou ela. – Jer? Holly?

– Oi, querida. O que está acontecendo? – perguntou lentamente uma voz.

Nicole virou-se.

Eli e James estavam a menos de um metro de distância, sorrindo para ela.

SEIS

JADE

☾

Triturem os ossos deles silenciosamente,
O trono dos tronos é o que temos em mente,
Serão esmagados enquanto subimos
E de degraus aos céus eles vão servindo.

Iremos fazer tramas e feitiços proferir,
Os Deveraux para o Inferno têm de ir,
O medo nos olhos deles vocês verão,
Quando a Confraria dos Cahors estiver em ascensão.

Holly: Londres

Enquanto estava na luz forte, Holly mal conseguia distinguir a silhueta da outra pessoa que estava lá dentro, reluzindo ao seu lado. Ela estendeu a mão e sussurrou um nome que tinha ficado nos seus lábios durante inúmeras noites:

– Jer.

Dizer o nome dele em voz alta foi como lançar um feitiço. Ele estava com ela na casa de Rose, ele realmente estava lá, vivo e em segurança. Ela sentiu o calor do corpo dele, sentiu o cheiro dele. Mal conseguiu se aguentar de pé de tão surpresa e feliz que estava. Ele colocou os braços ao redor dela e pressionou a boca na dela; os lábios dele estavam rachados, mas ela não se importou; ela abraçou-o com força enquanto ele a beijava, deleitando-se por estar perto dele, tão emocionada que caiu no choro. *Ele está aqui, ele está bem. Finalmente estou com ele. Obrigada, obrigada por sobreviver. E por me amar. Juro pela Deusa, Jer, eu amo você...*

A luz desapareceu de repente.

Os dois caíram com força no tapete, saindo do portal mágico que a Confraria de Philippe tinha ajudado a Confraria Cathers a criar na sala de estar de Rose. Então Jer empurrou-a para o lado, encurvando-se e escondendo o rosto com as mãos enquanto ela permaneceu deitada, perplexa.

— Jeraud! — exclamou Sasha, correndo até ele. Ela jogou os braços ao redor do filho e o abraçou, mas ele continuou parado, recusando-se a fazer qualquer movimento.

— Não olhe para mim! — gritou ele.

— Jer? Querido? — falou Sasha, pasma. Ela tentou afastar as mãos dele da cabeça, mas ele manteve-as firmes.

E então Holly viu a mão dele e ficou sem ar. Não parecia uma mão humana. Eram cicatrizes cobrindo outras cicatrizes, cercando os ossos. Sentiu-se nauseada.

— O Fogo Negro — murmurou ela, olhando para a mãe dele, que estava arrasada. — Você se queimou bastante.

— Sim. — Ele limpou a garganta. — Será que alguém poderia pegar um cobertor ou uma toalha para mim?

Holly entendia a humilhação dele e olhou com atenção para os outros, que estavam parados, estupefatos. Philippe olhou de Holly para Jer e para Sasha, e franziu a testa de tão perplexo, fazendo as sobrancelhas se unirem.

– Quem é isso? – quis saber ele.

Então Amanda deu um passo na direção dela.

– Holly, sua mentirosa! – gritou ela. – *Onde está a minha irmã?*

– Tenho que voltar para pegá-la – disse Holly, com as emoções alterando a voz. Ela não conseguiu parar de olhar enquanto Rose corria para o lado de Jer com uma toalha grande e cobria a cabeça dele.

Ao terminar, Rose deu um passo para trás, aproximando-se de Kari.

– Quem é ele, Kari? – sussurrou ela.

Kari estava chorando muito, soluçando e ficando sem ar. Ela virou-se e saiu correndo da sala. Segundos depois, eles escutaram uma porta bater.

– Meu Deus, e se ela tiver ido lá pra fora? – perguntou Silvana. – E se os pássaros a virem? – Ela hesitou e depois saiu correndo atrás de Kari. – Kari? Volte!

Alonzo ficou observando Jer enquanto ele ia até o sofá com dificuldade e se acomodava.

– Ele é um feiticeiro – anunciou Alonzo.

– Holly, droga! Cadê a Nicole? – A voz de Amanda tremia. – Vá buscar a minha irmã! Agora!

– Eu vou – afirmou Holly, respirando fundo. – Philippe, temos que recriar o feitiço. – Ela olhou para a prima. – Eu a vi, Amanda. Vou pegá-la.

– Por que não fez isso dessa vez? – gritou Amanda. – *Por que o trouxe, em vez de Nicole?* – A sua mão tremia enquanto apontava para Jer. – É sempre o Deveraux! Jer sempre vem primeiro!

Jade

— Ela não quis vir sem ele — respondeu Holly de maneira não muito convincente, sabendo que Amanda não merecia aquela resposta. *Encontrei Jer e nem dei a ele a chance de dizer não. Puxei-o para dentro. Ele nem sequer sabia o que era aquela luz.*

— E é assim que você retribui a generosidade dela?

As acusações de Amanda a estavam chateando — talvez por serem verdadeiras.

— Philippe, crie o portal! — gritou Holly. — *Agora!*

Rose juntou-se a Philippe, Alonzo, Armand e Pablo enquanto eles formavam um círculo e começavam a cantar em celta antigo. Sasha puxou Amanda para o círculo, e as duas seguraram as mãos de Rose. Um buraco infinitesimal de luz formou-se no centro do círculo, a cerca de um metro do chão. Ele começou a brilhar mais e a crescer. Um zumbido quase subaudível vinha da luz.

A luz expandiu-se, formando uma elipse, dividiu-se em anéis e depois dividiu-se mais uma vez. Cada anel começou a reluzir e a rodopiar enquanto o zumbido aumentava.

Ouviu-se um estrondo, e a esfera tornou-se uma forma oval alongada, pulsando com luz no interior.

O portal tinha sido criado.

Agora só dependia de Holly. Ela fechou os olhos e concentrou-se em Nicole, em se unir às vibrações dela, em se tornar um único ser com ela. Holly era a única do grupo que tinha poder suficiente para formar uma união tão forte, e ela sabia por que Amanda estava tão chateada: era para Holly ter se concentrado em Nicole, apenas em Nicole, mas estava na cara que ela também tinha pensado em Jer... pois lá estava ele.

Então Holly avistou Nicole em sua mente... e não gostou do que viu.

A prima estava com as vestes cerimoniais rubro-negras, presa a um altar, com os olhos fixos e desfocados, enquanto Eli Deveraux e um homem que Holly não conhecia estavam em pé ao lado dela, entoando cânticos.

– Não – murmurou Holly.

– O que foi? O que há de errado? O que você está vendo? – gritou Amanda, dando um passo em direção a Holly, mas Sasha tocou o ombro dela com firmeza, impedindo que ela desfizesse o círculo.

– Não atrapalhe a concentração dela – alertou-a Sasha. – Coopere, Amanda.

Amanda fechou os olhos e retomou o cântico, que Rose e Philippe tinham criado juntando dois feitiços, um tradicional, da Confraria Mãe, e outro, da Confraria da Magia Branca.

Holly aproveitou-se da imagem nítida que Amanda tinha da irmã para se conectar mais fortemente a Nicole. Então ela se concentrou em Jer, que cobrira a cabeça com a toalha, pois ele tinha encontrado Nicole em pessoa havia pouco tempo.

Então, no instante em que se sentiu numa comunhão mais forte com a prima – *que havia sido drogada!* –, ela entrou no portal...

... e Jer saltou para dentro dele logo depois.

– Jer. – Ela ficou boquiaberta enquanto a luz branca os cercava. Por causa da luz, não conseguia enxergar as cicatrizes dele, apenas a silhueta. Mas conseguia sentir a presença física e espiritual dele.

– Onde ela está? – perguntou ele.

– Presa num altar. O seu irmão está lá, com um outro homem...

– Eu luto com eles. Você a solta.

Jer pulou para fora da luz. Atenta, Holly seguiu-o.

A escuridão do local deixou-a confusa, era como se dezenas de lâmpadas tivessem se desligado ao mesmo tempo na frente do seu rosto. Ela tropeçou e fez um feitiço rápido para poder enxergar com mais nitidez.

O feitiço teve pouco efeito, ela estreitou os olhos com força e correu em direção ao altar, vendo Jer e os dois homens num borrão translúcido. Jer estava lançando bolas de fogo no irmão e depois pegou o *athame* do altar e ficou tentando golpear o homem que Holly não conhecia. Rindo, Eli desviava de todos os projéteis que os punhos do irmão enviavam.

– E então, irmãozinho, querendo dar uma de herói? – brincou ele. – Ou enganou Holly para que ela caísse direto nas nossas garras?

Na direção dela, Eli atirou uma linha mágica de energia que circulou em cima da cabeça e depois desceu, cobrindo os seus braços. No mesmo instante, a linha começou a se dividir, até Holly ficar totalmente presa no interior de uma teia cintilante.

– Holly! – gritou Jer, correndo na direção dela. Mas James criou uma onda de pulsações mágicas que o arremessou para o outro lado da sala. Sem poder fazer nada, Holly viu Jer colidindo com força na parede e tombando no chão.

– Deusa, forneça a ajuda de que precisamos, por força e velocidade suplicamos – rezou ela, implorando para que a Deusa fortalecesse Jer.

Então Eli deu um puxão na linha de energia, fazendo Holly ser arrastada de joelhos. Enquanto deslizava pelo chão de pedra, Holly forçou a cabeça para trás a fim de enxergar o que ele estava fazendo. Com uma energia crepitante, ele criou uma corda com ganchos na ponta e a atirou em Holly.

– Morra, bruxa! – gritou ele.

O outro homem ficou apenas observando com uma expressão de deleite no rosto. Mas, enquanto ele a observava, Jer levantou-se num pulo, correu até ele, agarrou-o pelos ombros e o arremessou em cima de Eli. A pancada fez com que Eli soltasse a corda, que saiu voando, com os ganchos retinindo na parede.

Jer gritou algo em latim que ela não entendeu, e a teia desapareceu. Então ele fez um rápido movimento com os dedos na direção de Holly, e ela foi erguida, como se houvesse mãos invisíveis debaixo de seus pés. Ela correu até Nicole e estalou os dedos perto das cordas pretas de veludo que prendiam os pulsos e os tornozelos da prima, fazendo-as caírem.

– Guardas! – chamou o outro homem. – Temos intrusos aqui!

Agora foi a vez de Holly defendê-los: ela fez uma chama se espalhar ao longo do chão, criando uma barreira de fogo que separava os dois homens dela e de Jer e Nicole. Jer saltou para o altar, ergueu Nicole nos braços e colocou-a por cima do ombro, como um bombeiro. Enquanto corria em direção à esfera de luz, ele criou uma barreira mais forte atrás da muralha de fogo de Holly.

– Vamos! – gritou ele.

Holly virou-se e se juntou a ele e a Nicole dentro do portal. Com um clarão, eles desapareceram.

Mais uma vez, ela e Jer caíram de volta, dentro da sala de estar; mais uma vez, ele foi logo se cobrir enquanto Philippe corria até Nicole, que não se mexia. Os olhos dela, apesar de ainda abertos, estavam assustadoramente desfocados.

– *Ah, ma belle* – sussurrou ele, colocando as mãos dela entre as dele. Afastou os cachos negros da testa dela. – Ele transformou você em serva?

– Era isso que ela mais temia – disse Jer.

A mãe de Jer ajoelhou-se ao lado de Nicole e analisou os olhos dela.

– Não – disse Sasha por fim. – Ela não virou serva. Foi drogada. – Ela olhou para Rose. – Você tem carvalho para queimar? Precisamos de camomila e de alecrim. E de um cristal de quartzo – enumerou ela rapidamente.

– Claro – concordou Rose com a cabeça e foi apressadamente até o armário.

Amanda sentou-se ao lado de Philippe.

– Nicki – chamou ela –, acorde!

– Vou queimar sálvia também – lembrou-se Rose, dos fundos do apartamento.

Legado

– Boa ideia – respondeu Sasha. Ela esfregou as mãos com força, e uma mistura enjoativa de canela e gengibre encheu a sala. Ao abrir as mãos, Holly viu as especiarias nas palmas dela. Sasha inclinou-se para a frente e cobriu os olhos de Nicole, murmurando encantamentos de cura.

– O que estava acontecendo lá? – perguntou Amanda para Holly, chorosa.

– Ela estava num altar – contou Holly. – Eli estava lá com outro cara.

– James Moore – informou Jer. – Herdeiro do trono dos crânios.

– O que eles iam fazer com ela? – insistiu Amanda.

Jer deu de ombros por debaixo da toalha que usava para esconder as feições desfiguradas.

– Provavelmente sacrificá-la. Iam tentar conjurar o Fogo Negro.

– Meu Deus – disse Amanda, cobrindo a boca. – *Nicole.*

– Iam obrigar Jer a ajudar – supôs Holly, e depois hesitou. – Ou você sabe fazer isso? Conjurar o Fogo Negro?

A cabeça dele virou-se na direção dela. Por um instante, ele não disse nada. Depois balançou a cabeça.

– Não sei nada sobre isso. – Ele ficou em silêncio por um instante. – Mas uma coisa eu digo: vocês não estão mais seguras aqui em Londres. Eles vão vir atrás de vocês.

E de você, completou Holly a frase. *Será que vamos ser perseguidos pelo resto das nossas vidas? Será que um dia isso acabará?*

Kari já havia percorrido dois quarteirões enormes quando Silvana conseguiu alcançá-la. Ela chorara lágrimas de amar-

Jade

gura enquanto corria, encurvada e soluçando, e Silvana ficou com pena da garota. Ninguém parecia entender que ela amava Jer Deveraux de verdade, que odiava Holly, a qual se metera no meio dos dois, e toda a bruxaria. Holly e Amanda eram cruéis com ela, e Sasha e Tommy a toleravam educadamente. De toda a Confraria, Silvana parecia ser a única pessoa que compreendia o quanto a situação dela era complicada.

Silvana tocou o ombro dela.

– Kari, sou eu.

Kari virou-se abruptamente, deslizando na neve. De tanto chorar, o rosto estava manchado.

– Você o viu?

– Sim, o vi. – Silvana tentou consolá-la e estendeu os braços.

Kari ficou onde estava, cobrindo o rosto e balançando a cabeça descontroladamente.

– Ele parece um monstro!

– Eu sei, Kari.

– Isso nunca teria acontecido se Holly não tivesse se mudado para Seattle – disse ela. – Éramos felizes. Estudando, fazendo amor...

Silvana não os conhecia naquela época, mas tinha a impressão de que Jer já estava se cansando do namoro antes mesmo de Holly chegar. No entanto, não disse nada sobre isso. Tentou mudar de assunto:

– Kari, não podemos ficar aqui fora. É perigoso. Os falcões estão nos procurando por todo canto. Agora que... isso aconteceu, os nossos inimigos vão se esforçar ainda mais para nos encontrar.

Legado

– Não me importo! – gritou Kari. – Estou tão cansada disso tudo!

– Kari, *por favor* – disse Silvana, tentando mais uma vez. – Precisamos tomar cuidado.

– Por quê? Vamos morrer de todo jeito! Eddie morreu, Kialish também, e a mãe de Nicole e de Amanda... Eles estão acabando conosco um por um. – A voz ergueu-se, ficando fina e aguda: – Não aguento mais isso!

Então ela caiu aos prantos, soluçando fortemente. Dessa vez, a jovem deixou que Silvana a acomodasse nos braços e a abraçasse. Ninguém na rua percebeu a presença delas – *ainda devemos estar invisíveis*, pensou Silvana com gratidão. Os transeuntes desviavam da área em que as duas estavam sem nem perceber.

Mesmo assim, Silvana ficou nervosa por estar ao ar livre. O seu coração batia com força e o seu olhar vasculhava a região enquanto ela esperava Kari se acalmar um pouco. A rua estava cheia de pessoas fazendo compras de Natal de última hora e apressando-se no meio da neve. Silvana sentiu uma forte pontada ao pensar nos Natais passados – nos dias mais simples, comuns – e depois lembrou que não podia se dar ao luxo de ter pena de si mesma. E também não podia deixar Kari ficar ali o tempo que quisesse.

– Kari... – começou ela a dizer, mas depois ficou paralisada, apenas escutando.

Ela achou que tinha ouvido um ruído estranho de alguém se movimentando na frente do prédio de tijolos que estava atrás das duas.

Jade

Virou-se a tempo de avistar a sombra de alguma coisa que escalava rapidamente um cano de esgoto antigo. Estava escuro demais para distinguir o que era, mas, ao erguer a cabeça para seguir a sombra, escutou um bater de asas no telhado do prédio.

– Vamos – disse ela com urgência na voz, num tom que fez Kari perceber que Silvana estava falando sério.

A jovem olhou para o telhado e ficou procurando. Os seus lábios separaram-se, e ela apontou com a cabeça em direção ao telhado. Devia ter visto alguma coisa, pois os seus olhos inchados arregalaram-se, e, ao olhar para Silvana, notou haver uma expressão de medo no rosto dela.

Observando a gente, articulou Silvana com os lábios.

Kari engoliu em seco e concordou com a cabeça.

Sim, articulou Silvana.

Juntas, correram para o apartamento atabalhoadamente, no meio da neve acinzentada. Silvana olhou por cima do ombro, mas não viu nada.

Kari abriu a porta e entrou. Depois foi a vez de Silvana, que, após fechá-la, encostou-se nela como se o peso do corpo fosse impedir que as sombras e o perigo entrassem.

– Você viu alguma coisa? – perguntou Silvana para ela.

Kari balançou a cabeça.

– Não. Mas acho que escutei um... pássaro?

– Eu também – falou ela sombriamente.

– Falcões Deveraux – murmurou Kari. – Ou outra coisa da Suprema Confraria. E você tentou me avisar. Mais uma vez, o meu surto colocou em perigo a Confraria inteira – percebeu ela, com amargura.

Legado

— Eles ainda não encontraram a gente — lembrou Silvana. — Mas temos que contar para Holly.

— Meu Deus — choramingou Kari, enquanto tirava o casaco e o pendurava no gancho ao lado da porta. — Ela provavelmente vai me transformar num sapo. — Era uma brincadeira, mas Silvana percebeu que ela estava realmente com medo. E com razão: Holly não era mais aquela garota bondosa e dócil que Silvana tinha conhecido no ano passado.

Ao entrarem na sala de estar, avistaram Nicole acomodada em travesseiros no sofá. Um xale de crochê cobria os seus ombros. Philippe estava sentado num pufe ao lado dela, segurando uma xícara de algo quente e fumegante.

Holly olhou para as duas que chegavam e fez uma careta ao avistar Kari. Silvana ficou desapontada mais uma vez com a maneira como ela tratava Kari.

— Nicole — disse Silvana carinhosamente. — Como você está?

Nicole encolheu-se.

— Com dor de cabeça. Mas estou viva, então não posso reclamar.

Philippe tocou na bochecha dela.

— *Grâce à Dieu* — murmurou ele. Ela sorriu delicadamente para ele, pegou a xícara da mão dele e tomou um gole.

Kari deu uma olhada na sala.

— Onde está Jer?

— Deitado — respondeu Holly, com frieza. — No meu quarto.

Nossa, Holly, pega leve, disse Silvana para ela em pensamento.

Jade

— Talvez alguma coisa tenha percebido a nossa presença — disse Silvana, agora em voz alta. Ao ver a raiva no rosto de Holly, ela ficou sem ar. Então ergueu o queixo. — E escutamos asas de pássaros batendo.

— Maravilha — retrucou Holly. — Valeu, Kari.

Silvana deu um passo para a frente.

Holly fulminou-a com o olhar.

— Kari tem passado por maus bocados. Todos nós passamos.

Holly abriu a boca para dizer alguma coisa, mas Sasha aproximou-se e colocou a mão no seu ombro, tentando impedi-la.

— Holly, por que não pega pra você um pouco do chá que Nicole está tomando? — perguntou ela diretamente. — É bem relaxante. Tem mais xícaras na cozinha.

Fria e silenciosamente, Holly afastou-se de maneira brusca e saiu da sala.

Sasha fez uma careta para as duas garotas, como se estivesse pedindo desculpas.

— Ela está... tensa.

— Pois é — resmungou Silvana. — Mas isso não dá a ela o direito de tratar todo mundo tão mal.

Sasha suspirou devagar.

— Não. Mas o fato de ela ser a Sacerdotisa-Mor da nossa Confraria dá — afirmou ela. — Infelizmente — acrescentou Sasha baixinho.

— Eu não acredito nisso — insistiu Silvana. — Não a elegi como líder e, por mim...

Sasha ergueu a mão.

– Tem razão. Não a elegemos. Ela é a Sacerdotisa-Mor por pleno direito. Não poderia abdicar nem se quisesse. Como você já viu. Então... – Ela deu de ombros. – Ela tem direito a alguns privilégios. Incluindo ser mal-educada.

Kari revirou os olhos. Sasha balançou o dedo para ela.

– Eu teria mais cuidado perto de Holly, Kari – sussurrou Sasha. – O estresse está ficando grande demais para ela. Agora – prosseguiu ela, aumentando a voz –, conte sobre o pássaro.

– Acho que escutamos os falcões Deveraux – começou Silvana. – Acho que todos nós estamos em apuros.

Kari concordou com a cabeça.

– Com certeza – assentiu ela.

Michael Deveraux: Seattle

Enquanto Michael estava no terraço da sua casa em Lower Queen Anne, as névoas de dezembro envolviam-no e o abraçavam como uma mulher apaixonada. A umidade noturna reluzia nas teias de aranha que cercavam os postes como se fossem anéis. Ele estava em pé, escutando os sons da noite e imaginando o que estaria acontecendo em Londres.

Eu devia estar lá, pensou ele, frustrado. *Estou por fora das coisas.*

Ele havia consultado as runas e lido as entranhas de muitos e muitos animais, e tudo indicava que ele deveria ficar em Seattle. *Mas não tem nada acontecendo aqui. Todo mundo está em Londres, incluindo Holly Cathers. E prometi a sir William que a mataria.*

Jade

Ele suspirou e voltou a andar de um lado para outro. Estava inquieto. Faltavam duas noites para o Yule, os seus dois filhos não estavam lá, e ele estava em nítida desvantagem no meio de todo aquele jogo.

As nuvens encobriram a lua, deixando-o na escuridão. Estava frio e havia neve ao seu redor no terraço. O ar estava fresco, e ele fechou os olhos, lembrando por um instante a alegria que sentia quando era criança e via camadas de neve do lado de fora da casa, com a esperança de que as aulas do dia fossem canceladas. O seu pai, um poderoso feiticeiro por mérito próprio, costumava lhe dizer que tinha causado aqueles dias de liberdade, fazendo a neve cair só por causa do filho.

E não havia motivos para não se acreditar nessa história. Os Deveraux já tinham feito coisas bem mais poderosas nos últimos tempos.

No último Beltane, conjuramos o Fogo Negro, lembrou ele. *Presumi que o meu feitiço enfim tinha funcionado por nós três estarmos juntos, eu e os meus filhos. Mas, depois disso, não conseguimos mais repeti-lo. Eu sei. Eu tentei e fracassei...*

– Laurent – chamou ele o seu ancestral –, quer caminhar um pouco comigo?

O fedor de túmulo prenunciou a materialização do grande duque que comandava a família Deveraux quando os Cahors os massacraram. Naquela noite, Laurent tinha conjugado o Fogo Negro, e foram as chamas negras que mataram Isabeau. Finalmente, no ano passado, no aniversário de seiscentos anos do massacre, ele tinha revelado a Michael o canto que o provocaria. E funcionou.

Legado

Mas, agora, não funcionava.

Michael não sabia se Laurent tinha algo a ver com o fracasso. Não sabia se o feiticeiro fantasma estava impedindo-o, se tinha retirado a sua influência de alguma maneira. Mas sabia que Laurent estava igualmente interessado em ver um Deveraux ascendendo ao trono dos crânios em Londres.

Ele também sabia que Laurent não se importava se o vitorioso fosse o próprio Michael, um dos filhos de Michael, ou um Deveraux que ainda nem tinha nascido. O tempo estava ao lado do fantasma, uma criatura paciente e astuta – bem diferente do filho dele, Jean, muito imprudente e impetuoso.

Enquanto Michael observava, névoas rodopiavam ao redor de um vulto que, aos poucos, foi ganhando solidez e volume. O esqueleto de Laurent apareceu primeiro, depois alguns pedaços de músculo. Na época em que Michael começou a lidar com o ancestral, Laurent só conseguia aparecer para ele na forma de um cadáver dissecado. Mas agora ele tinha acumulado energia vital suficiente para surgir na Terra com aspecto de um homem vigoroso e durão.

E foi o que fez naquele momento, vestindo calça jeans, camiseta e jaqueta de couro pretas. De ombros largos e bastante musculoso, era bem mais alto que Michael e tinha a típica aparência de um Deveraux – cabelo, barba e olhos escuros – e olhou para o parente vivo com jocosidade.

– Você está completamente sozinho aqui em Seattle. Todos fugiram para Londres a fim de ver a rainha.

– Pois é. Isso é ridículo – reclamou Michael. – Estou perdendo o meu tempo...

Jade

Ele não completou a frase, pois Laurent ergueu as mãos e bateu palmas duas vezes.

A distância, o guincho de um falcão prenunciou a magia no ar.

À medida que as nuvens prateadas afastavam-se da lua, a silhueta de um enorme pássaro atravessou a esfera resplandecente, o bater das asas fez a neve rodopiar e o vento aumentar. Era uma criatura enorme e orgulhosa, cujas asas balançavam em silêncio para cima e para baixo enquanto ela se aproximava do terraço.

Nas costas do falcão, estava o diabrete de Michael, o que tinha revelado para ele a maldição dos Cahors – que aqueles que os amassem morreriam afogados. Ao avistar Michael, jogou as mãos no ar e começou a rir loucamente, como costumava fazer. Os seus dentes batiam e reluziam ao luar, as suas orelhas pontiagudas estavam levantadas como penas nas laterais da sua cabeça.

O pássaro era Fantasme, o familiar dos Deveraux, e, enquanto voava em direção ao terraço, o diabrete deslizou para longe da ave e pousou na balaustrada de madeira.

– Onde você estava? – questionou Michael. Ele achava que a criatura estava na sua câmara de feitiços, onde costumava deixá-la.

– Holly *Cathersss* tirou o *ssseu* filho da *ssede* – disse o diabrete. – *Ssse* não tem Jer Deveraux agora à noite, não tem Fogo Negro agora à noite. – Ele juntou as garras, e o seu rosto repulsivo, que parecia de couro, retraiu-se de alegria. – Agora a gente a traz de volta! Agora a gente mata ela!

– *O quê?* – Michael estava perplexo.

Legado

Laurent ergueu a sobrancelha.

– Eles iam criar o Fogo Negro? – perguntou ele para o diabrete.

– *Sssim*. Iam tentar – relatou o diabrete, com um sorriso malicioso. Ele balançou-se para cima e para baixo em cima da balaustrada, sem nem se importar com os dez metros de distância que havia dali até o chão.

– Você sabe como eles esperavam fazer isso? – pressionou Laurent. Ele tinha garantido a Michael que não sabia por que o feitiço para conjurar o fogo não estava mais funcionando. Michael não acreditou muito nele, apenas um tolo confiaria num Deveraux. Na família deles, lealdade entre os próprios parentes não era nada importante. E era o mais barato dos bens.

– Não – respondeu o diabrete, totalmente despreocupado. Michael imaginou se aquilo não era mentira, e se mais tarde ele não lhe contaria toda a verdade. Michael não fazia a mínima ideia de por que esse diabrete tinha vindo até ele, querendo lhe servir. Mais de uma vez, tinha pensado que talvez a criatura não passasse de um espião – enviado talvez por James Moore, ou até por sir William.

– Ela o resgatou – refletiu Michael. – Ela resgatou o meu filho.

Ele não pôde deixar de ficar admirado, mas não quis que a sua voz demonstrasse isso. Poucas coisas nesse mundo enfureciam Laurent tanto quanto a habilidade que Holly Cathers tinha de frustrar os planos deles. Mas, apesar de o seu ancestral insistir que ela deveria morrer, Michael não tinha desistido da ideia de transformá-la em sua consorte.

Jade

Uma bruxa forte como ela transformada em serva, Cahors e Deveraux juntos mais uma vez... talvez fosse exatamente o que ele precisava para tomar o controle da Suprema Confraria e conjurar o Fogo Negro sozinho.

O diabrete concordou com entusiasmo.

– E agora a gente a atrai de volta!

Ele lançou a garra para baixo, e Michael entendeu.

Deitados em fileiras no porão e em caixas na câmara de feitiços, e descansando impacientemente em cemitérios e mausoléus, o seu exército de mortos aguardava a ordem de marcha. Ele tinha começado a reavivá-los há meses, e estava apenas esperando o momento certo para atacar.

O duque Laurent abriu o maior sorriso.

– Excelente – vibrou ele. – Vou gostar disso.

– E *Sssão Francisssco* – lembrou o diabrete para Michael –, onde os três estão escondidos.

Michael sabia que ele estava se referindo ao xamã, Dan Carter; à mulher do vodu, Tante Cecile; e ao tio de Holly, Richard Anderson, marido da falecida amante de Michael. Ele sorriu com desdenho. Matar o marido de Marie Claire seria a maior ironia. Assim como ele tinha separado o casal em vida, provocaria o reencontro dos dois na morte.

– São Francisco também – consentiu Michael.

– É uma boa época para os Deveraux – afirmou o duque em tom de aprovação. – Uma boa época para vingança e morte.

O diabrete chilreou alegremente, e Fantasme bateu as asas enquanto pairava, zombando da Deusa Lua.

Michael percorreu o terraço com passos mais leves.

Legado

★ ★ ★

No poleiro no meio das névoas do tempo e da magia, Pandion, a águia fêmea dos Cahors, acordou do sono aparentemente eterno e ergueu a cabeça. Sentiu que uma batalha se aproximava, e seu coração exaltou-se.

Havia tempo demais que ela não jantava cinzas e sangue.

Havia séculos demais.

SETE

ÂMBAR

☾

A paixão agora começa a despertar,
E quem desejarmos iremos pegar,
E então os magoaremos imensamente,
O amor é a fraude mais pungente.

Comovidos pela bela melodia do amor,
Apesar de sua duração inferior,
Podemos as chamas acesas apagar,
Até a paixão a luz dominar.

Confraria Cathers: Londres

Os dois estavam a sós. Sentado na cama dela, Jer estava escondido debaixo do cobertor. Ele continuava em silêncio.

Holly estava com os olhos fixos nas próprias mãos, que tremiam bastante. Os seus joelhos estavam bambos. Ela sentou-se do outro lado da cama, tão estreita que lhe permitia sentir o calor do corpo de Jer enquanto ele se afastava, constrangido.

– Jer, eu não quis...

– Eu sei. – A voz dele era uma paródia cruel da sua voz antiga, a que não tinha sido queimada pelo Fogo Negro.

Legado

– Não quis deixar você sozinho no meio do fogo – interrompeu ela, falando mais alto do que queria. – As minhas primas não sabiam o que ia acontecer com você.

– Isso não importa, não é? – Ele estava de costas para ela. O cobertor estendia-se pelas costas largas dele. Ela lembrou-se da sensação de abraçá-lo. Os lábios dele nos dela, macios e mornos, e depois, à medida que o desejo aumentava, mais insistentes. Ela lembrou-se de tudo isso, e as suas mãos tremeram ainda mais.

Sonhei com esse momento por tanto tempo. Mas não está sendo como imaginei. Fico feliz por ele estar bem. Tão feliz. Mas... ele não me ama mais. Se é que me amou um dia.

Posso fazer com que ele me ame, pensou ela, raivosa. *Sou uma bruxa.*

Ela cerrou os punhos, resistindo à tentação. Não seria uma verdadeira vitória.

– Eu... nós podemos cuidar das... das suas cicatrizes – ousou dizer.

– Só fique longe de mim – coaxou ele. – Eddie e Kialish morreram?

– Sim. – Ela fechou os olhos, lembrando-se dos últimos momentos de Eddie. Ele tinha gritado para que ela o ajudasse enquanto o monstro marinho o atacava. Mas ela preferiu salvar Amanda, apesar de temer que ela já estivesse morta.

O silêncio dele condenou-a.

– Tudo isso é por causa de nós. Da minha família. Dos Deveraux.

Ele falou o próprio sobrenome como se fosse uma maldição; na opinião de Holly, ele estava certo.

– O meu pai vai assumir a Suprema Confraria, Holly. Ele vai fazer tudo o que for necessário. Só vai parar quando estiver sentado no trono dos crânios, ou ele mesmo, ou Eli. E ele precisa do Fogo Negro para chegar lá.

– Eu sei – disse ela baixinho.

– Ele não se importa com as pessoas. Não se importa... comigo. – Jer inclinou-se para a frente. O cobertor moveu-se, e Holly percebeu que ele estava com a cabeça entre as mãos. – Meu Deus, eu me transformei no maior reclamão. Pareço uma mocinha.

– Não. – Ela colocou a mão no ombro dele.

Ele estremeceu e se afastou bruscamente. Ela puxou a mão e a colocou no próprio peito, com medo de ter machucado Jer.

– Lamento – sussurrou ela.

– Eu também. – Ele respirou fundo. – Por favor, Holly, preciso de um tempo sozinho.

O instante se estendeu, virando um minuto inteiro. Então Holly levantou-se sem muita firmeza, saiu do quarto e fechou a porta.

– Como você está, *ma belle*? – perguntou Philippe baixinho enquanto os dois estavam no sofá. Os outros estavam espalhados pelos cantos, conversando sobre o que Kari e Silvana tinham ou não visto e começando a procurar algo para jantar. Holly tinha se entocado no quarto, onde Jer estava, e ainda não tinha voltado.

Nicole fez que sim com a cabeça lentamente.

– Estou bem, mas só porque você está aqui. – Ela olhou para ele admirada. – Você veio mesmo atrás de mim.

Legado

Ele sorriu.

– Não prometi que ia fazer isso? Nós da Confraria da Magia Branca sempre cumprimos as nossas promessas.

Ele inclinou-se e a beijou, e ela não pôde deixar de sorrir. Havia uma promessa no beijo dele, e ela sabia que ele a cumpriria.

– Eu amo você – falou ela, após ele se afastar. – Foi você que me manteve viva durante essas últimas semanas.

– E você sabe que eu amo você e que vou fazer tudo o que posso para mantê-la em segurança?

Ela fez que sim com a cabeça, alegre.

– Sim. Consigo sentir isso.

Astarte aproximou-se furtivamente, miou e pulou no colo dela. Para surpresa de Nicole, ela começou a chorar.

– Ah, gatinha – suspirou ela carinhosamente. – A minha gatinha.

E então ela percebeu que a gata chorava por Hecate, que estava morta. Como se Astarte compreendesse isso, ela colocou a pata na bochecha de Nicole, encostando numa lágrima, e inclinou a cabeça. Havia ternura naquele gesto, e compaixão, e Nicole alisou a cabeça da gata enquanto se recostava no peito de Philippe. A gata começou a ronronar.

– Você é bastante amada – garantiu Philippe.

Nicole fechou os olhos.

– Sim. – Ela engoliu em seco. – Tenho que falar com Holly. É sobre Joel.

Ele ergueu a sobrancelha.

– O quê?

Ela respirou fundo e começou a se levantar. Os seus joelhos estavam um pouco bambos. Philippe ajudou-a.

Âmbar

– Obrigada. – Ela hesitou. – Pode vir comigo se quiser.
– Claro.

Ele deslizou os dedos entre os dela; de mãos dadas, saíram da sala de estar e foram em direção à porta fechada do quarto de Holly. Nicole começou a tremer, ela nunca tinha sentido tanto medo de Holly, apesar de a prima ter acabado de arriscar a própria vida para salvá-la.

Ela ergueu a mão e bateu de leve na porta.

– Holly?

A porta abriu-se. Holly tinha chorado. Ela ignorou a existência das próprias lágrimas, só fez estreitar os olhos como se estivesse irritada com aquela intrusão.

– O que foi?

Nicole deu uma olhada ao redor; ela não pôde deixar de sentir fascinação e revolta ao avistar Jer. Ele estava com a aparência terrível, era difícil não cair numa espécie de feitiço hipnótico e ficar encarando-o. Era como se houvesse algo no seu cérebro que dizia: *Preste atenção. Não deixe isso acontecer com você.*

Ele estava deitado, o rosto virado para a parede, com as cobertas na altura do queixo. Ela não conseguia distinguir as feições dele.

Como se tivesse percebido que Nicole estava embasbacada com Jer, Holly franziu o rosto com raiva e saiu para o corredor, fechando a porta do quarto. Ela cruzou os braços e endireitou os ombros.

Nicole queria dizer *Holly, sou eu*. Mas não disse.

– Tive uma visão. Era um homem chamado Joel, acho... Acho que ele está morto, Holly.

Legado

A garota empalideceu. Nicole estendeu a mão e tocou o ombro dela, tentando acalmá-la. Holly desviou a vista, como se agora estivesse focando num lugar distante que só ela conseguia ver, e mordeu o lábio inferior. Debaixo da sua mão, Nicole sentiu Holly tremendo.

– O que você viu? – perguntou ela finalmente.
– Ele estava em casa. No chão. A neve estava entrando.
Holly lançou um olhar para Philippe.
– Vá lá conferir – ordenou ela.
Ele concordou com a cabeça.
– Preciso do endereço.
– Vou com você – afirmou Nicole.
– Não. – Holly balançou a cabeça. – Você fica aqui.
Nicole franziu a testa.
– Mas...
– Ela tem razão, Nicole – interrompeu Philippe. – Você fica. Vou sozinho.

Philippe passou quase uma hora fora. Quando voltou, Holly o estava aguardando na entrada com o rosto pálido e olheiras profundas. Ele não havia percebido o quanto ela parecia cansada e ficou com pena. Ela parecia magra com o suéter folgado que vestia e ele presumiu que a sua calça capri também não era para estar tão folgada. *Será que ela tem comido alguma coisa?*, pensou ele. Ela estava numa situação praticamente insustentável; ele não sabia como ela conseguia lidar com tudo tão bem e a admirava pela força de vontade e coragem.

Ela olhou para ele e baixou a vista ao perceber que a expressão no rosto dele indicava más notícias. Joel estava mesmo no chão, morto, como na visão de Nicole.

Âmbar

Holly ficou em silêncio por um tempo.

— Ele me curou — murmurou ela depois. — Durante a batalha que desapareceu, ele salvou a minha vida. E eu...

— Às vezes é preciso barganhar — ponderou Philippe com delicadeza. — Se esse foi o caso, você fez a escolha certa. Você é a Sacerdotisa-Mor de uma Confraria e uma bruxa poderosa e importante.

Ela encarou-o, com os olhos reluzindo como se fossem feitos de um vidro quebradiço.

— Se sou tão poderosa assim, por que tive que barganhar? — perguntou ela. E depois ficou um pouco comovida. — O que você fez com ele?

Ele hesitou.

— Os bruxos normalmente são cremados. Mas eu não podia fazer isso com ele. Então chamei a polícia. Ele parece ter morrido de um ataque do coração, não houve nenhum crime.

— Mas você não esperou a polícia chegar.

— *Non*. Eles não vão me encontrar — assegurou ele. — Não vão *nos* encontrar — corrigiu ele.

— Ótimo. — Ela engoliu em seco. — Obrigada.

Ele inclinou a cabeça.

— De nada, Holly.

Ela ficou sem reação, piscando, como se estivesse quase chocada com a bondade na voz de Philippe. Ele compadeceu-se dela mais ainda.

Então Holly deu de ombros, como se não quisesse admitir que ele tinha enfraquecido a sua armadura. A garota virou-se e deixou-o sozinho na entrada do apartamento, onde Nicole o encontrou.

Legado

Ela o envolveu com os braços e pressionou o rosto contra o peito dele.

– Você o encontrou – murmurou Nicole, arrasada –, da maneira como eu o vi.

– *Oui.*

– Meu Deus, odeio isso. Tudo isso – sussurrou ela. – Só quero que tudo acabe logo.

Philippe acariciou o cabelo dela e deixou-a chorar.

Tante Cecile, Dan e Richard: São Francisco

Cecile Beaufrere tinha encontrado diversas caixas com enfeites de Natal no sótão da pequena casa em que ela, Dan Carter e Richard Anderson estavam morando havia algumas semanas. Eles tinham pensado em ir para a casa de Holly, ou para a de Barbara Davis-Chin, mas terminaram decidindo que precisavam ficar o mais longe possível dos pontos conhecidos por Michael Deveraux. Ela e Richard tinham dinheiro suficiente para sustentá-los por mais alguns meses – ela nunca gostou de usar a magia para obter ganhos financeiros –, mas ela se perguntava quando todo esse suplício chegaria ao fim.

Se é que isso terá algum fim. A batalha entre o bem e o mal é eterna. Será que estamos destinados a fazer parte dessa batalha daqui para a frente?

Apesar da origem vodu, ela sempre celebrava o Natal na sua casa em Nova Orleans. E era o que ia fazer, apesar de dessa vez parecer algo forçado: Richard ainda estava entorpecido por causa do choque de ter descoberto a realidade do mundo da magia, além de estar louco de preocupação por causa das filhas. Mas ele parecia estar melhorando e já falava em fazer planos para "ajudar". Ela alertou-o para que ele tivesse bastante cuidado, pois eles estavam se escondendo e não deviam fazer nada que permitisse Michael Deveraux localizá-los.

Dan ainda estava de luto pela morte do seu filho, Kialish – e também pela morte do companheiro de Kialish, Eddie –, e Cecile estava bem ciente de que esse seria o primeiro Natal que Dan passaria sem eles.

O ano dos "primeiros" é o mais difícil, disse ela para si mesma enquanto decorava a árvore de Natal em silêncio. *O primeiro aniversário, o primeiro aniversário de casamento... a primeira vez que você entra num quarto e percebe que ele nunca mais vai estar lá na sua cadeira favorita...*

... ah, Marcus...

Cecile tinha perdido o seu verdadeiro amor há muitos anos. Marcus, tio de Silvana, era um homem fantástico – criativo, artístico e muito bondoso. Professor em Tulane, ele tinha morrido de embolia cerebral quando Silvana era criança. Cecile foi pega de surpresa e, apesar de toda a magia que tinha feito para deixar a família bem e em segurança, ela e a sua sobrinha o perderam numa questão de segundos.

Agora ela estava encarregada de proteger o ser amado de outra pessoa – Richard – e não sabia se ia se sair muito bem.

– Que bonito – disse ele, entrando na sala de estar. Nicole e Amanda, as filhas dele, ficariam incrivelmente chocadas quando o reencontrassem. O cabelo dele agora estava todo branco.

E elas vão reencontrá-lo. Ela fez o voto com firmeza. *Todos nós vamos nos reencontrar. O meu* loa *vai ajudar a protegê-las e a guiá-las de volta para casa.*

Legado

— Obrigada. — Ela sorriu e estendeu para ele uma pequena caixa com enfeites coloridos de vidro em formato de meias de Natal. — Gostaria de ajudar?

— Talvez daqui a pouco. — Ele acomodou-se devagar numa poltrona na frente da árvore, colocando as mãos em cima do colo, e sorriu para ela distraidamente. — Adoraria tomar um pouco de gemada — acrescentou ele. Ela não disse nada. O que ele adoraria tomar era o uísque que fazia parte da gemada. Dan e ela haviam concordado em não comprar nada alcoólico quando fossem no mercado — e Richard nunca ia lá. Os dois se encarregavam disso.

No dia seguinte, à noite, a lua estaria cheia, e as bruxas e todos os praticantes de magia comemorariam o Yule. O solstício de inverno. Ironicamente, o Yule tinha como origem um festival solar do Egito, um feriado de doze dias que celebrava o renascimento de Horus, filho de Ísis e Osíris. As características mágicas da época ainda eram reconhecidas nas suas diversas formas, com muitas tradições sendo celebradas de inúmeras maneiras. As formas seculares americanas, denominadas de Natal, sempre cativaram Cecile, e ela não via nenhum problema em participar dos diversos rituais e tradições, beneficiando-se da força da comunidade por meio deles.

Mas agora ela estava isolada da sua comunidade. Agora era uma desconhecida, numa terra desconhecida, tendo somente o apoio de Dan Carter. Os dois tentavam manter o ânimo enquanto aguardavam aqueles que estavam na Europa encontrar e salvar quem haviam perdido, colocar um fim à vendeta Cathers-Deveraux e — tomara — voltar para casa.

Âmbar

O que temo, entretanto, é que os Deveraux tenham convencido a Suprema Confraria a transformar a vendeta das duas famílias numa guerra pública... levando a Confraria Mãe junto. Assim o fim não chegaria nunca, pois as duas maiores forças interpretariam o confronto como a guerra do bem contra o mal. Quando na verdade não é nada disso. Os Cathers nunca foram pessoas completamente boas.

E, se o amor que Jean tinha por Isabeau era mesmo real, os Deveraux nunca foram pessoas completamente más...

Ela suspirou e pendurou mais uma meia de Natal na árvore. Ficou desanimada e desejou – como desejava frequentemente – que ela e Silvana estivessem mais uma vez na casa delas no French Quarter, sem ter a mínima ideia de todos os problemas que estavam surgindo em Seattle.

Mas isso era um pensamento covarde, e ela sabia que aqueles que foram abençoados com a comunhão com o *loa* tinham sérias responsabilidades neste mundo.

Eu devia agradecer por Amanda ter me chamado, pensou ela. *Fui chamada para seguir o meu melhor e mais nobre propósito.* Mas, na realidade, ela não podia fazer isso. *Minha sobrinha-filha está com a Confraria e estou tão preocupada com ela quanto Richard com as suas meninas.*

Suspirando, ela tirou mais uma bola da caixa.

Foi então que avistou as sombras passando no rosto de Richard Anderson.

Asas.

Eram várias, com as silhuetas agitando-se na frente das feições pálidas de Richard, e depois encostando no couro marrom da poltrona. Elas planaram em silêncio por cima do papel de parede flocado, deslizando de maneira ameaçadora.

Legado

As cortinas estavam fechadas por hábito de Cecile. As silhuetas eram mágicas, emanavam de alguma fonte sobrenatural.

Inspirando, Cecile colocou a caixa no chão e sussurrou para o seu *loa*:

– Guardiões, venham. Guardiões, peguem a magia desta sala e a utilizem para proteção.

Mas as silhuetas continuaram a pairar pelas paredes sem fazer nenhum barulho, e depois mergulharam em direção ao assoalho, estendendo-se por cima do chão de madeira. As sombras moveram-se em direção a Cecile. Ela subiu na escada que usava para decorar a árvore e ficou parada, rezando para pedir proteção, força e a aniquilação de todo o mal.

Naquele momento, escutou Dan Carter gritando no andar de cima, onde ficava o quarto dele. Era um grito de surpresa. Ouviu o barulho dos passos dele e depois a porta se abrindo. Prendeu a respiração enquanto ele corria escada abaixo.

– Pare! – gritou ela quando ele veio em disparada para a sala.

Ao ver as sombras ameaçadoras de asas, ele parou bruscamente e ficou paralisado. Então fez vários gestos com a mão e tirou alguma coisa da bolsa de couro – que ele tivera presença de espírito de trazer consigo – e salpicou-a diante de si, no chão.

As sombras desfizeram-se ao alcançar aquela parte do assoalho. Ele salpicou mais no chão, e no ar à frente, criando assim uma zona de segurança para si mesmo enquanto an-

Âmbar

dava até Cecile. À medida que chegava mais perto, fez um gesto para que ela ficasse em silêncio.

Finalmente, ele alcançou a base da escada. Jogou o pó mágico em Cecile, estendeu as mãos e gesticulou para que ela descesse. Ela deixou que ele a tirasse da escada e a colocasse por cima do ombro. Sem dizer nada, ele afastou-se lentamente até sair da sala.

Foi quando o tremor começou.

A casa inteira começou a estremecer, primeiro para a esquerda, depois para a direita. As janelas chacoalhavam. De dentro da chaminé, pássaros guinchavam.

Então cães de caça fantasmagóricos começaram a uivar, eram sons terríveis e fortes, e as garras invisíveis arranhavam o chão de madeira enquanto eles disparavam atrás de Dan e Cecile. Ela sentiu o cheiro do pelo molhado e do hálito quente de dragão, mas não viu nada. Eram invisíveis. Mas, ao passarem correndo pela poltrona de Richard, os animais a derrubaram, jogando-o no chão. Talvez fossem até invisíveis, mas eram reais.

Richard levantou-se e em seguida foi golpeado por alguma coisa. Gritando, caiu de joelhos e começou a lutar com algo que não conseguia ver.

– Corram! Saiam daqui! – gritou ele.

Dan andou apressadamente para trás. Cecile conseguiu sair dos braços dele e ergueu as mãos para o céu, invocando as forças do Baron Samedi, Rei do Vodu, para ajudá-la. Rajadas de vento acumularam-se entre as palmas da sua mão e ela as enviou na direção de Richard para ajudá-lo.

Legado

Então a porta bateu com força, separando ela e Dan de Richard.

– Richard! – berrou ela, batendo na porta com os punhos. Dan começou a entoar um encantamento enquanto tentava forçar a maçaneta, querendo abrir a porta. Do outro lado, os cães invisíveis arranhavam e uivavam, e a porta se curvou na direção dela e de Dan.

Ouviu-se um estrondo; de repente, a porta se abriu, e Richard atravessou o lintel. Dan fechou a porta após ele passar.

– Não parem! – ordenou Richard.

O seu rosto estava ferido e sangrando, e um tufo de cabelo havia sido arrancado da cabeça, parecia que tinham arrancado parcialmente o escalpo.

Os três correram pelo corredor em direção à escada, com Cecile na frente, Dan atrás e Richard por último.

– Lá pra cima! – avisou Dan para ela.

No meio do caminho, uma névoa começou a se formar ao redor dos tornozelos deles, era marrom-escura, quente e venenosa. Ela atacou-os, rodopiando ao redor das pernas. Bolhas irromperam nas canelas e coxas de Cecile, e ela gritou, chocada com a dor.

Dan agarrou a mão dela e a puxou pela escada, empurrando-a na frente dele e forçando-a a subir os degraus. Ela tropeçou várias vezes, mas ele não deu tempo para ela se recompor; empurrou-a sem parar até chegarem no patamar, com Richard logo atrás.

– Para o meu quarto! – guiou Dan. – Vá, Cecile!

Dizer o nome dela foi como desfazer um feitiço; enquanto Cecile disparava pelo corredor, ela começou a balbuciar.

Âmbar

– O que está acontecendo? O que é tudo isso? – perguntou ela, apesar de saber. Finalmente estavam sendo atacados. Pela Suprema Confraria ou por Michael Deveraux, não sabia qual dos dois. Ela já previa o ataque havia bastante tempo, aguardava-o, preparava-se para ele.

E, quando finalmente baixei a guarda, a hora chegou.
Mas como? Como nos encontraram?

Ela escancarou a porta do quarto de Dan e correu lá para dentro. Os outros dois entraram logo depois e bateram a porta.

Havia espanta-espíritos pendurados no teto, assim como penas e ossos, que balançavam enquanto os três corriam até a parede do lado oposto da porta e apoiaram as costas nela. Ela rezou para seu *loa*, e Dan invocou Raven, o Corvo, seu totem, enquanto Richard empurrava a cômoda de Dan para a porta. A casa sacudia como se alguém estivesse jogando boliche com bolas de canhão, e a porta chacoalhava tanto que estava quase se soltando das dobradiças.

Foi então que a janela se estilhaçou e um falcão preto gigantesco veio pairando para dentro do quarto.

– Cuidado! – gritou Dan, jogando-se em cima de Cecile para protegê-la com o corpo. Eles ficaram deitados no chão, com o peso dele em cima dela, enquanto os cacos voavam em todas as direções e a ave gritava de dor.

Ela arriscou olhar para o pássaro, espreitando entre os braços de Dan. Ele estava mirando em Richard, mas errou o alvo por pouco. Richard abaixara-se, e o animal batera contra a parede, ficando preso. Havia sangue jorrando do bico, e ele tentava desesperadamente se soltar. Ele bateu as asas e sacu-

Legado

diu a cabeça, mas continuou preso à parede. Estava perdendo sangue depressa.

Dan estava murmurando palavras para ele. Ela fez o mesmo, falando em francês, desejando que ele morresse e que sua essência de ódio retornasse ao dono. Mas o pássaro continuava se sacudindo, agitando as asas.

Richard pegou o abajur de bronze que estava na cabeceira e começou a golpear o corpo do pássaro. Ele gritou como se fosse um humano. Richard não parava de bater, com uma força que Cecile não sabia que ele tinha. Por fim, a criatura ficou com o corpo mole, pendurada pelo bico. Então ela soltou-se da parede e caiu no chão, morta.

Foi então que os diabretes começaram a chegar aos montes pela janela quebrada. Centenas de criaturas pequenas e escamosas que se agitavam e gargalhavam enquanto passavam por cima dos cacos, sem notar as feridas que estavam causando neles próprios. Alguns perdiam membros, outros perdiam as garras, e mesmo assim continuavam grasnando e caindo no chão como baratas ou ratos, tentando alcançar Dan e Cecile.

Foi então que Cecile enviou uma mensagem mental: *Holly, ajude-nos! Estamos sendo atacados!*

Ela não fazia ideia se a garota os escutaria.

Mas Dan virou-se para ela e disse:

– Isso mesmo. Muito bom, Cecile.

Cecile sentiu a vibração dele enquanto ele se juntava a ela.

Socorro, Holly!
Salve-nos!
Fomos encontrados!

Âmbar

Confraria Tripla: Londres, Yule

Finalmente era Yule. Sasha sorriu para os dois casais que tinham se oferecido para se tornarem servos um do outro – a Dama para o seu Senhor – a fim de intensificar os seus poderes mágicos. Por trabalhar na Confraria Mãe, ela tinha autorização para celebrar o ritual e sabia que agora, mais do que nunca, as pessoas com quem estava precisavam de mais poder. As forças da Suprema Confraria estavam se aglomerando ao redor do grupo, e ela sabia, no fundo do coração, que os dias de segurança deles estavam chegando ao fim.

Então ela estava em pé, na noite de lua cheia, na frente da porta da Abadia de Westminster, com dois casais unidos por cordas com ervas aromáticas, prontos para cortar as palmas das mãos a fim de unificarem o sangue.

Um dos casais era Nicole e Philippe, o que não a surpreendeu. Mas o segundo a fez sorrir com nostalgia, lembrando-se de como era sentir um amor inocente: Tommy Nagai tinha declarado o seu amor por Amanda, e o sentimento aparentemente era recíproco.

A vida é cheia de surpresas, disse ela para si mesma. *Muitas delas são meigas e encantadoras.*

Mas, assim como a própria vida, o ritual também era surpreendente: ela tinha presumido que Jeraud concordaria em aceitar Holly como sua serva, mas ele recusou.

– O meu sangue está manchado – falou ele para a mãe. – Sou um Deveraux.

Era exatamente essa a questão, Sasha tentou explicar isso para ele. Ele era um Deveraux.

Legado

Pálida, Holly tinha reagido à recusa dele da melhor maneira possível, mas ficou claro que ela não estava preparada para o que, no fim das contas, foi uma rejeição ao vínculo mais íntimo que uma bruxa e um feiticeiro poderiam compartilhar. Ela amava Jer e fim de história. E tinha presumido que ele daria permissão para que ela se tornasse sua serva. Afinal, ela tinha passado por tantas coisas para resgatá-lo, até mesmo enfrentando a hostilidade da Confraria Mãe e arriscando a própria vida e a dos seus entes queridos.

Mas tudo o que Jer disse ao recusar foi:

– Sou um Deveraux.

Então Holly estava ao lado de Sasha, assistindo-a enquanto ela amarrava as cordas nos punhos dos casais. A paixão tomava conta de Nicole e Philippe – dava para Sasha sentir –, já Amanda e Tommy eram mais tímidos, mais infantis um com o outro.

– Em nome da Deusa, eu vos encarrego de buscar um ao outro em tempos de perigo. Pela misericórdia dela, fortaleçam-se um com o outro, a Dama do seu Senhor, o Senhor da sua Dama.

– Que assim seja – entoaram todos que assistiam ao ritual. Alonzo fez o sinal da cruz na direção deles enquanto Sasha mergulhava folhas de carvalho em água e salpicava nos casais.

– Que o Senhor obtenha bênçãos mágicas da Dama, e que o mesmo aconteça com a Dama.

– Que assim seja.

Holly segurou as lágrimas enquanto Jer estava nas sombras, longe do alcance da Dama da Lua. O rosto cheio de cicatrizes estava escondido, mas ela tinha memorizado todas aquelas valas de carne e a maneira como os olhos dele eram puxados para baixo, como se o rosto dele estivesse derretendo. O coração dela compreendia por que ele não quis que ela se tornasse serva dele, mas mesmo assim esse mesmo coração estava partido.

É a nossa vez, disse ela para ele mentalmente.

Mas ela também entendia os riscos: e se Isabeau a possuísse e exigisse a morte de Jean? E se Jean enfim executasse a sua vingança?

E, ainda assim, o desejo que ela sentia por ele era insuportável.

Jer, eu morreria por sua causa. Eu deixaria todas essas pessoas para trás por sua causa. E ela estava sendo sincera. *Que a Deusa me ajude, estou sendo sincera.*

Ele continuou com o rosto virado, como se olhá-la pudesse diminuir a determinação dela. Então ela continuou o encarando, na esperança de fazer algum contato visual.

Mas, durante todo o longo ritual, ele protegeu o rosto.

E protegeu o coração.

Eu amo você, disse ela para ele.

E ela sabia que ele responderia: *Eu sei*.

Ela suportou o sofrimento durante o ritual enquanto Amanda e Tommy e Nicole e Phillipe passavam a ter uma união mais profunda e íntima do que o casamento cristão: as essências mágicas de cada um estavam sendo unidas, e, de certa maneira, eram uma fonte combinada de poder mágico. Ela viu como os olhos deles brilhavam, viu a discreta cintilância da magia ao redor deles, e para ela era quase insuportável estar na presença daqueles casais.

Legado

Então Sasha declarou:

– Está feito. Viraram servos um do outro.

Então Nicole e Amanda ficaram boquiabertas e disseram ao mesmo tempo:

– Seattle está sendo atacada!

Era verdade. Lá no esconderijo, Rose ligou a TV para ver o noticiário. Seattle, no estado de Washington, estava sob cerco. Ninguém sabia exatamente o que estava acontecendo, mas havia enchentes se espalhando pela cidade e quarteirões inteiros pegando fogo. As pessoas estavam sendo devoradas por "bandos de cachorros" que a cidade nunca tinha visto antes. Diversos cadáveres estavam sendo encontrados, tanto em terra firme quanto nas praias, trazidos pelo mar. E várias testemunhas alegavam terem visto mortos andando...

– É Michael – percebeu Holly com raiva. Não precisava de pedras premonitórias nem de runas para saber disso, apesar de tê-las consultado. – Ele quer que a gente volte pra lá. – *Mas não faço a mínima ideia do motivo.*

– E São Francisco? – perguntou Amanda, nervosa por causa do pai. Silvana estava preocupada com Cecile. Mas a notícia só dizia respeito a Seattle.

Enquanto o grupo assistia ao noticiário, Jer aproximou-se de Holly. Como se para enfatizar os motivos de não ter aceitado que ela virasse serva dele, Jer deixou que ela visse o rosto horroroso. *Se ao menos Joel estivesse vivo, ele poderia fazer algo para curá-lo*, pensou ela, com amargura. O Fogo Negro que o tinha queimado era mágico, e seria necessário utilizar uma magia de cura incrivelmente forte para que os danos causados a ele pudessem começar a ser reparados. Infelizmente, a cura não era um dos dons de Holly. *Os Cahors parecem ser mais capazes de causar dor e sofrimento do que de curar.* Ela fez o possível para não reagir, mas o estômago revirou-se ao vê-lo. Como se tivesse entendido a expressão no rosto dela, ele sorriu para ela, com amargura.

E depois disse em voz alta:

– Gostaria de propor que as três confrarias se unissem. Formaríamos uma Confraria Tripla, e existem pouquíssimas coisas mais fortes do que isso.

Sasha aproximou-se, prestando bastante atenção. Ela concordou com a cabeça.

– Ele tem razão – dirigiu-se ela para Holly. – Temos a sua confraria, a Confraria da Magia Branca e o que sobrou da Confraria Rebelde de Jer: ele e Kari.

Ao ouvir isso, Kari suspirou.

– Só estou aqui porque não tenho opção – admitiu ela com um pouco de tristeza.

– Eu sei. – Jer colocou a mão no ombro dela. Ao perceber que ela estremeceu, ele a removeu, suspirando. – Mas você ainda faz parte da minha Confraria. Não liberei você.

Philippe e os outros membros da sua Confraria trocaram olhares uns com os outros em silêncio.

– A Confraria da Magia Branca concorda com essa união – respondeu ele.

– Apesar de ser sua serva, Philippe, ainda faço parte da Confraria de Holly – lembrou Nicole.

– Isso – concordou Sasha. – Uma das três Damas do Lírio.

Legado

Ela apontou para a cicatriz na palma da mão de Nicole. Enquanto Nicole estendia a mão, Amanda aproximou-se e colocou a mão ao lado da mão da irmã. Holly juntou-se a elas e a forma de um lírio apareceu nas palmas viradas para cima.

– Ao juntarmos as palmas das mãos, somos capazes de fazer uma magia fortíssima – explicou Amanda, sorrindo para as duas.

Nicole baixou o olhar e suspirou – Holly não sabia se ela se sentia culpada por ter abandonado as duas ou se estava apenas se conformando com o fato de não poder fugir da sua obrigação. Ela sentiu uma imensa pena de Nicole e de Kari – de todos, na verdade.

Teria sido tão bom crescer sem saber desse mundo das Confrarias, pensou ela. *Sem saber que um poder como esse existe. Sem precisar usar esse poder.*

– Vamos lá fora então para que a Dama da Lua nos ilumine – aconselhou Sasha.

Todos obedeceram e encontraram um local atrás do apartamento de Rose onde poderiam fazer o ritual sem que ninguém percebesse. Holly estava parada, um pouco ansiosa com a ideia de unir a sua Confraria às outras de maneira tão formal. *Não era esse o ritual de união que estava querendo fazer esta noite*, pensou ela, olhando para Jer.

Sasha abriu os braços.

– Que os líderes venham para a frente – falou ela.

Holly, Philippe e Jer formaram um triângulo, cada um com as mãos nos ombros dos outros. Sasha aproximou-se devagar de cada um deles, pegando cada mão, fazendo um corte na palma e colocando-a de volta em cima do ombro onde estava. Ao terminar, o sangue de cada um estava no ombro dos outros dois. Rose pegou uma corda de seda e entrelaçou-a nas pernas deles, deixando os três presos uns aos outros.

Então Sasha convidou cada pessoa para se posicionar atrás do líder da respectiva Confraria. Rose alfinetou os dedos delas e cada uma espremeu uma gota de sangue na cabeça do seu líder.

– Agora – disse Sasha com autoridade e força na voz –, estas três vidas e estes três destinos estão unidos, assim como estas três confrarias. Cada Sacerdote-Mor ou Sacerdotisa-Mor responsabiliza-se pela própria confraria. O sangue dos membros está na cabeça de vocês. Cada Sacerdote-Mor ou Sacerdotisa-Mor também carrega os fardos dos outros dois. Vocês estão com as mãos nos ombros para apoiar e guiar uns aos outros. Os seus fardos são deles assim como o seu sangue agora é deles. As suas pernas estão presas para que, numa adversidade, vocês não possam dar as costas um para o outro. Vocês nunca fugirão dos seus irmãos e irmãs; vocês ficarão ao lado deles para protegê-los. Vocês são três.

Sasha colocou a mão na cabeça de Jer.

– Você é o fogo.

Holly estremeceu junto com ele ao ouvir a palavra. O fogo era o que quase havia acabado com a vida dele. O fogo tinha lhe custado tanto. Então como ele poderia ser o fogo?

Sasha moveu-se para colocar a mão na cabeça de Philippe.

– Você é a terra.

Então foi a vez de Holly. Sasha colocou a mão na cabeça dela.

– Você é a água.

O medo tomou conta de Holly. *Não! Como posso ser a água, a coisa que destrói as pessoas que amo?* Mas, enquanto se lembrava de tudo o que tinha feito, de todos os "sacrifícios" que tinha realizado, percebeu a verdade que havia naquilo. A dor fez com que sentisse um aperto no coração.

Sasha removeu a mão e prosseguiu.

– Vocês três precisam de um quarto membro. Que a Deusa fique com vocês e preencha este círculo. Que a Deusa seja o ar que vocês respiram.

De repente, um vento frio atingiu Holly e os outros, era tão frio que ela ficou sem ar. Então, com a mesma rapidez com que surgiu, ele desapareceu. *A Deusa pronunciou-se.*

Sasha estendeu os braços e enviou feixes de energia mágica para o centro do triângulo, que preencheram o espaço entre Holly, Jer e Philippe, até Holly conseguir sentir a essência mágica de Jer –, a de Philippe também – e permitir que a própria essência interagisse com a deles. Como resultado, surgiu uma presença mágica mais intensa, bem mais forte do que a soma das partes, e ela ficou se perguntando: *Será que ser serva de alguém é assim? Será que é até melhor? Pois isso é bem maravilhoso.*

Como se respondendo à pergunta, Philippe olhou com carinho para Nicole, e ela para ele, e aquele momento foi tão íntimo que Holly começou a chorar.

Sasha sussurrou no ouvido dela.

Âmbar

– Um dia, Holly, prometo.

Mas Jer escutou e olhou para a mãe calmamente, sem dizer nenhuma palavra para animá-la a respeito disso. Holly não se sentia tão sozinha desde que os pais morreram no rio... por causa de um Deveraux.

Talvez ele seja filho do pai, disse ela para si mesma. Era algo bobo de se pensar, mas ela sabia o que estava querendo dizer: talvez ele fosse mais filho de Michael do que de Sasha, talvez tivesse dentro de si mais mal do que bem.

– Está feito – declarou Sasha, e as energias que crepitavam no meio do triângulo dissiparam-se. Holly deixou que as mãos saíssem dos ombros de Jer e de Philippe, e deu um passo para trás, abalada.

– Temos que voltar para os Estados Unidos – proclamou Nicole. – São tantas pessoas que precisamos proteger.

Holly concordou com a cabeça. Em seguida, estendeu a mão para Jer.

Mas começou a nevar e ele aproveitou-se da cortina de flocos brancos para fingir que não tinha visto a mão dela indo em sua direção.

Assim como antes, a Confraria Mãe ofereceu o avião particular, mas nada além disso. Nenhum soldado, nenhuma arma, nada para a batalha contra o mal que estava devastando Seattle.

Assim que desceram do avião, a Confraria Tripla encontrou-se cercada. O clima estava péssimo, havia relâmpagos e trovões, além de chuva incrivelmente pesada que transformava as ruas em mares espumosos e caóticos, carregando carros, bancas de jornais, placas de trânsito e até postes. À medida que as águas escorriam pelas ladeiras de Seattle, arrastavam os cadáveres de olhos esbugalhados e os corpos de animais inocentes, vítimas do violento ataque de magia.

Pior ainda eram os incêndios espalhados pela cidade, que a chuva não era capaz de apagar. As chamas lançavam-se pelos céus como se fossem uma aurora boreal demoníaca, as línguas de fogo queimavam os imensos arranha-céus e quarteirões inteiros. A destruição era tanta que as emissoras de TV desistiram de contabilizar os estragos, aparentemente decidindo que era melhor esperar tudo acabar, quando a morte e a devastação não seriam mais algo em constante mudança, e sim uma tragédia quantificável.

Enquanto Holly e os outros tentavam pegar um táxi ou até mesmo um ônibus para chegar na casa dos Anderson, eles não conseguiam acreditar em como era enorme a multidão em pânico que tentava pegar voos para sair da cidade. O aeroporto estava lotado, e as pessoas estavam tão apavoradas que a humanidade ficava em segundo plano: esqueciam-se das suas responsabilidades e de que, quando tudo aquilo acabasse, teriam de lidar com as consequências das ações. Ninguém conseguia pensar tão adiante assim. Ninguém conseguia pensar em nada.

– Todos vamos para o Inferno! – informou um padre de colarinho para Holly enquanto a empurrava para trás, junto com o restante do grupo, à medida que eles desciam pela escada rolante.

– *Já* estamos no Inferno, irmão! – alertou outro homem.

Âmbar

Encarando os outros, Holly atravessou a porta de vidro automática, indo parar na tempestade.

O vento e a chuva puxavam-na, e o ar uivava como uma *banshee*. Ela segurou o casaco, enfrentando as forças da natureza enquanto Alonzo tentava segurar o guarda-chuva em cima dela. Pensou no enterro dos pais – em como um relâmpago atingiu uma árvore – e sentiu um ódio intenso e frio por Michael Deveraux que só desapareceria com a morte dele.

Em nome da Deusa, eu o matarei antes da próxima lua cheia, jurou ela, cerrando os punhos.

Então o ódio aumentou, e Holly achou que perderia um pouco mais da sua humanidade, mais um pedaço da sua alma. Sabia disso e ficou contente.

Bruxas na minha situação não podem se dar ao luxo de serem fracas. Tenho de ser durona para que os outros não precisem ser. Jer acha que é sombrio e maldoso demais para se unir a mim. Ele nem sabe direito o que é maldade, as coisas que fiz para proteger os meus companheiros.

E, naquele instante, Holly aliou-se à escuridão. Sentiu o próprio corpo cedendo, entregando-se, e houve um último instante de arrependimento.

Nunca mais vou sentir os prazeres das pessoas comuns, percebeu ela.

Jer deve ter percebido o sacrifício dela. Ele olhou para ela e murmurou:

– Holly, não.

– Você poderia ter me salvado – avisou ela, com agressividade.

Legado

Então ela deu as costas para ele e começou a procurar um táxi.

O grupo pegou duas minivans e o caminho até Seattle foi como um pesadelo. As pessoas corriam pelos cantos, apavoradas e desatentas. Os prédios pegavam fogo. E as correntes de água varriam as ruas e os bueiros, era uma enchente igual à que Deus tinha enviado quando Noé construiu a sua arca.

– Olha ali, Holly – disse Amanda, apontando para cima pelo vidro da frente do táxi.

Havia imensas revoadas de pássaros atravessando os céus flamejantes e chuvosos. Eram falcões.

– Isto tudo não pode ser só por causa de Michael – murmurou Holly. – Ele não é tão poderoso assim.

– Ele é um dos feiticeiros mais poderosos de toda a história – argumentou Jer, sentado ao lado de Holly.

Ela virou-se e fulminou-o com o olhar.

– Está parecendo que você tem orgulho dele.

– Não foi a minha intenção – disse ele com sinceridade –, mas talvez eu não consiga evitar isso.

O motorista do táxi era corajoso. Ele serpenteava no meio da cidade a ritmo de tartaruga, pois o caos e o perigo eram tão grandes que, mesmo se ele quisesse, seria impossível ir mais rápido. Vez ou outra ele murmurava, tocando numa imagem que havia no painel do carro, como se a sua presença fosse protegê-lo.

– Acho que vocês são as únicas pessoas que estão chegando na cidade – salientou o motorista.

– Temos que resolver algumas coisas aqui – respondeu Holly.

Âmbar

Tiveram sorte de conseguir táxi. E ainda por cima dois. Na verdade, aqueles foram os únicos táxis que aceitaram ir tão longe, até a casa dos Anderson. A coragem dos motoristas, entretanto, não foi barata. Holly tinha pago quinhentos dólares a cada um antes de saírem do terminal do aeroporto.

Atrás deles, o outro táxi, que levava Nicole, Philippe, Alonzo, Armand, Pablo e Kari, buzinou com força ao ver um vulto branco e azulado na frente dos faróis.

Os mortos-vivos, percebeu Holly. *Michael criou um exército para si mesmo.*

Então, quando os táxis os deixaram na casa dos Anderson, ela não ficou surpresa ao ver que o local estava sendo atacado por zumbis. As duas minivans saíram em disparada pela rua, fugindo ruidosamente.

Áreas inteiras do pórtico coberto haviam sido arrancadas, e os pedaços imensos de tábuas e colunas de madeira estavam nas mãos dos mortos, que destruíam as janelas e as portas do térreo, querendo entrar. Com o luar e a luz do fogo, Holly avistou os rostos apodrecidos, os olhos sem vida, e agradeceu a qualquer que fosse a manifestação da Deusa que a tinha inspirado, junto com os outros, a mandar Richard, Tante Cecile e Dan Carter saírem da cidade. Só aquela cena já era quase insuportável para Amanda e Nicole, que presenciavam a casa delas sendo destruída pedaço por pedaço.

Como se fossem piões malucos, os falcões voavam por cima do grupo, grasnando uma cacofonia de triunfo em uníssono. Os olhos pequenos e inexpressivos se viraram para Holly quando ela começou a arremessar bolas de fogo na direção deles, atingindo o alvo com frequência. Jer e Armand uniram-se a ela. Mesmo assim, os pássaros continuavam sobrevoando a região e ficavam mais numerosos, até o céu noturno ficar abarrotado de aves. Pairavam em cima da casa e mergulhavam em direção aos membros da Confraria Tripla, com garras resplandecentes e bicos agudos, tentando dilacerar os humanos no chão.

Então, bem na frente de Holly, a terra começou a estremecer e, enquanto observava, mãos e cabeças emergiram do meio da lama: os mortos começaram a andar. Ela avistou um movimento pelo canto dos olhos e virou-se para olhar a rua.

– Meu Deus, Nicole, não olhe! – implorou ela para a prima, mas era tarde demais.

O cadáver desfigurado da mãe de Amanda e Nicole havia aparecido. Tinha sobrado tão pouca carne que o esqueleto cambaleava para a frente, desajeitado, como um marionete sendo puxado por cordas, uma criatura cujos braços e pernas eram grandes demais para o próprio corpo. Metade do rosto havia sido carcomida por minhocas e estava faltando um olho. O outro era completamente branco.

Nicole começou a gritar. Philippe puxou-a para o peito e a abraçou. Tommy fez o mesmo com Amanda.

Então Philippe lançou uma bola de fogo na coisa horrenda e, apesar da chuva torrencial, o fogo espalhou-se pelo corpo como se fosse se transformando em papel, tudo em

Âmbar

cinzas numa questão de segundos. Os ossos estavam carbonizados, não sobrou nada. Os restos esvoaçaram e foram parar na lama.

Não temos nenhum motivo para ficar aqui, percebeu Holly. *Não ganharemos nada com isso.*

Então um homem que ela não conhecia chegou correndo pela rua. Ele acenava com as mãos desesperadas por cima da cabeça e berrava, apavorado. Ele aproximou-se de Alonzo e jogou os braços nos ombros dele.

– Você tem que me ajudar! É a minha filha, ela está em perigo! – gritou ele.

Então Holly percebeu que Michael Deveraux complicaria demais as coisas para eles aqui... e, mais importante ainda, percebeu também que seria praticamente impossível saírem da cidade.

As águas da Elliott Bay agitavam-se e espumavam enquanto monstros apareciam. Lulas enormes, cardumes de peixes imensos e cheios de dente e outras criaturas gigantescas que haviam cortado Eddie em pedacinhos emergiam das águas turbulentas. Helicópteros de telejornais e barcos da Guarda Costeira percorriam a área com faixas de luz; ninguém conseguia acreditar no que estava vendo.

Holly estava ao lado de Jer no topo do penhasco, observando o pesadelo se desenrolar, e o que ela mais queria era recostar-se nele e sentir a sua força. Mas ele manteve-se isolado dela, deixando-a lidar com tudo aquilo sozinha. Ela lembrou-se da última vez que esteve nesses mesmos penhascos, quando comandou um exército de fantasmas.

Legado

Mas agora estava exaurida, não havia nada dentro dela que pudesse comandar alguma coisa. E Isabeau não estava com ela.

Ela olhou para Jer, que usava uma máscara de esqui.

– Jean está com você? – indagou ela.

Sem dizer nada, ele balançou a cabeça. Os olhos dele estavam inexpressivos, e ela teve a impressão de perceber uma certa vergonha neles. Afinal, o pai dele era o responsável por tudo o que estava acontecendo ali.

– Não sei por que não – respondeu ele finalmente. – Os Deveraux adoram esse tipo de loucura.

– Os Cahors também – retrucou ela, com tristeza.

Ele começou a estender o braço para ela, que percebeu nitidamente o gesto, mas depois afastou a mão. Estavam um ao lado do outro, mas era impossível estarem mais distantes.

– Desculpe, Holly, por meu pai ser um homem assim. Por eu ser...

– Você não é assim – discordou ela, colocando a mão no antebraço dele. Apesar de ele estar com um suéter preto grosso, estremeceu com o toque dela, sentindo-se como se ela pudesse ver o quanto ele estava horroroso. – Jer, você é uma pessoa boa.

– Não sou. – Ela viu a mágoa nos olhos dele. Era a única parte do rosto dele que conseguia enxergar. Percebeu que era um milagre os olhos dele não terem se queimado e derretido para fora do crânio. – E – disse ele lentamente – você também não é. Não estou certo, Holly? Você teve que pagar um preço para manter essas pessoas vivas.

Âmbar

Ela ficou deprimida.
– Sim – admitiu ela. – Tive sim. Dá para perceber, Jer? Você consegue ver isso?
– Consigo. Tem uma frieza ao seu redor que não existia antes.
Foi a vez dela de pedir desculpas:
– Desculpe.
– Eu não acho ruim. – Ele parou e depois continuou: – Você não é mais tão intocável, tão inocente. Antes, você parecia estar fora do meu alcance.
– Mas e agora? – perguntou ela com a voz rouca.
Ele balançou a cabeça em silêncio.
Isso a fez refletir. *Me pergunto se Isabeau me levou a perder parte da minha alma, por ela já ter perdido parte da própria alma. Assassinar o marido levou uma boa parte dela. Mas ela cometeu muitos outros pecados. Para ela, e para a mãe dela, assassinato é uma maneira de levar a vida.*
– Você sabe por que ele está fazendo isso, não é? – perguntou ele para Holly.
– Por que ele é um cretino cruel? – respondeu ela.
– Para distraí-la. Para que você fique presa aqui.
Ela ficou sem ar.
– Para que eu não vá para São Francisco?
– Sim – afirmou ele. – Cecile, Dan e o seu tio. – Ele balançou a cabeça ao ver a carnificina que estava acontecendo diante deles, e depois voltou a olhar para ela. – Dividir e conquistar. É um velho jogo dos Deveraux.
– Eu deveria ir pra lá – percebeu ela.

Legado

– Só alguns de nós devem ir. É melhor alguns ficarem aqui – aconselhou Jer. – Vai ser arriscado, e ele pode aproveitar para destruir toda a cidade de Seattle se precisar.

Holly ficou sem ar.

– Ele é capaz de fazer isso?

Escondido pela máscara de esqui, Jer pressionou os lábios.

– Ah, é sim – disse ele solenemente. – Com certeza. – Então a boca de Jer curvou-se, formando um sorriso amargo e mordaz. – Mas ele vai ter que enfrentar um adversário se quiser fazer isso: eu. Como é mesmo o ditado? "Filho de peixe peixinho é."

– Por favor, tome cuidado – pediu ela.

Ele balançou a cabeça, e os seus olhos flamejantes encontraram os dela.

– De jeito nenhum.

Então ele estendeu os braços e a puxou para perto. Os lábios dele pressionaram os dela. A alma dela gemeu, e Holly se prendeu a ele. Ela nunca tinha precisado tanto de alguém ou de alguma coisa.

Então, no instante em que ela começou a se entregar, ele a soltou e deu um passo para trás.

– Me deixe – falou ele grosseiramente.

Ela abriu a boca para protestar, mas percebeu que não adiantaria. Engoliu o choro e se virou.

Talvez esta seja a última vez que o vejo vivo, percebeu ela.

Ela o olhou por cima do ombro.

Ele a estava encarando.

Ela recobrou o fôlego e meio que ergueu a mão. Então, de propósito, ele se virou de costas e caminhou na direção

Âmbar

oposta, aproximando-se da baía. Kari notou que Jer estava chegando e estendeu a mão para ele, lançando um olhar desafiador para Holly.

Jer segurou a mão dela, com a sua enluvada. Começaram a conversar seriamente, gesticulando em direção à baía. Talvez planejando uma estratégia.

Pondo as mãos nos bolsos, a bruxa mais poderosa da época afastou-se furtivamente, sentindo-se como uma menina de doze anos apaixonada.

OITO

OPALA BRANCA

☾

Dançamos diante de um céu nos ensolarando
E louvamos o dia que vai passando,
O sol nos renova e nos dá vida,
E nos guia por nosso cotidiano de brigas.

Sol amaldiçoado, desapareça,
Ascenda, ó Deusa, e o dia esvaeça,
As mentiras desprezíveis da luz carregue,
E pelos céus da meia-noite as leve.

Holly e Silvana: São Francisco

Silvana insistiu em ir com Holly, que consentiu. Na verdade, preferia que mais membros da Confraria tivessem ido também, mas eles tinham coisas demais para fazer em Seattle, e Holly queria estar preparada para fazer um ataque surpresa caso fosse necessário.

Pegar um voo saindo de Seattle foi algo feito pelas mãos da Deusa. A magia tinha feito com que as duas atravessassem as multidões, que se atacavam como animais engaiolados. E, quando o restante dos voos foi impedido de decolar por causa do clima, que só fazia piorar, foi devido à magia que os controladores de tráfego aéreo e o piloto foram convencidos de que poderiam voar em segurança. E, graças à magia, foi o que aconteceu.

No voo para Oakland, onde estava o aeroporto mais conveniente, Holly lançou um feitiço de busca para localizar a casa onde Dan, Tante Cecile e tio Richard se escondiam. Por um acordo tácito, não tinha tentado encontrá-los antes. A ignorância tinha sido uma forma de protegê-los.

Mas naquele momento, no avião, Holly viu a casa deles e ficou assustada com a cena: diabretes e falcões atacando-os, despedaçando o coração deles e incendiando a casa.

Deusa, impeça isso de acontecer, implorou ela. *Impeça isso, Hecate, e farei e serei tudo o que você quiser.*

Elas aterrissaram, e magicamente Holly fez com que a funcionária da locadora de carros "visse" na carteira de motorista dela que Holly tinha vinte e um anos, a idade necessária para alugar um carro. Ela também "conseguiu" dinheiro suficiente para pagar as taxas, apesar de ter gasto tudo o que tinha com as passagens de avião. Percebeu a leve reação de desgosto de Silvana e, em silêncio, desafiou-a a protestar. Muitas bruxas a teriam censurado por ter criado riqueza – isso não se fazia –, mas ela não se importou.

É uma questão de sobrevivência, não de certo ou errado.

Enquanto Silvana encarava o mapa e tentava indicar o caminho, Holly rezou para que a Deusa a proviesse com senso de direção. A névoa estava tão espessa quanto lã encharcada, e ela percebeu que, depois de um ano fora, havia esquecido como dirigir no clima de São Francisco.

Um ano, pensou ela, apática, enquanto percorriam devagar o caminho. *Parece que nunca morei aqui. Sinto-me uma estrangeira.*

Seattle se tornou o meu lar.

Silvana estava ao lado dela, murmurando encantamentos, e, para o alívio de Holly, a névoa diminuiu. Ela olhou para Silvana.

– Obrigada – agradeceu ela, e corou. – Não estou com a cabeça muito boa. Eu poderia ter feito isso, feito a névoa subir.

Silvana tentou sorrir, mas não conseguiu.

– Só se preocupe em nos levar até lá, tá bom? – Ela olhou pela janela. – Meu Deus, Holly, e se alguma coisa tiver acontecido?

Holly pressionou os lábios. Não havia nenhuma maneira boa de responder aquilo, e ela não estava a fim de dizer algumas palavras vazias só para consolá-la.

Consternada, Silvana olhou para Holly e depois voltou a olhar pela janela.

– Aguente firme, Tante – sussurrou ela.

Holly pensou: *Virei uma pessoa tão fria. Será que estou fria o suficiente para gelar o sangue de um Deveraux?*

Enquanto dirigia, a lua pálida no meio do céu repleto de nuvens e neblinas seguia as duas.

Então ela virou-se para Silvana.

– Esqueci uma coisa – avisou ela. – Temos que atravessar a Bay Bridge.

Silvana olhou para ela com calma.

– Você está pensando na maldição. Que as pessoas mais próximas de você morrem afogadas.

Holly concordou com a cabeça. Ela olhou para o acostamento da estrada, estreitou os olhos, foi para lá e parou. Elas estacionaram na frente de um Burger King.

– Saia – ordenou ela. – Não vou levá-la.

– O quê? – perguntou Silvana, franzindo a testa.

– Não vou atravessar a ponte com você. – Holly puxou o freio de mão e cruzou os braços, com o motor parado.

Franzindo a testa, Silvana tentou alcançar o freio de mão. Holly estalou os dedos na direção dela, lançando um pequeno raio de energia mágica.

– Ai! – gritou Silvana. – Holly, pare com isso!

– Saia. – Holly ergueu o queixo. – Estou falando sério, Silvana.

Algo no olhar dela convenceu Silvana de que ela estava falando sério. Silvana afastou-se.

– Holly, estamos falando da minha *tia*, ela é como uma mãe para mim.

– Não vou nem conseguir chegar até ela se tiver que salvar você de afogamento. A ponte vai cair ou eu vou derrapar. Você vai ficar aqui. – Ela apontou para a bolsa de Silvana. – Você está com um pouco de dinheiro e um celular. Se ficar cansada, vá para um hotel. Telefono quando estivermos em segurança.

Silvana ficou encarando-a.

– Você está falando sério.

– Saia do carro ou eu mesma faço você sair.

As contas das suas tranças nagôs fizeram barulho enquanto ela escancarava a porta e saía. Com raiva, Silvana bateu-a com força.

Sem nem dar tchau, Holly destravou o freio de mão e pisou fundo.

Triste, continuou dirigindo, procurando placas de trânsito, vendo se enxergava falcões ou algum outro sinal de que

Legado

Michael Deveraux a aguardava. *Talvez ele tenha achado que eu fosse chegar de vassoura*, pensou ela, indignada. *As pessoas não param de dizer o quanto sou poderosa, mas não sei usar esse poder. Nem conheço tantos encantamentos.*
Preciso de ajuda.

Ela seguiu em frente pela névoa quase impenetrável, lembrando-se de só usar o farol baixo. Atravessou o túnel e depois seguiu o trânsito até a ponte.

Um rangido profundo pareceu sair de uma das vigas-mestras quando o carro de Holly passou ao lado dela, e os pelos atrás da nuca se arrepiaram.

– Não tem ninguém perto de mim com que me importe, tá certo? – garantiu Holly em voz alta, como se a maldição fosse uma pessoa que a escutasse. – Então nem pense nisso.

Seguindo o trânsito, ela percorreu a ponte, com o rosto formigando de tanta ansiedade. O nervosismo não diminuiu após chegar ao outro lado. Na verdade, até aumentou. A sua intuição dizia para virar à direita, e ela sabia que o feitiço de busca estava funcionando. Quanto mais dirigia, mais ficava perto do epicentro de seja lá qual fosse a magia má que Michael Deveraux tinha infligido nas pessoas de quem ela tanto gostava.

As pessoas que amo estão em Seattle, enfrentando uma magia realmente negra...

Então, em vez de avistar a casa, Holly sentiu-a e percebeu que estava invisível para o restante da vizinhança. Holly murmurou um Encantamento da Visão e, ondulando, ela apareceu: era uma pequena casa numa ladeira, separada de um grupo de casas que ficava mais abaixo por fileiras de moitas de oleandro e barracões para depósito. O telhado reluzia

Opala Branca

uma energia verde, e, enquanto Holly parava o carro e abria a porta, escutou o barulho de vidro quebrando.

Saiu do carro. Um forte vento atacou-a de repente, arremessando-a contra o carro enquanto a porta batia. Ela mexeu as mãos e murmurou um feitiço, e o vento abriu espaço para o corpo dela enquanto ela se afastava do carro e começava a correr em direção à casa.

Havia cacos de vidro voando por todo canto, mas o feitiço fez com que eles desviassem. Ela ouvia fortes pancadas e rajadas de vento.

Subiu os degraus do pórtico de dois em dois, com hordas de pequenos diabretes acumulando-se ao redor dos seus pés como pequenos cavalos em disparada. Talvez por reconhecerem-na como inimiga, começaram a se amontoar ao redor dos tornozelos dela, arranhando-a e mordendo-a. Ela gritou e lançou uma bola de fogo em direção aos próprios pés, com cuidado para não se machucar, e atingiu a maioria dos agressores.

Moveu o punho rapidamente ao chegar na porta, que se abriu ao ser golpeada por um vento uivante vindo na direção oposta. Dúzias de cadáveres de diabretes bombardearam-na, fazendo-a utilizar um feitiço de proteção. Eles atingiram uma barreira invisível diante dela e caíram nos degraus, formando uma pilha. Movendo o punho mais uma vez, ela fez a pilha desviar para a direita.

– Dan! Tante Cecile? Tio Richard? – gritou ela.

Ela mal conseguia escutar a própria voz no meio de tanto barulho e confusão, muito menos as vozes de outras pessoas. Correu pela entrada da casa e escutou o latido fantasmagórico dos cérberos alertando-a da presença deles. Ela atirou-se na parede ao ouvir as garras deles arranhando o chão de madeira. Em seguida, protegeu-se, colocando mais uma barreira entre ela e os cães, e sentiu um bafo quente antes que o feitiço se materializasse.

Houve uma forte pancada, seguida de um grito no segundo andar da casa. Holly virou-se, subiu a escada em disparada e encontrou o tio no corredor, brandindo um machado para cima de um demônio enorme e escamoso que tinha uma coroa de chifres na cabeça. Com uma forma vagamente humana, a besta estava em pé, apoiando-se nas próprias garras inferiores, e lançou-se em direção a Richard com as mãos compridas de garras enormes, babando.

Richard atacou-o, erguendo o machado, e agachou-se quando foi a vez de o demônio revidar. Então ele balançou a arma numa posição desajeitada e, dessa vez, conseguiu ferir as rótulas ossudas do demônio. A criatura rugiu e cambaleou para trás; Richard aproveitou-se da vantagem e foi para cima do monstro, empurrando-o para o chão, desferindo um golpe de machado mais uma vez, cortando o pescoço do demônio. A cabeça saiu rolando, e o sangue verde borrifou pelo corredor.

Enojada, Holly correu para o lado do tio e o abraçou.

– Holly! – exclamou ele, abraçando-a. – Graças a Deus! Onde estão as meninas?

– Em Seattle – respondeu ela, e se afastou. – O que está acontecendo?

– Achamos que é Michael. – Ele apontou para a porta aberta mais à frente no corredor. – Cecile e Dan estão lá dentro.

Ela concordou com a cabeça e correu para o quarto, com Richard logo atrás.

Estava o maior caos. Havia mais demônios de vários tipos e monstros que ela nunca tinha visto, todos atacando os dois usuários da magia que estavam agachados atrás de uma cômoda que tinha sido empurrada para o meio do quarto. Eles a haviam protegido com energia, mas deu para Holly perceber que o campo estava enfraquecendo.

Cecile virou a cabeça e avistou Holly.

– Ainda bem! Holly, faça eles pararem!

Holly ergueu os braços e abriu a boca.

E foi então que ela congelou.

Cecile franziu a testa.

– Holly?

Tinha dado um branco na cabeça de Holly. Ela não conseguia pensar em nenhum encantamento nem sentir magia alguma em seu ser.

O que há de errado comigo?

– Holly! – gritou Cecile. Ela acenou as mãos na direção da garota. – Você foi enfeitiçada?

Não sei, pensou ela, desnorteada.

Então ficou com a sensação de que havia algo se acumulando na mente, uma presença, como se houvesse uma sombra cobrindo-a, apesar de ela não ter visto nada no quarto quando olhou para os lados. Estava com frio e começou a tremer enquanto os braços ficavam arrepiados.

Então o frio deslizou para dentro dela, como se tivesse engolido gelo de um copo.

Legado

Diante dela estava Isabeau, aparecendo de uma maneira mais forte – ainda como se não fizesse parte do mundo material, mas um tanto mais sólida do que o usual.

Na verdade, ela não está aqui na minha frente, percebeu Holly, *e sim na minha mente.*

Uma mulher de véu estava ao lado da ancestral de Holly.

Hecate, pensou Holly.

Cheia de autoridade, a Deusa baixou a cabeça, reconhecendo o próprio nome na sua encarnação como a divindade suprema das bruxas.

Podemos ajudá-la, disse Isabeau. *Michael Deveraux enviou essas criaturas para atacá-los e matá-los. Sem as suas bruxas irmãs, você não é páreo para ele.*

– Holly, ajude-nos! – gritou Dan para ela. – Droga!

Enquanto Holly piscava, era como se pudesse enxergar o quarto através de Isabeau e Hecate. Percebeu que a batalha estava se agravando e que o seu lado estava perdendo.

Você quer mais de mim, Holly acusou Isabeau. *Quer que eu faça outro sacrifício, que fique ainda mais a serviço de Hecate... você mesma fez algum acordo com ela?*

Isabeau não respondeu, mas um sorriso sutil surgiu nos cantos da sua boca e os seus olhos brilharam.

Houve uma explosão enorme, seguida de outra. O olhar de Holly atravessou as duas mulheres e enxergou três sombras pretas gigantescas que saltaram das paredes do quarto. Elas tinham no mínimo dois metros e meio de altura e estavam cobertas de escamas, os vermelhos cintilavam e havia garras que pareciam foices nas mãos.

Por um instante, as criaturas ficaram paradas, enfileiradas, e depois se lançaram para cima de Holly, Dan e Cecile.

Sem nem pensar, Holly ergueu as mãos.

– *Fora!* – trovejou ela.

O quarto explodiu. Chamas, turbilhões, uma corrente de água e pedras... tudo ciclonando ao redor de Holly enquanto a energia percorria o corpo dela, fazendo-a ter uma convulsão. Os seus olhos reviraram, e ela gritou numa língua estranha, que não conhecia; o seu corpo estava virando de ponta cabeça sem parar no meio do caos, crepitando por inteiro. O seu cabelo pegava fogo e havia faíscas saindo dos seus cílios. Dos seus dentes saía fumaça. Chamas azuis arrastavam-se sobre a sua pele.

Alguém gritou o nome dela repetidas vezes.

As sombras agarraram-na, rugindo de tanta fúria...

... as garras tentaram feri-la, mas erraram o alvo...

... e Holly acordou de quatro sobre uma areia úmida.

Ergueu a cabeça e abriu os olhos.

Era de noite, numa praia. Tante Cecile estava perto de Holly, deitada de costas. Dan estava deitado de lado, o rosto voltado para Holly, com a espuma cobrindo o corpo. Holly olhou ao redor e avistou tio Richard sobre o capô de um carro num estacionamento a uns seis metros de distância. Ele ergueu a cabeça e a viu.

Os outros se mexeram devagar. Cecile sentou-se com cuidado, e Dan deitou de bruços, dando um grito quando uma onda bateu nas suas costas. Então ele agachou-se e em seguida levantou-se todo desajeitado.

— O que você fez? — perguntou Cecile para Holly, com a voz falhando enquanto a encarava. Os olhos dela estavam arregalados.

— Não sei — respondeu Holly com sinceridade. *Mas, seja lá o que for, fiz sozinha*, pensou ela com satisfação. *Não sacrifiquei nada para a Deusa.*

Ela levantou-se.

— Vamos — ordenou ela para os outros.

— Para onde? — quis saber Cecile. — Voltar para Seattle?

— Primeiro vamos ao hospital — disse Holly. — Visitar Barbara.

— Claro. — Cecile levantou-se. Ela olhou para Holly. — Você reivindicou o seu poder. Dá para perceber. Ele está crepitando ao seu redor.

Holly olhou para as mãos. Havia uma fluorescência azul brilhando pelo seu corpo. Aos poucos, ela foi se dissipando.

Será que Isabeau e Hecate estavam me bloqueando de alguma maneira, para que eu fosse obrigada a pedir ajuda à Deusa?, perguntou-se ela. *Para que eu continuasse fazendo sacrifícios a ela?*

Ela baixou as mãos.

— Você tem razão — falou ela para Cecile.

Após chamar um táxi de um telefone público, Richard alugou um carro. Holly falou com Silvana, que pediu comida para viagem e a tinha pegado quando eles chegaram para buscá-la. Silvana e Tante Cecile abraçaram-se emocionadas. Holly ficou contente com o olhar de gratidão que havia no rosto de Silvana quando ela olhou para Holly, mas ficou mais contente ainda ao ver o perdão nos olhos dela. *Não que eu pre-*

Opala Branca

cise do perdão de alguém, pensou Holly, sentindo-se defensiva de repente.

Eles devoraram os hambúrgueres e as batatas fritas enquanto estavam a caminho do Marin County General. Apesar de já ter passado da meia-noite, Holly não teve dificuldade em "convencer" a enfermeira da noite a levá-la ao quarto de Barbara Davis-Chin.

– Preciso avisar você de uma coisa: ela está em coma – contou a mulher com cuidado, cujo crachá tinha o nome ADDY. – Ela não vai perceber que você está aqui.

Holly fez que sim com a cabeça distraidamente, com o olhar fixo na porta semiaberta, pintada de verde-claro. No centro, havia um retângulo transparente de plástico contendo uma pasta presa a uma prancheta. Na pasta, estava escrito DAVIS-CHIN, B. Uma imagem surgiu de repente na cabeça de Holly: a sua mãe correndo pelos corredores do pronto-socorro com os braços cheios dessas pastas, consultando os nomes dos pacientes à medida que se aproximava das camas. Isto sempre foi impressionante: a sua mãe cuidava das pessoas por um período de tempo tão curto e mesmo assim fazia questão de saber todos os nomes, de ficar mais próxima dos pacientes, de focar toda a atenção neles.

Sinto tanta saudade dela, pensou Holly, sentindo uma pontada.

Então Holly abriu a porta e quase desmaiou.

Barbara Davis-Chin estava deitada na cama, idêntica a como Holly a tinha visto na última visita: pálida e magra, ligada a vários aparelhos. Mas desta vez havia um pesadelo sentado no peito dela.

Legado

Era uma criatura encurvada, de sorriso malicioso, com orelhas pontiagudas e um rosto tão anguloso quanto uma chave-mestra; era da cor de moedas sujas e estava coberto de pelos acinzentados e imundos.

O punho daquele ser estava totalmente afundado no peito de Barbara, e Holly podia ver que os dedos imundos cercavam o coração dela, espremendo para dentro dele um veneno que saía das próprias veias e artérias, que pulsavam e percorriam o exterior do corpo.

A criatura fazia tudo isso enquanto gargalhava loucamente, e Holly percebeu que ninguém além dela estava escutando aquilo.

Pensou em voltar correndo para a sala de espera, onde Silvana e os outros estavam aguardando, então se virou para a enfermeira, que ainda estava enfeitiçada e que obviamente não via nem escutava o que a criatura fazia.

– Pode voltar para a ala das enfermeiras.

– Sim – obedeceu a mulher.

Enquanto a enfermeira se afastava, Holly caminhou com firmeza em direção à criatura. Ele apontou o lábio inferior na direção dela – era de um vermelho brilhante, como se estivesse sangrando – e começou a rosnar.

Holly começou a entoar um encantamento de proteção e então percebeu que, cada vez que rezava para a Deusa, tinha que sacrificar um ínfimo pedaço da própria alma. Ela se perguntou se esse seria o preço que todas as bruxas pagavam ou se era um custo só dela. Então ficou de boca calada e decidiu lidar com o diabrete – se é que era mesmo um diabrete – do seu jeito.

Opala Branca

★ ★ ★

Holly moveu-se na direção dele, que sorriu para ela, completamente indiferente à presença dela.

Holly encarou-o, concentrando-se nele, então os sentidos dela se justapuseram de uma maneira estranha. Conseguiu sentir o pulso de Barbara latejando e escutar a batida ruidosa do coração dela – tum-tum, tum-tum –, e depois passou a ser uma visão, não uma pessoa, que forçava para baixo o braço e depois o punho da criatura, enfiando-os no coração de Barbara...

O coração da escuridão; esse é o cerne da maldade, dos sonhos, da doença que a está matando...

... cercando Holly, havia formas medonhas e paisagens distorcidas; ela rodopiava de boca aberta, gritando em pensamento...

PARE COM ISSO!

E então ela estava de volta à entrada do quarto, encarando o diabrete, que sorria para ela, rangendo os dentes alegremente e separando por completo o coração de Barbara do corpo enquanto o mostrava para Holly. Ela pensou em Hecate, a familiar falecida, e em como Bast tinha mostrado o falcão morto para ela e as primas como se fosse um troféu. Dessa vez, entretanto, era o coração adoentado de Barbara que estava sendo mostrado para ela, aquele coração que estava sangrando e tão sofrido...

PARE COM ISSO!

A criatura desapareceu... mas Holly continuou sentindo a presença maléfica. Mesmo que Holly não a estivesse mais vendo, a criatura continuava torturando Barbara.

Holly correu para a sala de espera, onde todos a fitaram.

– Precisamos tirar Barbara daqui.

Tio Richard parou de andar de um lado para outro e fixou o olhar nela.

– Sente-se e descanse, deixe que eu cuido da papelada. – E afastou-se.

Ela acomodou-se numa cadeira e aceitou o café que Tante Cecile ofereceu. Estava cansada e bastante preocupada. Os limites estavam sendo ultrapassados... eram corpos vivos, corações vivos.

Esse jogo que Michael Deveraux está fazendo é mortal, pensou ela. *E não posso ser derrotada.*

Exausta, fechou os olhos.

Quantas gerações de Cathers e Deveraux passaram por isso? Isso tem de chegar a um fim. Temos que vencer.

Johnstown, Pensilvânia: 31 de maio de 1889, 14h

A água do lago havia subido meio metro da noite para o dia. A represa de South Fork gemia contra o peso extra. A estrutura era antiga e precisava de consertos. Mas ninguém parecia se importar. Todos esperavam que ela continuasse fazendo o de sempre. Todo ano, após as chuvas, as pessoas coçavam a cabeça, surpresas por ela ainda estar em pé, mas não faziam nada para ajudá-la a conter o lago.

Vinte e dois quilômetros ao sul da represa, a cidade de Johnstown ficava na planície de inundação do lago. De vez em quando, os cidadãos protestavam contra os donos da represa, mas os protestos eram insignificantes. Eram apenas uma maneira de passar o tempo, um assunto para discutir que não fosse o clima.

Então, ano após ano, a cidade protestava, a represa gemia e nada era feito. A pressão da água aumentava, o lago subia e na represa uma pequena fratura transformava-se numa rachadura.

A rachadura havia sido percebida, e agora vários homens trabalhavam para tentar aliviar a pressão na represa. Entre outras coisas, eles tentaram abrir um novo canal, que permitisse a vazão da água para ouro lugar. Mas já era tarde demais. A represa rangia enquanto tentava conter uma parede de água de sessenta metros de profundidade.

Claire Cathers estava feliz. Esse pensamento pegou-a de surpresa enquanto ela varria o pórtico da casa. Ela parou e se apoiou por um instante no cabo da vassoura enquanto observava distraidamente a rua úmida. O sol estava quase se pondo, e a chuva tinha parado havia alguns minutos. Dentro de umas duas horas, o marido e a filha chegariam em casa.

Sorriu ao pensar em Ginny. A garotinha era linda, determinada e impetuosa – uma Cathers dos pés à cabeça. Claro que isso era de esperar. O sangue dos Cathers parecia sempre predominar, e Virginia o tinha em dobro.

Cinco anos antes, se alguém tivesse dito a Claire que ela se casaria com o primo de terceiro grau, Peter, aquele que a tinha atormentado quando criança, ela diria que era maluquice.

O velho Simon Jones parou diante dela e inclinou o chapéu.

Legado

– Boa tarde, sra. Claire.

– Boa tarde, Simon. Como está sendo o seu dia?

– Tolerável, desde que a represa continue firme.

Ela riu alegremente. A represa era tema de muitas preocupações, discussões e piadas desde que ela lembrava. E mesmo assim a antiga construção continuava firme.

O céu escureceu depressa, e algumas gotas pesadas de água espatifaram-se no chão.

– Tenha uma boa noite, Simon – desejou ela após ele se afastar.

– Se Deus quiser e o riacho não subir. Bom, pelo menos não mais do que já subiu.

Ela sorriu. A vida era boa. Na verdade, tudo tinha acontecido de maneira bem diferente de como ela imaginava. A sua mãe tinha morrido quando ela era bem pequena. O pai sempre tinha sido um homem sério, que a repreendia. Na maioria das questões, ele terminava cedendo em favor das irmãs mais velhas, e essa frustração era descontada em Claire. Ele a tinha ensinado a se comportar como uma dama, o que significava ser humilde e submissa. Por isso, Claire só conseguiu olhar nos olhos de Peter após um ano de casamento.

Peter era vendedor, assim como a maioria dos Cathers costumava ser desde sempre. Toda a família era boa de papo e bem persuasiva, mas ninguém chegava aos pés de Peter.

Mas, apesar de tudo isso, era um homem carinhoso e gentil. No dia em que Ginny nasceu, ele prometeu a Claire que criaria a filha diferentemente de como o pai dela a tinha criado. Ele cumpriu a promessa, sempre dizia à pequena Ginny que homens e a mulheres eram iguais.

Opala Branca

Apesar de ela ser bem novinha, ele a levava para todo canto. Levava-a até em viagens de trabalho, como essa da qual estavam voltando.

Claire pressionou a mão na altura do estômago com firmeza. Naquela noite, quando Peter chegasse, ela teria mais uma surpresa para ele. Sorriu e rezou para que Deus lhe desse um menino. A parteira local tinha lhe dado algumas ervas para colocar debaixo da cama, a fim de que nascesse um menino. Claire tinha protestado, dizendo que não acreditava nessas superstições. Mas colocou as ervas debaixo da cama mesmo assim, pois queria muito ter um menino. *Se Deus quiser, terei um.*

Os céus abriram-se e a chuva começou novamente. Claire, tendo varrido os entulhos e o excesso de água para fora do pórtico, correu para dentro. Colocou mais lenha na fogueira, tentando amenizar o frio e a umidade que havia no ar. As ruas estavam ficando alagadas, algo que acontecia em Johnstown todo ano.

Pela cidade, os homens de negócios transportavam as mercadorias para o segundo andar das lojas. Maridos e esposas carregavam móveis e a comida para o segundo andar das casas. Claire já tinha levado as coisas de que precisariam para cima.

Ela olhou para fora, para a torrente que caía com violência, e por um instante ficou temerosa. Havia algo de errado, era como se houvesse uma energia estranha no ar. Livrou-se da inquietação rezando baixinho pela segurança de Peter e da sua garotinha. E começou a se perguntar se de fato os veria na próxima hora ou se eles teriam parado em algum lugar da estrada para se proteger da chuva.

Então dois jovens passaram correndo pela rua, gritando:
– A represa está rachando! A represa está rachando!

O mais alto dos dois esbarrou no ferreiro, que jogou as mãos no ar.

– Já ouvi isso antes, jovem! – argumentou o ferreiro.

– É verdade, está rachando mesmo! – garantiu o rapaz mais baixo. E depois eles continuaram correndo, gritando o mais alto que podiam: – A represa está rachando!

– Devem ser de fora – explicou o ferreiro para Claire. – Que rapazes malucos.

Ela concordou com a cabeça distraidamente, sem prestar atenção. Os seus ouvidos estavam estudando outro som: um rugido estranho e distante, como se fosse um...

... o quê? Um oceano?

Então ela avistou a parede d'água devastando tudo ladeira abaixo. A imensidão daquilo chocou-a, deixando-a confusa. Jamais imaginara uma enchente tão forte, jamais vira algo assim – as águas agitadas e volumosas derrubavam as árvores como se fossem dentes-de-leão. Por um instante, não compreendeu o que estava vendo, ficou parada, com o vestido xadrez de todo dia e o seu segundo melhor avental branco, apenas olhando.

– Meu Deus! – gritou ela e começou a correr.

Nas casas que avistava enquanto corria, as famílias estavam subindo para o segundo andar em disparada; uma árvore foi lançada pelo esgoto à esquerda dela, no meio da água que jorrava. Claire escutou a enchente que se aproximava, e bem à frente havia uma casa com a porta aberta. Ela foi em direção à casa sem saber o motivo. Era tanto pânico que não estava mais pensando direito.

Atrás dela, Claire escutou gritos, estrondos, e depois...

— Meu Deus, não! — exclamou Peter Cathers.

Ele estava na beirada do desfiladeiro, olhando para a destruição de Johnstown. Moveu-se com hesitação, sem conseguir acreditar. Abraçou a filha e gritou pela esposa enquanto as águas engolfavam tudo o que encontravam, espalhando-se em todas as direções com tentáculos famintos e cruéis. Os telhados apareciam rapidamente no meio das águas embravecidas e sumiam. Árvores inteiras rolavam ladeira abaixo e colidiam contra as construções.

Cadáveres de pessoas e de animais boiavam como rolhas.

— Claire! Claire!

Ele não sabia que, enquanto a filhinha fechava os olhos para não ver a destruição, o mundo interior dela transformava-se num mundo estranho em que uma névoa acinzentada atravessava uma imagem: um veleiro, com o vento batendo fortemente nas velas, e uma garotinha...

... *Ela se parece comigo!*

... rolando para o lado e caindo no oceano.

E uma mulher gritando no convés, sendo contida por marujos, enquanto tentava se soltar e pular no oceano em busca da garota.

As névoas ficaram mais espessas e turvas, e Ginny escutou os pensamentos da mulher como se ela estivesse ao seu lado, falando diretamente com ela:

Legado

Agora, somos três, somos os "Cathers". Não tenho filha que carregue adiante a linhagem da família, mas os meninos ao menos têm alguma magia. Talvez assim seja melhor. Talvez seja um sinal da Deusa, dizendo que a Confraria Cahors está de fato morta... e que a magia deve morrer comigo.

Então dois garotinhos correram até a mulher, gritando e jogando os braços ao redor dos joelhos e da cintura dela. O menor olhou diretamente para Ginny. Na mente dela, ele abriu a boca e, com uma voz sobrenatural e horripilante, lhe disse:

– Virginia, sou o seu ancestral.

Então Ginny abriu os olhos de repente e as mãos pequeninas de criança agarraram mechas do cabelo do pai enquanto ela enterrava o rosto no ombro dele e soluçava.

– Papai, papai, a mulher está me assustando!

E então a pequena Ginny viu outra coisa: uma carta, que dizia:

> Então saiba disso, Hannah, minha querida esposa, não enforcamos todas elas em Salem. Afogamos algumas – e tenho vergonha de dizer isso –, assim como foi feito no Velho Mundo. Quer dizer, amarramos as coitadas a bancos e as colocamos no rio. Se afundassem, as declarávamos inocentes. Quer dizer, se elas se afogassem, entregávamos as almas delas a Deus...
>
> Então Abigail Cathers nos mostrou o que é a verdadeira bruxaria, e percebi que tínhamos assassinado mulheres inocentes, que não sabiam nada de bruxaria, assim como você e eu.

Opala Branca

Deus tenha misericórdia de mim, não consigo mais suportar essa culpa.
Adieu.

Jonathan Corwin

Então, na sua mente, ela viu a própria mãe sendo carregada pelas águas dentro de uma sala, com uma mesa e muitas cadeiras. Os olhos dela estavam abertos e o cabelo florescia ao redor da cabeça como uma auréola.

Ginny caiu aos prantos e gemeu para o pai:
– Mamãe se afogou, papai. Ela se afogou!

Em Johnstown, estimava-se que dez mil pessoas tinham morrido. Apesar de o corpo de Claire Cathers nunca ter sido encontrado, ela foi declarada morta, e Peter Cathers decidiu ir para o Oeste a fim de tirar a filha daquele lugar de águas mortais e encontrar a região mais seca possível.

Ginny nunca mais falou das coisas que tinha visto e, com o tempo, se esqueceu delas.

A Califórnia acabou não sendo um lugar muito bom para enriquecer, então pai e filha decidiram ir para o norte, para Seattle, onde diziam haver abundância de tudo, menos de homens.

Encheram uma carroça com os pertences, em boa parte equipamento de mineração que não seria mais necessário, pois não havia ouro para eles na Califórnia, e iniciaram a longa jornada em direção ao noroeste do Pacífico. Ginny tinha quase nove anos na época, e todos que a conheciam achavam-na bastante inteligente e bonita.

Legado

Ao pararem uma noite num acampamento, onde havia ensopado de carne, com carne de verdade, e batatas, cebola e cenouras, eles escutaram os homens brutos falarem a respeito do dr. Deveroo, um vendedor de remédios patenteados capazes de curar qualquer coisa que afligisse as pessoas.

– Ele está vindo hoje à noite com a apresentação itinerante – avisou um dos mineiros para Peter enquanto Ginny tomava o restante do ensopado com um biscoito de água e sal. Eles estavam sentados lado a lado, em longas mesas de armar debaixo de um toldo de lona. Lamparinas iluminavam o local, e Ginny achava tudo aquilo parecido com uma terra de fadas. – Primeiro ele faz um show bem divertido e depois vende os remédios patenteados. – Ele apontou para Ginny. – Ela parece um pouco pálida. Talvez seja bom ela tomar algum dos remédios dele.

– Veremos – disse Peter, dando de ombros.

– Ah, papai, podemos ver o show divertido? – implorou Ginny.

Peter sorriu, permissivo.

– Acho que sim, Ginny. – Ele ergueu a caneca de latão e tomou um gole de café com alegria. – Não se paga para ver o show, não é? – perguntou ele para o mineiro.

– Não, senhor – respondeu o homem. – Deveroo consegue vender o elixir, é assim que financia o restante.

Cerca de uma hora depois, quando as duas carroças coloridas chegaram, as pessoas do acampamento comemoraram. Peter colocou Ginny nos ombros para que ela as visse.

– Ele tem cabelo e olhos pretos – relatou ela.

— Cabelo preto e olhos castanhos, acho — corrigiu-a o pai.

— Não, papai. São pretos como carvão. E ele está olhando diretamente para mim.

Peter sentiu um calafrio e não entendeu o porquê.

— Estou aqui, Ginny — disse ele.

— Eu sei. Ah, e agora ele está sorrindo para todo mundo.

— Por favor, amigos! — ressoou uma voz. — Cavalheiros ilustres e queridos! Por favor, sentem-se para que todos possam assistir à apresentação mais fantástica! Os meus companheiros e eu percorremos esta grandiosa terra de cabo a rabo e vimos coisas impressionantes. Hoje apresentaremos algumas delas para vocês!

Todos se acomodaram na mesa de armar, e Peter lançou um olhar na direção de Deveroo enquanto ele levantava-se para sair da carroça. Ele era alto, de ombros largos, e vestia um terno preto com colete preto e uma camisa branca. Estava de cartola, que inclinou, e o cabelo cacheado batia nos ombros. Tinha um bigode grosso... e os olhos realmente eram bem pretos. Peter nunca tinha visto alguém assim.

A carroça era decorada com rostos de um homem estranho feitos de folhas. Os rostos grotescos estavam estranhamente contorcidos, com uma aparência bem maléfica, e Peter ficou sem saber se seria mesmo uma boa ideia deixar a filha assistir ao "show divertido".

O outro vagão estava pintado com espirais verdes e vermelhas, sem formar nenhum padrão. Um homem careca e bastante musculoso, vestido com pele de leopardo, segurava as rédeas. Ele soltou-as com um floreio, levantou-se e pegou um acordeão, que começou a tocar. A sanfona parecia um brinquedo nas mãos do homem gigantesco.

Duas mulheres de vestidos dourados e sofisticados surgiram atrás dessa mesma carroça, descendo delicadamente os degraus de madeira até chegarem ao chão. Elas começaram a dançar, e Ginny ficou sem ar de tão encantada.

Com o fim da dança, o homem vestindo pele de leopardo fez várias demonstrações incríveis de sua força, até mesmo erguendo acima da cabeça dois mineiros sentados nas suas cadeiras. Ele entortou a pá de um homem e deu um nó numa barra de ferro.

– Sandor, o Forte, toma três colheradas por dia do meu elixir da vida, pela manhã, ao meio-dia e à noite! – proclamou o dr. Deveroo. – Vocês podem adquirir uma garrafa por apenas um dólar!

– Papai, você devia comprar – aconselhou Ginny para o pai.

– Talvez outro dia. Um dólar é muito dinheiro – respondeu Peter a ela.

Muitos mineiros de fato compraram garrafas, e alguns até começaram a tomar as três colheres diárias imediatamente.

– E agora prestem atenção, meus amigos, pois vou surpreendê-los e impressioná-los com a minha mágica! – exclamou o dr. Deveroo.

Ele bateu palmas e estalou os dedos três vezes. Chamas surgiram nas pontas dos dedos e contornaram as mãos.

A multidão ficou boquiaberta.

Então ele ergueu as mãos por cima da cabeça e acenou-as. As chamas estenderam-se para cima, lançando-se em direção ao céu.

Opala Branca

Peter ficou apenas piscando os olhos, perplexo. Ginny recobrou o ar e perguntou:

– Papai, como ele fez aquilo?

As chamas desapareceram, e o homem fez uma reverência para o público enquanto os mineiros começavam a aplaudir com entusiasmo. Então ele estendeu as mãos para as duas belas damas, que rodopiaram e fizeram reverências, sorrindo charmosamente para ele.

Devagar, as duas flutuaram, ainda rodopiando, até ficarem acima das carroças, balançando-se como borboletas douradas.

A multidão ficou em silêncio, todos estavam estupefatos.

– São fios – murmurou Peter.

Ginny abaixou-se para escutá-lo.

– Não é mágica, papai?

– Claro que não. – Mas a voz dele estava trêmula, como se não acreditasse no que estava dizendo.

Devagar, as damas flutuaram de volta para o chão. Os homens começaram a aplaudir e depois a gritar. Eles batiam os pés. Eles assobiavam.

– Senhores, obrigado! – agradecer o dr. Deveroo, tirando a cartola e colocando-a sobre o peito. – Agora escutem, por favor. Como o meu elixir patenteado faz maravilhas, ele cura qualquer mal como se fosse mágica! Mas é pura ciência, meus amigos, não são fadas nem duendes! É a ciência que abre novos caminhos com maravilhas como o meu Elixir da Vida patenteado!

Uma das mulheres aproximou-se dele carregando uma garrafa de vidro verde com uma rolha no topo. Entregou-a ao dr. Deveroo como se fosse uma pedra preciosa.

Ele tirou a rolha e encostou a garrafa nos lábios.

– Isso vai fazer você ter a força de dez homens! Vai fazer o seu cabelo crescer e os seus olhos brilharem!

Ele tomou um gole do líquido, estendeu o braço e colocou a mão na cintura da mulher. Enquanto a multidão observava, ergueu-a com facilidade e a segurou por cima da cabeça enquanto tomava mais um gole do elixir.

– Isso mesmo, senhores! – exclamou ele. – O Elixir da Vida patenteado do dr. Deveroo vai encher vocês de vida!

Após colocar a dama no chão, ele saltou da carroça. Depois foi até a traseira dela de um jeito teatral. Colocou as mãos debaixo da beirada, agachou-se e ergueu-a do chão.

– Papai – chamou Ginny, ofegante. – Papai, como isso é possível?

– São só truques – disse Peter, rindo, mas hesitante.

– Tire-me dos seus ombros – implorou ela. – Não quero que ele me veja.

– Não precisa ficar com medo, Ginny – tranquilizou-a ele.

Ela hesitou e depois disse:

– Papai, ele é tão forte que conseguiria fazer a represa rachar.

– Ah, Ginny – sussurrou Peter, com ternura. – Ah, minha garotinha.

Então o dr. Deveroo olhou na direção dela. Ele olhou diretamente para a menina, que sentiu o olhar escuro dele como se fosse um tapa na bochecha. Os olhos dele se estreitaram e as sobrancelhas grossas encontraram-se acima do nariz. Ele parecia um demônio, apenas esperando o momento certo para agarrá-la e devorá-la.

Opala Branca

Ela apertou o pai e gemeu:
– Papai, me tire daqui!

As pessoas viraram-se na direção deles, alguns homens sorriram, achando engraçado o pavor da menininha, como se eles mesmos, homens racionais, não tivessem ficado boquiabertos com as proezas impressionantes do dr. Deveroo havia apenas alguns segundos.

– Relaxe, menina, ele está querendo apenas se mostrar – ousou dizer um homem bem-intencionado. Ele era acinzentado, enrugado e desdentado, e em seguida estendeu a mão e tocou na perna de Ginny, que se contraiu como se estivesse sendo queimada.

– Papai, por favor, papai. – Ela conseguiu descer dos ombros dele, levando uma queda, e correu em direção à multidão.

– Ginny! – gritou Peter, e saiu em disparada. – Licença, licença, por favor, licença – murmurava ele enquanto afastava os homens do meio do caminho. – Ginny!

Como é que ele a tinha perdido tão rapidamente? Mas ninguém sabia para onde ela tinha ido. Ele olhou por todo canto, no acampamento inteiro. E, à medida que a apresentação continuava e os mineiros formavam filas para comprar uma ou duas garrafas do elixir do dr. Deveroo, Peter foi ficando cada vez mais agitado.

– Posso ajudá-lo? – perguntou finalmente o dr. Deveroo, após vender a última garrafa e as damas voltarem para dentro da carroça. O homem vestindo pele de leopardo estava sentado na beirada da carroça, devorando um pouco de ensopado de carne.

– Já procurei por todo canto – confessou Peter, enxugando o rosto.

Então ele olhou nos olhos do homem. Os lábios de Peter separaram-se, ele sentiu-se completamente tonto. Não apenas tonto, mas bastante mal. Os olhos do homem... eram totalmente pretos. Não havia nenhuma cor neles. E se alguém os encarasse por tempo suficiente... ela iria... iria...

Peter balançou o próprio corpo, depois inclinou o chapéu.

– Obrigado, senhor – agradeceu ele de repente. – Mas é uma questão familiar. Eu mesmo encontro a minha filha.

O dr. Deveroo inclinou a cabeça como se fosse um rei.

– Como desejar, senhor...?

– Cavendish. Martin Cavendish – respondeu Peter, que nunca compreendeu por que mentiu.

– Cavendish – repetiu Deveroo devagar. – É um prazer conhecê-lo, senhor. – Deveroo inclinou o chapéu mais uma vez. – Bom, se eu puder ajudar em alguma coisa, por favor, não hesite em me chamar. A minha trupe e eu acamparemos não muito longe daqui.

– Realmente agradeço, senhor. – Peter inclinou a cabeça e se afastou. Estava inquieto, mal conseguia olhar para aquele homem, apesar de não conseguir entender o porquê. Virou-se e, a passos largos, foi embora.

Ginny. Ela está escondida na nossa carroça.

De repente ele teve tanta certeza disso quanto do fato de que Ginny estava certa em ter medo de Deveroo.

Tem algo de errado nisso tudo. Estamos em perigo.

Opala Branca

Sem nem olhar para trás, ele correu até a carroça, entrou e ergueu as rédeas. Por sorte, ele não tinha desatrelado os cavalos.

– Ginny? – chamou ele por cima do ombro. – Você está aí dentro?

– Papai, shhiiiii – respondeu ela, sussurrando. – Ele vai escutá-lo!

– Está tudo bem, minha menina. Vamos embora daqui.

Ele balançou as rédeas, e os cavalos começaram a se mover. Enquanto galopavam para longe do acampamento, avistou Deveroo subindo na própria carroça. Ele tirou o chapéu e ficou encarando a carroça de Peter; na escuridão. Peter não conseguia enxergar o rosto dele, mas imaginou que Deveroo o estaria fulminando com o olhar. Peter sentiu um calafrio na espinha e ficou sem entender o motivo.

– O-pa! – gritou ele para os cavalos, balançando as rédeas, e eles escaparam noite adentro.

E só vou parar quando chegarmos em Seattle.

O dr. Deveroo, cujo nome verdadeiro era Paul Deveraux, estreitou os olhos ao ver a carroça dos Cavendish seguindo a trilha. Com a silhueta envolta pela noite sem lua e as laterais de madeira iluminadas pelas estrelas, havia uma carga preciosa no interior: um homem e a filhinha, ambos com sangue bruxo. Ele conseguia sentir isso, na menina era tão forte que quase dava para perceber pelo cheiro.

Cavendish, pensou ele. *Tenho que decorar esse nome.*

Nos meses seguintes, ele viajou bastante, mostrando a sua mágica e vendendo o elixir. Em São Francisco, recebeu uma carta de amigos que tinha na Suprema Confraria, leais à

Legado

Confraria dos Deveraux e que desejavam destronar a família Moore. A família Moore continuava administrando tudo e se gabando do fato de poderem utilizar o Tempo do Sonho – que o velho sir Richard Moore tinha aprendido em Van Diemen's Land – para se livrar dos inimigos.

Mas os Moore não sabiam que, por meio dos amigos, os Deveraux também tinham conseguido obter o segredo do Tempo do Sonho.

Tudo o que precisamos é do Fogo Negro para retomarmos o trono, lembrou Paul Deveraux enquanto lia a carta à luz de uma fogueira.

O seu confederado, Edward Monroe, tinha escrito o seguinte: *Ouvimos falar de um feiticeiro indígena que mora na floresta e que alega saber conjurar algo que o povo dele chama de Fogo da Nuvem Negra. Talvez isso seja do seu interesse. O lugar chama-se Seattle.*

– Seattle – refletiu Paul Deveraux. – Parece interessante.

NOVE

PERIDOTO

☾

Da terra viemos e à terra iremos voltar,
É assim que o ciclo sempre se repetirá.
Grande Deus Cornífero, nos ilumine,
Para que essa terra a gente domine.

Deusa, escute a nossa oração,
Do nosso passado conceda livração,
Renove-nos agora e faça renascer
A Confraria familiar, a esperança e o prazer.

Holly estava esgotada. Ir embora de São Francisco tinha sido difícil. De certa maneira, tinha sido até mais difícil do que quando partiu pela primeira vez, um ano atrás. Na sua casa, na baía, ela sentia uma imensa segurança. Sabia que era ilusão, mas ao fechar os olhos era impossível não acreditar que o último ano tinha sido apenas um pesadelo.

No entanto, tudo aquilo já era, assim como a sua casa, o zunido da cidade e a névoa que a cobria como uma grossa cortina, separando-a do restante do mundo. Agora, com Tante Cecile e Dan, ela tentava levar Barbara Davis-Chin e tio Richard para Seattle sem que ninguém percebesse.

Não é que o tiramos da apatia?, pensou ela a respeito do tio.

Mas tio Richard havia mudado; ela nunca o tinha visto tão bem. Ele estava forte e, apesar do medo, não tinha medo de enfrentar o que quer que surgisse na sua frente.

Legado

O mesmo não podia ser dito a respeito de Barbara. Os médicos mal protestaram quando Holly decidiu transferi-la. A verdade era que ela estava em coma havia mais de um ano, e não faziam a mínima ideia do que fazer para ajudá-la.

Seria perigoso voltar para Seattle, mas estava na hora de a Confraria Tripla mostrar do que era capaz. Eram mais fortes juntos do que separados. Ao menos era o que Holly esperava. Teriam de ser, com James e Eli se aliando a Michael.

Não faltava muito para chegarem, talvez uns dez minutos. Holly pediu para que Dan dirigisse mais rápido, mas ela sabia que fazer isso só atrairia mais atenção, tanto das pessoas comuns quanto daquelas com predisposições mágicas.

Parecia que nada tinha mudado em Seattle desde que Holly tinha conseguido sair de lá. *Sair não, escapar*, pensou ela, vivenciando mais uma vez a violência que tinha presenciado no aeroporto. A cidade ainda estava sendo atacada. Era a maneira de Michael Deveraux desafiá-la; agora, o próximo movimento era dela.

Mas tudo a seu tempo. Primeiro ela tinha de deixar a Confraria em segurança e encontrar uma maneira de curar Barbara.

Ela olhou pela janela com receio, procurando falcões. As nuvens escuras e pesadas cobriam o céu e desciam, fortalecendo-se para mais um dilúvio. Não havia nenhum sinal de aves de qualquer espécie. Ao lado de Holly, Tante Cecile murmurava encantamentos para estabilizar Barbara. Richard observava a paisagem com atenção.

Holly começou a murmurar os próprios feitiços de proteção, para fortalecer aqueles que já estavam ao redor deles e para que ficassem completamente invisíveis. De repente, sentiu uma rajada de vento frio na sua mente. *Michael!* Tinha certeza absoluta. Ele tinha sido avisado, sabia que ela estava chegando! Ela ficou sem ar enquanto o medo esmagava o coração dela. Um pássaro solitário apareceu no céu, rodopiando lentamente para baixo, até chegar perto do carro.

De repente, alguma proteção fez uma luz azul brilhar no ar, bem ao lado do carro. Holly prendeu a respiração enquanto o pássaro procurava algo por uns instantes, antes de voar para longe devagar. Recostou-se no banco, com o alívio tomando conta do corpo. Alguns momentos depois, estacionaram na frente da cabana de Dan.

Philippe e Armand apareceram para levá-los lá para dentro.

– Foi você? – perguntou ela para Philippe, em relação à proteção que os tinha salvado.

Ele balançou a cabeça.

– Pablo sentiu que vocês estavam em perigo. Armand e Sasha lançaram o encantamento.

Aquilo fazia sentido. Os membros da Confraria Mãe eram excelentes com encantamentos de proteção. Ela teria de agradecer a eles e a Pablo. No entanto, ainda ficava indignada ao pensar que Pablo conseguia senti-los, *senti-la*. Os dons dele deixavam-na inquieta, e ela tinha feito tudo o que podia para proteger a própria mente da dele. Mas não sabia se tinha conseguido. De todo modo, ele parecia manter quaisquer segredos que soubesse escondidos por debaixo da aparência austera.

Legado

Amanda e Nicole foram correndo abraçar o pai, e Tante Cecile e Silvana fizeram o mesmo. Kari abraçou Dan e murmurou palavras de boas-vindas. Holly viu as lágrimas nos rostos de todos e inevitavelmente sentiu uma pontada agridoce. Não havia ninguém para dar as boas-vindas a ela. Jer ficou parado num canto, taciturno.

– Estávamos ficando preocupados com vocês – falou Amanda para Holly enquanto soltava o pai.

– Não tanto quanto eu estou com todos vocês agora que cheguei – respondeu Holly. – Acho que Michael sabe que estamos aqui.

Nicole empalideceu, e Holly compadeceu-se dela. *Ela ainda tem tanto medo de James... e com razão.*

– Talvez ele ache que sabe, mas ainda não sabe – respondeu Pablo, baixinho.

Um calafrio percorreu a espinha de Holly enquanto o seu olhar encontrava o de Pablo. Ela tinha de se concentrar no bem que o garoto fazia para o grupo, não no perigo que ele representava para ela.

Richard obrigou-se a não reagir ao ver a cidade em que vivia sob cerco. Tinha presenciado batalhas suficientes para saber reconhecer um ataque. Havia forças em ação que ele não compreendia. "Conhece-te a ti e o teu inimigo e, em cem batalhas que seja, nunca correrás perigo." Sun-tzu tinha razão.

Ele continuou olhando pela janela. Tinha colocado a cabeça no lugar e sabia muito bem quais eram os seus pontos fracos e os fortes. Já conhecer o inimigo era outra história, mas estava aprendendo.

Peridoto

Sentiu um aperto doloroso na garganta ao pensar que veria Nicole e Amanda. Não deu apoio às garotas quando a mãe delas morreu. Passaria o resto da vida tentando compensar esse fato. Holly tinha lhe dito que elas estavam vivas, que estavam bem. Ele só acreditaria quando as visse com os próprios olhos e as abraçasse. Respirou fundo e tentou ser paciente.

Por fim, estacionaram na frente de uma casa que ele não conhecia. Dois estranhos chegaram correndo para ajudá-los. Richard deu uma olhada nos sujeitos e gostou do que viu. Principalmente do jovem que falou brevemente com Holly. Ele tinha certa força, um maxilar bem-definido e o olhar firme.

Todos entraram rapidamente, e então ele viu Amanda e Nicole. Elas voaram para cima dele, e ele sentiu as lágrimas que escorriam calorosas pelas bochechas. As duas estavam vivas e tinham certo brilho de que não se lembrava. Ele apertou-as para perto de si.

– Amo vocês – murmurou ele para as duas várias vezes.

Nunca mais as desapontaria. Nunca mais.

Enquanto os outros conversavam e matavam as saudades, Dan aproximou-se de Holly e disse:

– Acho que você precisa de um tempinho na sauna. Um tempinho para se acalmar. Para refletir.

Ela concordou com a cabeça, agradecida.

– É exatamente disso que estou precisando. Obrigada.

Em silêncio, ela saiu da sala.

Legado

Tirou a roupa e foi até a cabana. Dan já tinha acendido a lenha, que provia a fumaça e o calor sagrados. Holly agachou-se perto do fogo e fechou os olhos. Inspirou devagar, esvaziando a cabeça.

Estava de punhos cerrados e com a postura tensa. Tentou convencer o próprio corpo a relaxar, mas era algo que tinha desaprendido a fazer. Ultimamente alternava entre dois estados: o de constante alerta e o de exaustão.

Tudo o que faço é reagir, pensou ela. *Temos que elaborar um plano de ataque, descobrir como acabar com os vilões.*

O suor escorria pela testa e pelo peito. Ela afastou-se da fumaça e se concentrou na respiração.

Então percebeu que não estava sozinha.

Assustou-se, mas uma mão cobriu a dela e ela percebeu que era Jer.

– Ah – sussurrou ela.

Ele colocou o dedo nos lábios dela. Ela ficou em silêncio, concentrando todas as células do corpo naquele contato físico. Abriu os olhos e, na total escuridão, imaginou Jer como ele tinha sido, lindo e sexy, e esticou a outra mão para tocá-lo.

Como se estivesse enxergando, ele segurou a mão dela e a colocou no próprio peito. O coração dele batia forte e acelerado; ela pensou nas asas dos falcões Deveraux e começou a se inclinar na direção dele, implorando em silêncio para que ele a beijasse.

– Jer... – murmurou ela.

E então estava sozinha de novo.

Peridoto

– Ah! – exclamou ela, assustada. Moveu as mãos na escuridão, tentando encontrá-lo.

Ele não estava lá.

Será que foi só um sonho?, perguntou-se ela.

Sem muito equilíbrio, levantou-se, encontrou o interruptor e o acendeu. Lá estava o fogo no braseiro e a toalha que tinha trazido. Constrangida, cobriu-se e foi rapidamente até a porta.

Ela a abriu e deu uma olhada no corredor. Não havia ninguém.

Então Dan apareceu e perguntou:

– Terminou?

– Onde está...? – começou ela, mas não concluiu a pergunta e concordou com a cabeça. – O fogo ainda está aceso.

– Eu cuido disso – disse ele para Holly. – Vá tomar o seu banho.

Ele afastou-se para que ela desse passos rápidos até o banheiro com mais privacidade. Ela fechou a porta. As mãos estavam tremendo.

Então ela começou a tomar banho.

Nicole acordou ao lado de Philippe. Ela sentia o calor do corpo dele – era reconfortante e forte. Ele tinha adormecido abraçado com ela após beijá-la da maneira mais apaixonada possível. Alguma coisa a tinha acordado, mas Philippe continuava dormindo.

Ela aguçou os sentidos, avivando a mente com cuidado para não acordar Philippe. Holly e Amanda estavam fazendo um ritual, dava para Nicole sentir. Havia energia mágica crepitando no ar, fazendo todas as terminações nervosas de Nicole vibrarem. Ela fechou os olhos e conseguiu sentir o poder espalhando-se pelo seu corpo e cercando-a – era algo familiar e novo ao mesmo tempo.

Tinha de ir até elas. Levantou-se e começou a andar antes mesmo de pensar direito. O sangue delas a estava chamando, era o mesmo sangue de bruxa que corria nas suas veias. Tentar negar isso só havia causado mais dor e medo do que ela poderia imaginar.

Ao passar pelo quarto de hóspedes, Nicole viu os olhos de Pablo piscando para ela, brilhando no escuro como se fossem de um gato. Ele estava com a cabeça erguida. Olhou para ela por um instante, fez que sim com a cabeça e a encostou no travesseiro de novo. Os seus olhos se fecharam e Nicole seguiu em frente.

Não, estava na hora de ela aceitar o seu dom, a sua linhagem, o seu destino – seja lá qual ele fosse. A irmã e a prima ergueram o olhar quando ela entrou. Misteriosa, a luz das velas tremeluzia no rosto das duas.

Havia ternura e perdão nos olhos de Amanda, e após um mero segundo Nicole percebeu que sempre tinha subestimado a irmã gêmea. *Amanda é a irmã forte. Sempre esteve ao lado de Holly. E estará ao meu lado.*

Os olhos de Holly brilhavam, espertos, como se pudesse ler os pensamentos mais íntimos de Nicole. *E Holly é a chama que uniu todos nós, que iluminou o nosso caminho e nos mostrou por onde ir.* Nicole lembrava-se de ter ouvido um ditado antigo, algo que dizia que as chamas mais fortes brilham por pouco tempo, pois se apagam logo. Holly estava prestes a surtar,

Peridoto

Nicole conseguia sentir isso. Foi a primeira vez que ela conseguiu olhar nos olhos da prima.

Havia três velas formando um triângulo, um símbolo forte. Uma na frente de Holly, uma na frente de Amanda e a outra na frente de um lugar vazio. *O meu lugar*, percebeu Nicole.

Ela sentou-se diante da vela e encarou solenemente a chama que se agitava. Esse era o lugar dela. Sem ela, as outras duas ficavam mais fracas. Não mais.

As chamas das velas saltaram ao mesmo tempo, levitando em direção ao céu e reluzindo a cor branca de tão quentes que estavam.

– Nós três nos apresentamos diante de vós, Deusa – entoou Amanda. – Ofereço a minha alma.

– Ofereço o meu coração – entoou Holly.

E o que Nicole ofereceria? A única coisa que sempre tentara resguardar.

– Ofereço a minha mente.

– Nos ligamos a vós e umas às outras. Somos irmãs de alma e bruxas de sangue.

– Sou a boca que falará a verdade – ofereceu Amanda.

– Sou os olhos que avistarão os nossos inimigos a distância – respondeu Nicole.

– Sou a mão que golpeará aqueles que erguerem espadas contra nós – declarou Holly.

Ao lado de cada garota surgiu uma gata, todas silenciosas. Bast e Freya haviam aceitado Astarte e deram as boas-vindas à novata. Em silêncio, Nicole entoou uma prece por Hecate, a sua familiar falecida. Ela ficou sem reação ao ver uma imagem tão poderosa e nítida. Hecate estava sentada aos pés de uma bela mulher – a Deusa numa de suas encarnações.

Lágrimas arderam nos olhos de Nicole enquanto um peso era tirado dos seus ombros. Ela tinha passado tanto tempo se sentindo culpada por ter abandonado a sua familiar quando fugiu. Hecate não merecia aquilo. Ela não tinha como levar a gata. E, pior ainda, por causa da ligação de Hecate com a magia que Nicole tinha praticado, ela não a queria por perto, pois a gata a lembraria constantemente da vida que queria esquecer.

– Paz – murmurou Amanda, acenando com a mão por cima da vela. Nicole apressou-se para fazer o mesmo, entoando a palavra junto com Holly.

Amanda sabia que a irmã se juntaria a elas no círculo, mas mesmo assim sorriu quando Nicole apareceu na porta. Era bom tê-la de volta. Quando Nicole foi embora, foi como se tivesse levado toda a raiva e as más lembranças de Amanda.

Agora Nicole estava de volta e, sem todos os anos de ressentimento no meio do caminho, Amanda foi capaz de descobrir o verdadeiro amor que sentia pela irmã gêmea. Ela agradeceu à Deusa pela segunda chance, sabendo que tudo poderia ter acontecido de uma maneira bem diferente.

Afinal, a mãe delas e o tio Daniel passaram anos sem se falar. Holly nem sabia que o pai tinha uma irmã.

Talvez fosse verdade que o tempo cura todas as feridas, mas Amanda sabia que a verdadeira mudança tinha sido a que tinha sido forçada a fazer. No último ano, tinha amadurecido, deixado de lado o ciúme infantil que sentia da irmã e aprendido o valor da família.

Nicole também parecia diferente. O tempo que tinha passado na Europa parecia ter sido um pesadelo. *Não acredito que ela teve que se casar com James Moore.*

Amanda balançou a cabeça devagar. Não teria desejado um sofrimento desses para a irmã teimosa nem quando achava que a odiava. Enquanto olhava para Nicole, à frente, Amanda sentiu-se completa.

Cada garota pegou a respectiva vela e a ergueu lentamente no ar. Uma rajada de vento quente atravessou o aposento, soprando nas chamas até ficarem mais altas que as cabeças das garotas. De repente, a chama da vela de Nicole saltou, formando um arco entre a vela dela e a de Amanda. A chama de Amanda também saltou, ligando-se à de Holly. A chama de Holly formou um arco na direção da de Nicole, e o anel de fogo completou-se por cima das cabeças delas, unindo-as e cercando-as.

– Não importa o que cada uma de nós é capaz de fazer, ficamos mais fortes quando estamos juntas – sussurrou Amanda, impressionada.

Enquanto Nicole concordava com a cabeça, Holly sorriu de leve. Era bom ver o círculo completo mais uma vez e ver que as primas tinham se fortalecido por causa dele. Holly amava-as, mas havia um abismo entre ela e as duas que aumentava cada vez mais. As primas tinham medo dela. Era por isso que nunca contaria ter sido ela quem criou o anel de

Legado

fogo. Era melhor deixá-las acreditando no poder do trabalho em equipe, na magia das três.

Os olhos de Kari estavam ardendo por causa das longas horas na frente do computador no pequeno escritório de Dan. Havia livros sobre xamanismo enchendo uma das paredes. Espanta-espíritos e bolsas com remédios empilhavam-se dentro de um pequeno cubo.

Ela escutou o chão de madeira ranger e percebeu que havia pessoas acordadas. Provavelmente lançando encantamentos. Sentiu uma ardência na garganta e engoliu em seco para que a vontade de vomitar passasse.

Vou fazer uma última coisa e depois me mando daqui, prometeu a si mesma. Não sabia para onde iria, mas seria para um lugar bem distante, que se danassem os estudos e todo mundo. *E daí, metade do lugar onde estudo pegou fogo e ninguém aqui se importa comigo.* Sentiu uma lágrima quente escorrendo pela bochecha.

Mais cedo, Pablo tinha conseguido se conectar à mente de Barbara por um brevíssimo instante. O que ele tinha descrito era bastante familiar para Kari, que tinha passado anos estudando mitos, religiões e ocultismo. Levando em conta o que ele tinha visto e o que ela lembrava sobre a sabedoria popular australiana, ela soube por onde começar.

Foi pesquisar na internet. Ficou longe dos sites e grupos de chat mais visitados, investigando apenas aqueles poucos que continham informações mais esotéricas e misteriosas, informações que alguém tinha de procurar bem especificamente para poder encontrar.

Peridoto

Finalmente, soltando um suspiro de triunfo, ela recostou-se na cadeira e esfregou os olhos. Sabia o que tinha de errado com Barbara e o que eles precisavam fazer para salvá-la. Mas descobrir tinha sido a parte fácil. O que teria de ser feito em seguida não seria nada agradável.

Parte Três
Ostara

☾

Se uma pessoa morre enquanto está num desses outros
estados de consciência, ela morre de verdade.
O que torna certa questão inevitável: será que os sonhos são mesmo apenas sonhos?
— Cesar Phillips, 1874

DEZ

SODALITA

☾

Fogo exterior e fogo interior,
Iremos acendê-los e observar o seu calor,
Eles dançam para nós, rogam e gemem,
Enquanto carne e osso ardem e tremem.

Em direção ao céu, giramos e nos esticamos,
Tocar a Deusa lá no alto tentamos,
É melhor o mundo mortal abandonar,
Pois o sangue das bruxas começou a queimar.

Van Diemen's Land, 1790

— Sir Richard — murmurou o condenado bajulador enquanto fazia uma reverência na porta. As roupas do londrino estavam aos farrapos, e ele tinha perdido todos os dentes. Era imensamente repulsivo. Mas, como já era aleijado quando foi preso em Londres — por roubar uma fatia de pão —, não servia para cuidar da fazenda nem para cortar lenha, então sir Richard Moore colocou-o para trabalhar como um servo doméstico.

Richard levantou o olhar da carta que lia e ergueu as sobrancelhas.

Legado

O condenado estava encurvado, como se tivesse sido chicoteado nas costas... o que tinha acontecido inúmeras vezes, até ele aprender a respeitar os superiores.

– A aborígene que o senhor queria ver tá aqui.

– Excelente – disse Richard Moore. – Em dois minutos vou vê-la.

– Sim, senhor.

O condenado afastou-se e fechou a porta demonstrando respeito.

Richard voltou para a carta, que estava cheia de boas notícias. Era do irmão mais novo, Edward.

Nós, Moore, continuamos ascendendo na Confraria, e é em boa parte por causa da mágica maravilhosa que você descobriu nessa terra de ninguém para onde foi enviado. Nosso pai aguarda a sua próxima descoberta, assim como eu.

Os Deveraux estão seguindo em frente nas Américas, mas a busca deles pelo Fogo Negro até agora não deu resultados. Eles são motivo de piada na Confraria, e creio que não precisamos ter medo deles. O Deus Cornífero continua a favorecer nossa Confraria e a rir dos sacrifícios feitos pelos Deveraux. E por isso sou imensamente grato.

E.

– Excelente – murmurou sir Richard. Ele dobrou de novo o papel caro e destrancou a gaveta superior da escrivaninha, onde guardava toda a correspondência pessoal. Pegou um amontoado de cartas envoltas por uma fita vermelha, desfez o laço, acrescentou a missiva do irmão ao topo da pilha e amarrou a fita mais uma vez.

Estava guardando as cartas na gaveta quando escutou uma batida na porta.

– Entre – falou ele, contente.

– Aqui tá ela, sir Richard – avisou o londrino enquanto abria a porta.

Richard ficou perplexo. A aborígene era a mulher mais bonita que havia visto na vida, e ele nunca tinha imaginado que um cavalheiro pensaria algo desse tipo. Ela vestia roupas europeias feitas de tecidos nobres – um vestido azul-marinho com um xale de renda e uma touca feminina que qualquer dama elegante usaria. Ela fez uma reverência graciosa que mexeu com ele, e ele dignou-se a inclinar a cabeça.

O londrino afastou-se mais uma vez, e Richard disse para ele fechar a porta.

A mulher encarava-o. Ele viu que os olhos dela eram de um verde surpreendente.

– Seu nome.

– Pode me chamar de Aliki – assentiu ela e sorriu para ele, charmosa. – É como pronunciamos "Alice" na minha língua.

"Tem alguma piada no meio disso", imaginou ele, sem entender o significado do nome dela.

– Um dia existirá uma famosa história sobre Alice, uma menina que vive aventuras em lugares mágicos – explicou ela. – Mas ela ainda não existe.

Ele olhou para ela, ainda sem saber se situar na conversa.

– Entendo. E a história vai ser sobre você?

Ela deu de ombros.

– Talvez. Mas não me importo com isso.

Sentindo que perdia um pouco o controle da situação, ele decidiu ir direto ao ponto:

– Ouvi falar dos seus poderes de bruxaria.

Sem pudor, ela colocou as mãos nos quadris.

– E ouvi falar do seu interesse em tais poderes.

Ele inclinou a cabeça.

– Você modificou a sua aparência para que eu a achasse mais atraente?

Ela riu, mas não respondeu. Então deu uma olhada no quarto.

– Estou cansada e com sede, sir Richard – disparou ela diretamente.

Ele chamou o londrino, que trouxe uma cadeira, uma garrafa de vinho português e dois cálices. Sir Richard encheu-os e fez um brinde com a srta. Aliki.

Ela deu um gole, demonstrando grande refinamento, com um olhar bastante afetuoso e convidativo por cima do cálice. Então ela o encostou no xale.

– Posso mostrar a você os mistérios do Tempo do Sonho.

– Pode mesmo? – Ele inclinou-se para a frente, fascinado.

– Sim – prometeu ela. – Hoje à noite.

Confraria Tripla, Seattle

Jer conseguia ouvir o seu coração em disparada. Não sabia se era por causa da presença de Holly ou pela participação dele no ritual de sangue aborígene.

Sodalita

Os dois estavam em pé, no centro da sala principal de Dan, vestindo tangas de couro e, no caso de Holly, uma camiseta. Ambos descalços. Kari insistiu para que eles se vestissem o máximo possível de acordo com os costumes aborígenes.

Solene, Dan deu um passo para a frente e começou a pintar o rosto de Holly. Jer desconhecia os padrões, as linhas e os símbolos, mas sabia que eram aborígenes. Dan e Kari haviam passado bastante tempo descobrindo os segredos de Alcheringa, o Tempo do Sonho, cada um pesquisando à sua própria maneira. Após terminar com Holly, Dan começou a pintar os padrões no rosto de Jer. Ele sabia muito bem o quanto estava horroroso e que a tinta só fazia deixá-lo com um ar mais macabro ainda.

Se tinha entendido bem tudo o que Kari estava contando tão solenemente, o Tempo do Sonho era o tempo antes da história, antes da criação do mundo e do homem. Por alguma razão, era algo que tinha uma ligação inexplicável com a terra, e em alguns lugares específicos a sua força era mais intensa, como se a linha divisória entre o passado e o presente fosse mais tênue. Os aborígenes também alegavam que a terra contava as histórias dos primeiros dias da criação e que certos lugares formados por marcas na terra, como Ayres Rock, haviam testemunhado esse início.

– Os povos nativos acreditam que cada lugar está ligado à sua história, possuindo uma presença física e uma presença espiritual – concluiu Kari.

– Então é como um plano astral? – perguntou Holly.

– Sim, mas é mais do que isso. É como um plano astral para outra dimensão.

Legado

– Como assim? – insistiu Nicole.

Kari suspirou, muito frustrada.

– Se você estivesse viajando por essa dimensão de uma maneira puramente astral, tudo o que estaria vendo seria familiar. Você sairia da sua casa e veria a casa do vizinho, os carros estacionados na rua. O seu espírito estaria apenas andando por aí, sem o seu corpo.

"No Tempo do Sonho, talvez você veja alguns lugares conhecidos, como a baía ou uma montanha, mas eles existirão num ambiente totalmente diferente. Não haverá casas, e, se houver, serão bem diferentes dessas que vemos aqui pela janela. Talvez nem existam pessoas. Talvez sejam só criaturas que desconhecemos por completo."

Holly balançou a cabeça impacientemente.

– Que seja. Enfrentaremos qualquer coisa que encontrarmos. Tudo o que vamos fazer é achar uma maneira de libertar Barbara e voltar.

Kari concordou, mas Jer percebeu que havia uma certa raiva nos olhos dela.

– OK. Sejam rápidos. Não é bom vocês passarem mais tempo lá do que o necessário. Existe uma razão pela qual lugares como esse só aparecem nos sonhos. E lembrem-se: vocês têm que sair por onde entraram.

– Que vai ser em algum lugar da Austrália? – perguntou Jer.

Kari concordou com a cabeça.

– Seria melhor se estivéssemos na Austrália para fazer isso, mas Barbara está aqui conosco e de alguma maneira ela está presa lá dentro, então imagino que com um pouco de magia também podemos enviá-los para lá.

– Mais alguma coisa?

– Tem mais uma coisa importantíssima: lembrem-se de que a mente é mais forte do que o corpo nesse terreno. O que quer que aconteça com vocês lá, acontece com vocês aqui. Se vocês se cortarem lá, o corpo de vocês vai sangrar aqui. Se morrerem no Tempo do Sonho, vão morrer de verdade.

Por um instante, todos ficaram em silêncio. Dan afastou-se lentamente, pois havia terminado o seu trabalho.

– Tudo bem, vamos resolver logo isso – murmurou Holly.

Armand deu um passo à frente e fez o sinal da cruz diante dos dois. Jer sentiu-se bastante constrangido. Não tinha se acostumado ainda com as crenças da Confraria espanhola. Mesmo assim, abaixou a cabeça num gesto silencioso de agradecimento. Afinal, precisavam de toda ajuda que conseguissem.

Os outros afastaram-se e formaram um círculo ao redor dos dois, de mãos unidas. Jer e Holly deitaram-se no meio, com as costas no chão e pequenos travesseiros embaixo da cabeça. Ao ouvir o pedido, Nicole apagou as luzes, e Philippe posicionou as velas acesas ao redor deles. O cheiro de incenso espalhou-se pelo ar, doce e leve.

Jer fechou os olhos e começou a respirar lenta e profundamente. Os outros começaram a entoar cânticos baixinho, no mesmo ritmo. Ele forçou o espírito a sair do corpo. As pontas dos dedos formigaram ao encostar nos de Holly. Aos poucos, a mente dele esvaziou-se.

Legado

Era como se estivesse flutuando, pairando a uns dois centímetros acima do corpo, não mais que isso. Tentou expandir a mente e o espírito. Uma luz enorme aproximou-se dele rapidamente, engolindo-o, e ele se entregou a ela, maravilhado. Surgiu uma luz pura e fraca, que se intensificou, engolfando-o e fazendo os seus olhos arderem apesar de estar com eles fechados. Uma dor percorreu o seu corpo, e ele escutou Holly gritar no mesmo instante que ele.

Os olhos dele abriram-se de repente. Estava num enorme deserto. O sol era tão forte que ele recuou, jogando o braço na frente do rosto. O Fogo Negro! Ele forçou o próprio coração a desacelerar. *É apenas o sol.*

Voltou-se para Holly. Ela estava apertando os olhos por causa da claridade, com a mão erguida para protegê-los.

Virou-se devagar, tentando descobrir onde estavam.

– Olhe ali – disse ele, apontando.

Diante deles, havia um monólito enorme e quadrado, que ficava num nível mais alto do que o do deserto, parecendo um poderoso gigante.

– Uluru – afirmou ele. – Ayres Rock.

Pelo canto dos olhos, notou um movimento. Os dois viraram-se e viram algo que se aproximava trotando.

– E aquilo, creio, é um yowie.

A criatura era escura e reluzente, com uma aparência maléfica. Os olhos brilhavam como o fogo do Inferno. Ela galopava na direção deles com garras que não faziam barulho algum. Uma rajada de vento quente a precedia, levando areia aos olhos de Jer, que ficou piscando desesperadamente.

Sodalita

Um yowie era o espírito da morte.

Holly conjurou uma bola de fogo e a arremessou. A bola atravessou a criatura como se ela fosse um fantasma. Jer lançou um encantamento de proteção, que também só fez atravessar a criatura.

Eles se viraram e saíram correndo. Ayres Rock agigantava-se diante dos dois. O ar do deserto dava a impressão de que estavam bem na base, mas logo Jer percebeu que não era verdade. Não estava mais ouvindo nenhum barulho vindo de trás, mas não se arriscou a olhar para lá.

À frente, viu o vento que precedia a criatura agitando a areia. A rajada ficou mais forte, e os pelos da sua nuca arrepiaram-se. Ele abaixou-se no instante em que um tentáculo – *De onde foi que veio isso?* – chicoteou o ar acima da cabeça dele.

Ele começou a zigue zaguear para trás e para a frente, tentando seguir em direção ao monólito. Escutou Holly ofegando ao lado, mas não podia se virar e olhar para ela, pois estava ocupado demais lançando o próprio corpo para a frente.

Não era para eu poder correr tanto assim, não com essas pernas cheias de cicatrizes e queimaduras, pensou ele. *Talvez deva ficar aqui no Tempo do Sonho.*

Para mim, isso não é um pesadelo.

Enfim, chegaram ao monólito e começaram a escalá-lo, com o yowie logo atrás.

Alcançaram um planalto e deram de cara com uma bela mulher de pele escura vestindo roupas coloniais.

Legado

Os olhos da mulher eram antigos. O cabelo era selvagem e esvoaçava como uma juba de leão. Ela estendeu o braço e tocou os dois.

Lembrem-se: aqui a mente é mais forte do que o corpo. Os lábios dela não tinham se mexido, mas as palavras foram ouvidas nitidamente na mente de Jer.

Ele virou-se e olhou para o yowie, que estava mais abaixo. Fechou os olhos e, na mente, visualizou a criatura perdendo o equilíbrio e caindo no chão do deserto. Então abriu os olhos e viu isso acontecendo. Holly também deve ter percebido como fazer isso, pois de repente a criatura explodiu, causando uma chuva de sangue e de pedaços do corpo.

Ele sentiu o corpo relaxar. *A mente mais forte do que o corpo. Deve ser por isso que consigo correr.* Lentamente, ele e Holly viraram-se para a mulher que os tinha ajudado.

– Obrigado.

Ela fez que sim com a cabeça solenemente.

Jer percebeu que ela estava conectada às mentes dos dois, para que assim eles pudessem compreendê-la.

Sou Aliki. Ensinei a sir Richard o segredo deste lugar. E, como recompensa, ele me exilou aqui. Ela sorriu com amargura. *É uma punição justa, acho.*

Holly engoliu em seco.

– Então, já que *você está* presa aqui... – Ela respirou fundo e olhou para Jer. – Uma criatura está sentada no peito de uma amiga nossa e aperta o coração dela. Ela está presa e...

A mulher ergueu a mão.

Sodalita

São raras as pessoas que conhecem este lugar, e são mais raras ainda aquelas que sabem tirar proveito dele. Posso ajudá-los.

– Ficaríamos imensamente agradecidos – disse Holly para ela.

Descreva-a, por favor. Se o espírito dela está preso aqui, vai aparecer para nós com a forma física dela.

Holly concordou com a cabeça e descreveu Barbara em detalhes, tanto a aparência quanto a personalidade. Aliki fechou os olhos e pareceu ficar imersa em si mesma. O tempo passou, e ela não se mexeu.

Quando as pálpebras dela se levantaram, os olhos resplandeciam uma luz verde. *Vocês estão com sorte. Ela está presa numa das cavernas que ficam na base deste monólito.*

– Então vamos – falou Holly, virando-se.

Cuidado. Existem coisas bem mais antigas e terríveis do que o Guardião do Portão que vocês acabaram de matar. Vou com vocês para ajudá-los a encontrar o caminho.

Holly fez que sim com a cabeça e começou a descer. A mulher seguiu-a, e Jer foi por último. Ao chegarem ao chão, Aliki levou-os para a lateral do monólito. Após caminharem por quase meia hora, chegaram a uma pequena abertura na rocha. Parecia pequena demais para ser a entrada de uma caverna, mas Aliki baixou a cabeça e se espremeu para entrar. Holly fez o mesmo, e Jer a seguiu, ansioso. Ao entrarem, o corpo de Jer começou a formigar de um jeito que conhecia muito bem. A família havia lançado um feitiço aqui, a mágica deles crepitava pelas paredes e fazia o seu estômago revirar.

Legado

Cada célula do corpo de Jer dizia para ele se virar e fugir, mas, teimoso, ele seguiu as duas mulheres. A entrada era estreita, e ele arranhou os ombros nas paredes dolorosamente. Após um tempo, chegaram a um canto e a caverna revelou-se. Ao entrar nela, Jer sentiu-se aliviado.

Havia chamas azuis por todo o perímetro da caverna. Pictogramas enfeitavam as paredes, destacando-se por causa do alto-relevo. Parecia até que eram iluminados por uma luz própria. Várias passagens levavam a caverna para a escuridão, e mais uma vez Jer estremeceu. A sensação de que o mal estava presente era fortíssima.

Num canto escuro da caverna, uma luz verde brilhava. Holly moveu-se devagar em direção a ela, como se houvesse algo puxando-a para lá. Jer ficou parado por instinto. Ao chegar mais perto, Holly ficou boquiaberta.

– Barbara!

Holly correu na direção da amiga e caiu de joelhos diante da luz.

Com cautela, Jer foi mais para a frente. Uma idosa de olhos sofridos olhou para ele de dentro das névoas verdes de energia. Ela parecia ser metade carne, metade espírito. A boca formou palavras silenciosas e os olhos imploravam.

Holly estendeu a mão trêmula, como se quisesse tocá-la.

As névoas rodopiaram e fundiram-se ao peito dela, transformando-se numa sombra escura e horripilante. A sombra estava desfocada, mas Holly conseguiu distinguir a silhueta da criatura que atormentava Barbara.

Sodalita

Cuidado, alertou Aliki enquanto ia para o lado de Holly. *Ela está aqui há um tempo. Você tem que fazer tudo com muita delicadeza e precisão, senão ela morre.*

Holly fez que sim com a cabeça.

– Diga o que tenho que fazer.

Antigamente, os líderes do meu povo vinham para cá em busca de iluminação e para entrar em comunhão com os nossos deuses. Ela franziu a testa. *Eu mostrei esse segredo a sir Richard em troca de um favor. Tínhamos um ritual de chegada e outro de saída. Vocês usaram o ritual de chegada, senão nem estariam aqui. E também vão ter que fazer o ritual sozinhos quando quiserem ir embora. Foi por aqui que ela entrou nesta terra, então é por aqui que ela tem que sair. A pessoa tem que sair por onde entrou.*

– Por que você nunca fez esse ritual sozinha? – perguntou Jer.

Ela olhou para ele com tristeza. *É por causa da Confraria Moore. Um dia vou conseguir me libertar. Mas, por ora, estou presa aqui.*

Ela logo encurvou-se e desenhou um círculo ao redor de Barbara. *Prestem atenção, instruiu ela.*

Ela começou a murmurar um feitiço numa língua belíssima. Jer esforçou-se para escutar as palavras, para decorá-las.

A imagem de Barbara tremeluziu uma vez e parou. Aliki fez que sim com a cabeça para si mesma.

Kulpunya ainda a está prendendo a este lugar. Ele é um espírito de dingo, o cão selvagem da Austrália. Foi enviado para Ayres Rock para matar as pessoas que viviam aqui, os inimigos delas que o enviaram. Ele pode ser forçado a obedecer por meio de um encantamento.

Legado

Ela estreitou os olhos e mexeu o maxilar, como se estivesse tomando uma decisão. *Eu o ensino a vocês.*

Holly olhou para Jer, preocupada.

– Dois encantamentos?

– Você decora um, eu decoro o outro – disse Jer para ela. – Eu aprendo o encantamento para dominar Kulpunya.

A mulher ergueu a mão. Se pronunciarem erroneamente uma única palavra, vocês vão libertar Kulpunya da servidão, e ele vai tentar dilacerá-los.

– Então *com certeza* sou eu que vou aprender esse cântico – afirmou Jer.

Holly parecia assustada.

– Por que você não pode entoar o encantamento por nós? – perguntou ela para a mulher.

Agora pertenço a este lugar, respondeu ela. *A minha magia não vai funcionar nele.*

Então ela hesitou. Após um instante, a mulher afastou Jer de Holly e ficou de costas para ela. Ela disse para ele baixinho, sem usar a telepatia:

– Preciso alertá-lo sobre uma coisa. O seu espírito e o dela... eles estão em guerra em outro plano. – Ela tocou o rosto dele, percorrendo a carne queimada. – Ela é que fez isso com você.

Ele lambeu os lábios, sentiu as cicatrizes deles com a ponta da língua e suspirou pesadamente.

– Eu sei.

E mesmo assim... vocês se amam. Essa paixão... pode dilacerá-lo igual a Kulpunya. Pode dilacerá-la também.

Sodalita

Ele inclinou a cabeça, ciente de que Holly estava olhando para os dois. Com calma, olhou de volta para ela.

— Também sei disso.

— Jer? — chamou Holly.

— Ensine o encantamento para mim — pediu ele para a mulher. Ele estendeu a mão para que Holly continuasse onde estava. Holly ficou boquiaberta e fulminou-o com o olhar.

— Tudo bem — consentiu a mulher. — Comecemos.

Ela começou a entoar o encantamento. Jer escutou com atenção enquanto a voz dela adquiria um tom estranho e hipnótico. Logo as sílabas cadenciadas começaram a fazer sentido para ele, era como se ela estivesse falando na língua dele. Imagens da criatura assustadora apareceram em 3D na mente de Jer enquanto ela pegava o braço dele e o levava até Barbara, que ainda estava presa na energia verde. O monstro estava encurvado em cima do peito dela e, enquanto Jer observava, ele enfiou a mão no peito de Barbara e apertou o coração dela.

Ele só percebeu que estava falando quando Kulpunya sacudiu a cabeça para cima e afastou os dentes, rosnando de boca aberta. Jer continuou entoando o encantamento com a ajuda de Aliki, e a voz dele foi se fortalecendo até as duas vozes ficarem zunindo juntas de uma maneira bizarra, como um didjeridu.

O monstro rosnou profundamente e apertou o coração com mais força. A Barbara envelhecida e fraca jogou a cabeça para trás e gemeu de dor.

— Jer — murmurou Holly. — Jer, você está fazendo certo?

Legado

Ele ignorou-a e continuou o encantamento com Aliki. Ela apertou o braço de Jer, erguendo a voz junto com ele.

Então ela se virou para Holly e disse:

– Fique esperta. Quando eu avisar, entoe o seu encantamento.

A voz de Jer continuou zunindo, ela ficava cada vez mais alta à medida que o monstro estreitava os olhos. Havia sangue e saliva pingando do maxilar da criatura. Os ombros dela se encurvaram e os músculos das pernas se tensionaram enquanto ele se reequilibrava em cima do peito de Barbara, preparando-se para pular.

Um medo instintivo percorreu o corpo de Jer, mas ele continuou entoando o encantamento.

Então o monstro saltou em cima dele.

– Agora! – gritou Aliki.

Holly começou a entoar o outro encantamento enquanto Aliki berrava para Jer:

– Use a sua mente!

Enquanto Kulpunya colidia com Jer e o atirava ao chão da caverna, demônios dispararam de dentro das passagens escuras.

Seattle

Do interior da câmara de feitiços, Michael Deveraux desviou o olhar do altar e sorriu.

– Ora, ora – disse ele. – Alguém libertou Kulpunya. – Ele pegou um cristal premonitório e olhou dentro dele.

Virou-se para os outros dois participantes do ritual daquela noite.

Sodalita

– Querem viajar comigo?

O seu filho Eli e James Moore concordaram com a cabeça.

Amanda estava sentada ao lado de Tommy num sofá diante de Barbara Davis-Chin. Holly e Jer estavam desacordados há um tempo, e todos estavam espalhados pela sala, descansando, aguardando e observando. O medo corroía os cantos da sua mente enquanto ela entoava encantamentos de proteção para os colegas ausentes.

Tommy colocou o braço ao redor dos ombros dela, e Amanda endireitou a postura, sentindo intensamente o toque dele. Bem no fundo do corpo, sentiu um novo calor se espalhando, uma sensação de bem-estar que contrastava com as circunstâncias. Onde a sua pele encostava na de Tommy, ela sentia um formigamento. Ele deu uma leve puxada nela, e a garota se recostou nos braços dele, agradecida.

Ela suspirou e apoiou a cabeça no ombro dele. Sentiu-se tão bem que ficou com uma certa culpa. Quem era ela para se sentir tão feliz quando a prima e o amigo corriam tanto perigo? Mesmo assim, não conseguiu impedir que o sorriso no rosto aumentasse lentamente.

Ficaram sentados daquele jeito pelo que pareceu ser um bom tempo. Aos poucos, Amanda foi sentindo a tensão indo embora. Os seus olhos encontraram os de Tommy, e ela viu que havia algo bonito brilhando dentro deles. Lentamente, ele inclinou a cabeça para beijá-la. Foi então que Barbara Davis-Chin começou a gritar.

Legado

Tempo do Sonho australiano

Michael Deveraux sorriu ao abrir os olhos e perceber que estava na Austrália. *Bem, não é na Austrália, mas quase.* Virou-se e viu que James e Eli estavam ao seu lado. Eli parecia confuso e um pouco irritado. James, por sua vez, parecia totalmente tranquilo.

Michael estreitou os olhos. Começava a achar que *talvez* tivesse subestimado o filho de Moore. Ele apenas observaria James, depois teria tempo para pensar sobre isso. Naquele momento eles tinham uma bruxa para matar.

Michael virou-se devagar. Ayres Rock, chão do deserto.

E sei exatamente por onde começar a procurar.

Ele sabia que Holly tinha voltado para Seattle, mas os falcões e as pedras premonitórias não conseguiram localizá-la. No entanto, quando ela entrou no Tempo do Sonho, ele soube disso imediatamente. Ela devia estar tentando resgatar a amiga, Barbara, cujo espírito ele havia exilado lá dentro. A Confraria Moore não reivindicava o uso exclusivo dos conhecimentos da magia australiana.

Ao começarem a caminhar em direção a Ayres Rock, ele deu mais uma olhada nos companheiros. Eli andava bem mais quieto nas últimas semanas. Michael perguntava-se se isso não tinha algo a ver com o fato de James ter se casado com a bruxa Cathers, roubando-a de Eli. Michael não sabia mais a quem Eli era leal, mas tinha certeza de que poderia se aproveitar do ressentimento que ele sentia de James.

Ao chegarem na base do monólito, James comentou:

– Eles estão lá dentro.

Michael concordou com a cabeça.

— Foi lá que prendi a amiga deles.

— É uma pedra grande — observou Eli, indiferente.

Michael percebeu que estava ficando irritado.

— É mais do que uma pedra. É algo vivo.

— A lenda diz que o monólito formou-se porque duas serpentes estavam se enfrentando e terminaram congelando grudadas, ficando presas em combate por toda a eternidade — explicou James.

Michael concordou com a cabeça.

— Então vamos libertá-las.

Os demônios surgiam de todos os cantos, e Holly lançou três bolas de fogo antes de lembrar que, no Tempo do Sonho, era a mente que importava.

O medonho Kulpunya tinha prendido Jer ao chão. Ele estava com uma das mãos ao redor do maxilar do monstro e havia sangue escorrendo pelo braço.

— Jer, use a sua mente! — gritou Holly.

Kulpunya conseguiu soltar o maxilar e se lançou para cima de Jer.

— A mente! — berrou Holly.

No último instante, a criatura explodiu. O sangue borrifou nos braços e no rosto de Jer, e Holly conteve a ânsia de vômito enquanto se livrava de outro demônio da mesma maneira.

Aliki também estava lutando, eliminando um demônio atrás do outro. Quando Holly arriscou dar uma olhada na direção dela, um demônio aproveitou-se e a atacou. Antes que pudesse detê-lo, ele bateu nela *e atravessou-a!*

Legado

Holly encurvou-se de dor, sentindo como se cada um dos órgãos internos tivesse sido dilacerado. Foi então que ela avistou o demônio, que carregava uma foice em cada mão. Ela gritou para avisar Aliki, mas era tarde demais. A mulher virou-se no instante em que a criatura a partiu ao meio.

Enquanto Holly gemia, as metades do corpo de Aliki caíram no chão e desapareceram. *Ela era mais espírito do que carne*, percebeu Holly. Mas o tempo que tinha para refletir era pouco, e ela se levantou para se defender de mais um ataque.

De repente, a terra tremeu com violência, fazendo-a cair de cara no chão. Ela escutou um baque e presumiu que Jer também tinha sido derrubado.

Terremoto?

Enquanto se sentava, a terra tremeu mais uma vez. Ela olhou para cima e viu Jer levantando-se sem muita firmeza. Todos os demônios tinham desaparecido. *Isso não é nada bom.*

Ulu estava havia tempo demais na areia, fazia tanto tempo que ele não lembrava mais quantos milênios tinham se passado. Até mesmo naquele momento, enquanto estremecia, fazendo o pó das eras caírem de cima do corpo, a sua mente acelerou-se, voltando no tempo depressa, em busca de um propósito, de um significado para tudo. Ele gemeu e se espreguiçou sinuosamente. A longa língua deslizou para fora por entre os dentes, sentindo o gosto do ar e se deliciando com isso. Sentia-se dolorido e acabado, mas acima de tudo sentia-se vivo. Deu uma inalada profunda, que retumbou nos pulmões, e exalou lentamente. Então se lembrou de Ru.

Sodalita

Os seus olhos se abriram, buscando os do irmão. Ru encarava-o com os olhos frios e insensíveis. Lentamente, a outra serpente começou a se desenrolar, e Ulu sentiu o ódio percorrendo as próprias veias, algo que quase tinha esquecido. *Mate Ru*, aconselhou a mente ao corpo.

Ele puxou a cabeça para trás e abriu a boca. Havia veneno pingando dos dentes longos que se estendiam para baixo, mas Ru já estava pronto para atacar e, quando Ulu partiu para o bote, Ru tinha mudado de lugar. Ele desviou para o lado e se lançou para cima de Ulu, enfiando os dentes nele. Ulu enrolou o corpo ao redor de Ru e começou a espremê-lo com toda a força que tinha.

Jer caiu para fora e rolou o mais rápido que pôde para longe do monólito, que estava se desfazendo. A vários metros de distância, conseguiu levantar-se com dificuldade e olhar para cima. Quando viu o que estava à frente, o seu queixo caiu.

Acima dele, duas serpentes enormes se enfrentavam. As duas eram vermelhas, da mesma cor do monólito dentro do qual ele e Holly estavam alguns momentos antes. Holly, que tinha rolado para fora do monólito logo depois dele, também olhou para cima, e uma mistura de medo e admiração surgiu no seu rosto.

– Isso só vai durar mais um minuto. Curtam o show enquanto podem – disse uma voz familiar, zombando deles.

Jer virou-se e encontrou-se diante do pai, do irmão e de James. Cerrou os punhos enquanto a raiva atravessava o corpo.

Legado

James abriu um sorriso sarcástico, e os pelos da nuca de Jer arrepiaram-se.

Estamos ferrados.

O pai gesticulou para as serpentes atrás dele.

– Os efeitos do encantamento de restauração são apenas temporários. Esses dois bichos vão voltar a ficar congelados como pedras daqui a alguns segundos. – Um sorriso de satisfação apareceu no seu rosto. – Mas não sei se congelarão no mesmo formato ou se Ayres Rock vai passar por uma pequena transformação. Imagino que isso tumultuaria as coisas no mundo real.

– O que você está fazendo aqui? – sibilou Jer.

– Ah, vamos lá, Jer, o seu cérebro não torrou de vez. Estou aqui para matá-la. – Michael olhou para os companheiros. – Todos estamos.

Jer deu um passo em direção ao pai. Um grito repentino e assustado de Holly fez com que ele se virasse a tempo de ver uma das serpentes gigantes jogando-se para cima dele. Ele tentou correr, mas era tarde demais. A boca gigantesca fechou-se ao seu redor. Primeiro, ouviu uma explosão intensa; depois, sentiu uma dor aguda e penetrante; em seguida, tudo virou escuridão.

Holly observou horrorizada enquanto a cobra engolia Jer. Ela correu na direção da cobra, sem nem pensar em magia de tão histérica que estava. Mas a criatura foi atacada pelo oponente e deu as costas para Holly, voltando-se para a batalha.

Sodalita

Ela correu na direção dos monstros. As cobras começaram a desacelerar e de repente caíram na terra, com a cabeça de uma apoiando-se nas costas da outra. Diante dos olhos de Holly, elas começaram a se metamorfosear...

Ela disparou para cima de um dos monstros com os punhos no ar. Uma dor irrompeu nos braços. Aquilo que minutos atrás parecia ser carne havia se transformado em pedra. Na frente dela, havia apenas Ayres Rock – e Jer estava preso em algum lugar lá dentro.

ONZE

CITRINO

☾

A nossa magia além da morte vai durar,
Com poder de destruir e de salvar,
O nosso momento então chegará
E o poder dos Cahors iremos aniquilar.

O sangue de bruxa as nossas veias percorre,
Dançamos onde quer que a Deusa more,
Apesar de os nossos poderes parecerem esvaecer,
As gargantas dos Deveraux nossas lâminas vão ver.

– Não! – gritou Holly enquanto esmurrava o monólito.

Ela escutou uma risadinha e virou-se depressa.

Michael, Eli e James estavam sorrindo para ela.

– Ah, vai dizer que isso não é curioso? – debochou ele devagar. – Você solta um ente querido de Ayres Rock só para perder outro dentro dela. Acredito que isso é o que se chama de *ironia dramática*. Logo vamos embora. Não é bom ficar tempo demais aqui, a mente acaba se alterando. Mas queríamos deixar um presentinho para você antes de irmos.

James e Eli começaram a entoar baixinho um encantamento. Michael juntou-se a eles, e as palavras penetraram a mente de Holly. *Onde foi que escutei isso antes?*

Então ela lembrou – foi logo antes de o Fogo Negro ganhar vida.

Citrino

Confraria Tripla, Seattle

Amanda pulou do sofá, assim como Tommy. Os outros também vieram correndo, e todos se aglomeraram ao redor de Barbara. A coitada estava balbuciando coisas sem sentido entre os soluços de choro. Ela olhou para todos e começou a gritar mais uma vez.

— Barbara? — perguntou Amanda, tentando conter a histeria que escutou na própria voz. — Você consegue me entender? Você viu Holly?

Barbara não parava de balbuciar e soluçar. Alonzo balançou a mão sobre a cabeça dela.

— Paz, descanso e restauração.

O corpo dela encurvou-se imediatamente, e os olhos ficaram inexpressivos. Ela olhou para cada um por um longo instante antes de fechar os olhos e adormecer.

— Pelo menos a encontraram — disse Nicole, quebrando o silêncio. — Espero que isso signifique que também estão voltando.

Amanda concordou com a cabeça, mas o aperto no fundo do estômago lhe dizia que isso não era verdade.

Tempo do Sonho australiano

O calor da chama queimou Holly. Sem poder fazer nada, ela ficou olhando enquanto Michael, Eli e James viravam-se e saíam correndo. Tentou extinguir as chamas com a mente, mas logo percebeu que isso não adiantaria. Se o Fogo Negro tinha um imenso poder destrutivo no mundo dela, era dez vezes mais devastador aqui. As chamas ficaram do tamanho de arranha-céus em questão de segundos.

Legado

Ela começou a dar a volta na base do monólito, correndo e rezando para que as chamas não a seguissem. Os olhos não paravam de analisar a superfície impassível do monólito em busca de cavernas, fissuras – qualquer coisa que pudesse levá-la até Jer.

– Deusa – murmurou ela, depois calou a boca. Quando foi que a Deusa a ajudou sem pedir nada em troca?

Os seus pulmões ardiam por causa da fumaça no ar e do cansaço físico. Os olhos começaram a lacrimejar até ela ficar sem enxergar praticamente nada. Perdeu completamente a noção de direção, não sabia mais nem de que lado tinha chegado.

Enfim, alguma coisa no monólito chamou a sua atenção. Ela piscou fortemente, tentando desembaçar a vista. Devagar, esticou o braço para tocar a superfície do monólito. Uma pequena parte dela tinha um pequeno relevo, como se algo a tivesse empurrado para fora, separando-a do resto da pedra. O pedaço de pedra que se ergueu tinha o formato de uma mão.

Ela encostou a palma na mão de pedra, e uma corrente elétrica percorreu o seu corpo.

– Jer! – exclamou ela.

Era ele, Holly conseguia sentir isso. Devia ter empurrado a mão dentro da besta, quase rasgando-a, antes que ela congelasse. Holly prendeu a respiração e estendeu a mente, tentando ligar-se a ele como Doña Rosalind tinha feito com eles.

Como resposta, escutou algo fraco – um eco, na verdade. Mas pelo menos isso significava que ele estava lá dentro, vivo. Ela fez mais força, tentando alcançá-lo, tentando...

Citrino

★ ★ ★

– Jean! – Isabeau disse o nome dele soluçando inúmeras vezes deitada embaixo dele, com o Fogo Negro passando por cima dos dois. Ela conseguia sentir a raiva que emanava de Jean e escutou a mistura de ódio e de amor que havia na voz dele quando disse que a perseguiria pelo resto dos tempos.

Que a Deusa a perdoasse, mas ela o amava. Amava o maior inimigo, o marido e Senhor. Ela preferia condenar a si mesma a andar pela terra por toda a eternidade a causar algum mal a ele.

Mas será que ainda havia esperança para os dois? O fogo ardia ao redor deles. Isabeau sentia o calor das chamas, mas eles permaneciam ilesos. Que tipo de magia era aquela? Era a magia dos Cahors e Deveraux trabalhando juntos, alimentada pela paixão e pelo amor.

Jean olhou bem nos olhos dela, e Isabeau viu que ele também tinha percebido o que estava acontecendo. Os lábios dele moveram-se. O que ele estava dizendo?

Ah, Jean, amo você. Ficaremos juntos no fogo, você e eu, e deixaremos o mundo inteiro queimar ao nosso redor.

Então, de repente, ele foi arrancado dos braços dela. Ela olhou para cima a tempo de ver um dos servos de Jean lutando com ele. Ela gritou e estendeu as mãos na direção dele. Já era tarde demais, o Fogo Negro desceu para o corpo dela e começou a consumi-la. Ela sentiu a carne queimando e os ossos começando a derreter. Morreu aos prantos, estendendo os braços em direção ao seu amado...

Você tem que ir embora agora, senão tudo estará perdido! As palavras penetraram na mente de Holly. Ela conseguia escutar o rugido e o crepitar do Fogo Negro a poucos metros de distância,

Legado

e o calor chamuscava o seu cabelo. *Vá logo, corra!* Ela soluçou, tentando pressionar ainda mais a mão na de Jer, desejando que aquele contato fosse suficiente para mantê-los em segurança.

Mas não era, e Holly sabia disso. A fina camada de pedra que os separava podia muito bem ter meio metro de espessura. Sem a carne dele encostando na dela, ela não sobreviveria ao fogo. Chorando, virou-se e começou a correr, rezando para que a Deusa iluminasse o caminho de volta ao lugar por onde tinha entrado no Tempo do Sonho.

A paisagem desértica estava pegando fogo, mas na mente dela tudo o que via era o ginásio do colégio e Jer no meio do Fogo Negro, com a carne derretendo, enquanto Nicole a puxava para longe.

– De novo não! – berrou ela. – Deusa, Hecate, de novo não!

Mas a Deusa não respondia. Ou então Holly não estava escutando, pois o mundo continuava pegando fogo, e ela continuava correndo, ficando cada vez mais longe de Jer. Mais longe do amado. Assim como Jean tinha corrido.

Enquanto corria, ele sentiu o coração ficar apertado de tanto horror. Isabeau estava morta; ele tinha ficado lá tempo suficiente para ver o corpo dela pegar fogo e virar cinzas. E não havia nada que pudesse fazer. Isso não é justo, pensou ele, furioso. Era para eu tê-la matado, por ela ter me traído e traído a minha família. A bruxa merecia morrer, mas a vida dela pertencia a mim, para dá-la ou tirá-la. Assim como o corpo dela... e a alma... e o coração.

Citrino

Apesar da raiva, ele sentiu outra coisa igualmente poderosa. Ela tinha morrido, e o desespero esmagou os pulmões dele, fazendo com que fosse impossível respirar. O que ela tentou me dizer?, *perguntou-se ele.* Mas isso não teria mudado nada. Ou teria?

Ele sentia a própria carne tostando e derretendo à medida que o fogo se aproximava. O servo que o tinha puxado para longe de Isabeau já tinha sido morto pelas chamas. Foi uma morte mais branda do que a que teria infligido a ele.

Enfim ele chegou até o rio e mergulhou de cabeça nas águas enquanto o Fogo Negro contorcia-se sobre ele. A água começou a ferver, mas Jean ficou onde estava, sabendo que na superfície da água só havia morte.

Quando começou a ficar sem ar, pensou: Maldita Isabeau. Vou matá-la; se não for nesta vida, será na próxima.

E ele a estava matando. Isabeau – não, era Holly – corria, tentando ser mais rápida do que o fogo que se espalhava atrás dela, atormentando-a. Lágrimas escorriam pelo rosto, e os olhos ardiam por causa da fumaça amarga. Parecia que o mundo inteiro estava pegando fogo. A visão e todos os outros sentidos dela foram consumidos até não haver mais nada. Não havia mais passado nem futuro – tudo o que existia era o fogo. Parecia que tudo o que tinha conhecido na vida era o fogo.

Enquanto corria, o mundo ao redor parecia derreter. Será que o fogo era tão poderoso assim? Ou será que era isso que Michael quis dizer quando falou sobre as pessoas ficarem tempo demais no Tempo do Sonho? Parecia que abismos profundos se abriam diante dos pés dela, precipícios que se escancaravam infinitamente. Se caísse dentro de um deles, será que sairia do outro lado da Terra? Ou será que, como Alice, ela entraria num mundo ainda mais fantástico?

Tocas de coelhos e relógios de bolso. Vou me atrasar. Vou me atrasar muito. Os outros vão ficar se perguntando onde estou e por que não levei Jer de volta. Vou ter que contar a eles, Jer virou almoço do Coelho Branco, quer dizer, da Grande Cobra. Não dá muito certo tomar chá com uma cobra, elas acabam derrubando as xícaras. Assim como Joel derrubou a xícara quando o matei. Não, quando Catherine, a Deusa, o matou. Aquilo não parecia muito coerente.

Holly balançou a cabeça para se livrar dos pensamentos confusos. O fogo estava chegando perto; ela conseguia sentir todo o suor evaporando da pele. *Se estivesse com protetor solar, me queimaria. É isso que a embalagem diz. O fator sessenta bloqueia tudo. Vou ter que começar a andar com isso na bolsa. Como o fogo está sempre presente, faz todo o sentido.*

E, de repente, ela estava de volta ao lugar onde tinha começado, que não estava tão ruim. O fogo ainda não tinha queimado aquela área.

– Talvez ele não deva, talvez ele não possa – entoou ela para si mesma, balançando um pouco. Então ouviu um grito e não sabia se tinha sido ela mesma, mas como a sua boca estava fechada, suspeitou que talvez fosse outra pessoa, então se virou.

– Quanta gente gritando – observou Holly.

Diante dela havia mil criaturas, fugindo como veados de um incêndio na floresta. Eram pessoas, ou pelo menos o que tinha sobrado de seres que tinham sido humanos, criaturas pequenas com diversos olhos e braços compridos, e demônios. Havia dezenas de demônios. Holly tinha certeza de que reconhecia alguns da batalha dentro da caverna.

— Foi antes de a caverna ficar viva e vocês todos morrerem.

Ela franziu a testa. Aquilo não fazia sentido. Se todos tinham morrido, não poderiam estar ali. Ela hesitou. Talvez todos estivessem mortos, inclusive ela, e por isso estavam ali.

Concentre-se, sibilou uma voz no seu ouvido. Um círculo, Alice tinha dito algo sobre um círculo. Holly ergueu um dos demônios menores que tinha garras longas e pontiagudas. Agarrou-o pelo torso gordo e o apertou. Ele fez um barulho de gorgolejo bem agradável. Ela deixou as garras dele remexerem na areia e girou até formar um círculo na terra.

Colocou o demônio gordo no chão, e ele mordeu a perna dela, mas Holly não percebeu. *Tenho coisas demais para fazer. Onde é que vou encontrar tempo para me casar?* Estava cansada. Seria bom dar um cochilo. Deitou-se no centro do círculo. Uma canção de ninar, ela precisava de uma canção de ninar. O que a meiga senhora tinha ensinado a ela?

Um dos demônios que reconhecia da caverna pulou no peito de Holly e pareceu se dissolver dentro do corpo. Ela deu uma risada, pois aquilo fez cócegas. Outro demônio fez o mesmo, e depois outro.

— Sou o bote salva-vidas! — gritou ela, apesar de não saber o que o *Titanic* tinha a ver com aquilo tudo.

De repente, sentiu uma dor aguda e penetrante no cérebro, fazendo-a tremer. O que estava acontecendo? Parecia que estava sendo empurrada para fora da própria mente, o que era impressionante, pois já estava fora do corpo. Não estava?

Ela fez força para puxar de volta, para lutar. Por um instante, sentiu como se tivesse sido enfiada num canto pequenino, com várias criaturinhas esforçando-se para conseguir mover a sua boca, os seus braços e pernas.

Não!, gritou ela. Parecia que não a tinham escutado. Ou talvez estivessem ignorando-a. *Tenho que sair daqui!* Ela fez força para conseguir voltar a controlar alguma coisa, uma única coisa já bastaria. A boca, pois se ao menos conseguisse dizer as palavras...

Elas jorraram do corpo dela. Não lembrava se eram as palavras certas, nem mesmo que palavras eram, mas pareciam corretas. Sentiu-se sendo sugada para trás, como se estivesse dentro de um aspirador. Enquanto tudo ficava preto, ela gritou:

– Jer, me perdoe!

Holly sentou-se, gritando. Assustada, Amanda também começou a gritar. Então, com a mesma rapidez com que tinha se levantado, Holly parou e caiu de costas no chão. Começou a soltar gemidos baixos e a se sacudir. Havia saliva saindo da boca e escorrendo pelas bochechas, juntando-se às lágrimas.

Amanda virou-se para olhar o corpo de Jer, aguardando algum sinal de vida dele. Sangue gotejava devagar do seu braço. Eles não tinham percebido antes, pois estavam olhando apenas para Barbara. Passou um minuto e nada aconteceu. Um silêncio de perplexidade espalhou-se pela sala.

Kari enfim quebrou o silêncio:

— Onde ele está? — berrou ela.

Amanda virou-se para ela. Silvana estava com o braço nos ombros de Kari, mas ela os sacudiu para se soltar e se lançou para a frente. Ajoelhou-se ao lado do corpo de Jer, estendendo a mão trêmula para tocar o rosto cicatrizado, mas depois afastou-a, insegura.

— *Onde ele está?* — perguntou ela, olhando para Holly.

Holly continuou se sacudindo e gemendo. Kari passou por cima do corpo de Jer e agarrou Holly pelos ombros, sacudindo-a com força.

— Me diga onde ele está! — ordenou. Holly não respondeu, mas a cabeça dela bateu com força no chão enquanto Kari a balançava como se fosse uma boneca de pano.

Antes que Amanda conseguisse superar o choque e conter Kari, Silvana deu um passo adiante e agarrou a garota pelos ombros com firmeza.

— Kari, solte-a! Ela não consegue escutá-la!

— *Onde, onde, onde!* — berrou Kari, com lágrimas escorrendo pelo rosto.

Alonzo aproximou-se rapidamente e tirou as mãos de Kari de cima da líder da Confraria. Holly caiu de novo no chão, com os olhos desfocados. Alonzo fez Kari levantar-se à força; ela cerrou os punhos e começou a esmurrá-lo no peito e nos ombros.

Ele fez sinal para que Silvana a soltasse. Com relutância, ela obedeceu e se afastou. Alonzo deixou que Kari o golpeasse mais algumas vezes antes de enfim agarrar os pulsos dela no ar.

– Por quê? Por que ela o deixou lá?

– Ainda não sabemos o que aconteceu – explicou Alonzo baixinho. – Talvez ele esteja bem.

– Ele não está bem. Tenho certeza! – exclamou Kari.

Alonzo puxou-a para o peito e a abraçou. Fortes soluços de choro tensionaram o corpo dela. Amanda, enquanto olhava para Tommy, sentiu um pouco de compaixão pela outra garota. *Deve ser horrível perder alguém que você ama para outra pessoa, e ainda por cima achar que ele morreu, quando na verdade está vivo e acaba voltando... só para desaparecer mais uma vez.*

Isso não fez com que Amanda gostasse mais de Kari, mas pelo menos sentia um pouco de pena da outra. Tommy agarrou a mão dela e a apertou, como se quisesse assegurá-la de que ela não tinha com o que se preocupar.

DOZE

AMETISTA

☾

Ganhando força, ninguém nos detém,
A força dos Deveraux não é páreo para ninguém,
Girando por dentro, fluindo,
Um reflexo de todos os nossos pecados.

Bênçãos, maldições, tudo deve escoar,
Nosso maior inimigo estamos a aguardar,
O tempo escorre, mas precisamos esperar,
Pois só ela seu destino determinará.

Michael foi o primeiro a abrir os olhos. Levantou-se com um pulo, muito satisfeito. Eli e James recobraram a consciência um instante depois. Michael não conseguiu conter o sorriso ao ver a expressão de desconfiança nos olhos de James.

Isso mesmo, garoto, lembre que eu poderia ter matado você a qualquer momento. É melhor ter cuidado para que eu continue gostando de você.

James ergueu-se rapidamente, com as feições tensas. Já Eli não se recuperou tão bem. Ficou imóvel por vários minutos. Os olhos nem piscavam. Quando Michael começava a achar que teria de lançar um feitiço de cura só para o filho se levantar do carpete, Eli sentou-se, dando um berro.

James sorriu desdenhosamente, e Michael sentiu uma súbita vergonha pelo seu filho mais velho. *Ou será que é ver-*

gonha do meu filho mais velho? Não importava. Mais tarde teria tempo para lidar com os dois jovens. Mas agora...

– Hora de comemorar – anunciou ele, rindo.

– Não acredito que fizemos isso – dialogou Eli, balançando a cabeça enquanto se levantava devagar. – Conjuramos o Fogo Negro e matamos Holly.

– É um dia que vai entrar para a história. – James sorriu.

– Assim como o dia em que o colocarmos no trono dos crânios – comentou Michael.

James corou, mas olhou nos olhos de Michael. O rapaz sabia que Michael provavelmente o mataria. Mas também sabia que, por ora, Michael precisava dele.

Enquanto estivermos de acordo, tudo bem.

Michael esfregou as mãos enquanto caminhava em direção à janela. Avistou a fumaça das dezenas de incêndios que se alastravam por Seattle. Os efeitos dos dilúvios também eram perceptíveis. Entretanto, a sua casa e o seu quarteirão estavam ilesos. *É difícil encontrar bons vizinhos*, pensou ele com sarcasmo.

Esfregou as mãos.

– Rapazes, estou me sentindo generoso. – Assim que disse isso, fez um gesto e tudo parou. Os monstros marinhos voltaram para o mar, os incêndios extinguiram-se, a chuva cessou. As nuvens separaram-se, e raios solares finos e fracos surgiram. Michael estendeu as mãos na direção deles.

– Que bom vê-lo novamente, meu amigo. Por Deus, como senti a sua falta.

E o sol iluminou Michael Deveraux, projetando vida e aprovação sobre todos os planos dele, todo o trabalho dele.

Ametista

E ele sorriu enquanto os cidadãos de Seattle ajoelhavam-se e rezavam em agradecimento a quem quer que tivesse acabado com aquela carnificina.

Confraria Tripla, Seattle

— Não estou gostando nada disso — desabafou Sasha enquanto desligava a TV.

— Dos milhares de mortos? O que tem para gostar nisso? — murmurou Amanda.

— Não, não estava falando disso — argumentou Sasha, gesticulando. — Mas sim do fato de Michael ter parado assim *do nada*. Por que fez isso?

— Ele acha que conseguiu o que queria — respondeu Pablo baixinho.

— Mas como isso é possível? — perguntou Nicole. — Holly está viva.

— Sabemos disso, mas talvez ele não saiba — sugeriu Tommy. — Quer dizer, faria sentido. Pelo que Holly disse, imaginamos que ele apareceu lá no Tempo do Sonho. Deve ter achado que ela morreu.

— Por causa do Fogo Negro — completou Armand. — Ela não para de murmurar sobre isso.

Amanda ficou com os ombros tensos.

— É algo terrível de se ver — comentou ela, com medo e espanto na voz. Tommy colocou o braço ao redor dela.

— Ele deve estar achando que a matou, e, no estado que ela voltou, é provável que ele não esteja detectando a presença dela — disse Silvana, com cuidado.

Legado

Uma quietude espalhou-se pelo grupo. No silêncio, escutaram os murmúrios de Holly para si mesma. Todos tentaram não a olhar, mas era como ver um acidente de carro. Era tão terrível que não dava para desviar o olhar.

Para resumir, Holly não era ela mesma.

Mais especificamente, parecia estar possuída por tantos demônios que ninguém sabia se ela continuava lá dentro. Estava encostada num canto, presa numa camisa de força que Alonzo tinha encontrado num hospital local. No mesmo hospital ele conseguiu arranjar alguns tranquilizantes e deu um para Kari.

Todos deram de ombros e viraram-se uns para os outros.

– Temos que fazer alguma coisa. Não podemos simplesmente deixá-la ficar desse jeito – protestou Amanda.

Ela estendeu a mão para a irmã. Nicole olhou para a marca de nascença na palma da mão de Amanda, e depois para a sua própria. Era Holly que tinha o terço final do lírio. Juntas, elas formavam um poderoso triunvirato.

Com firmeza, ela encostou a mão na de Amanda, e então as duas foram na direção de Holly.

As irmãs foram arremessadas na parede e caíram com bastante força no chão.

– Tá bom, tá bom – retrucou Amanda, insatisfeita. – Acho que a gente não vai conseguir chegar perto dela.

– Então precisamos tentar outra coisa – sugeriu Nicole.

– Sim, mas o quê? – perguntou Silvana.

– Um exorcismo. – Sasha disse a palavra que todos estavam evitando tanto. – Tentaremos tirar os demônios dela.

Ametista

— Isso pode mesmo ser feito? Quer dizer, é real? — perguntou Nicole, virando-se para Phillipe.

Philippe ergueu uma sobrancelha.

— Já ouvi falar dessas coisas, mas nunca vi com os meus próprios olhos. — Os outros membros da Confraria concordaram com a cabeça.

— Já vi uma vez, quando era bem pequena — contou Tante Cecile. — A minha avó expulsou um demônio de um homem. Lembro o quanto fiquei apavorada.

Houve alguns murmúrios, e depois o grupo virou-se para Sasha. Com Holly incapacitada e Jer desaparecido — bom, o espírito dele estava desaparecido —, todos recorreram a ela à procura de uma nova liderança. Por direito, era para Philippe ter assumido, mas ele tinha deferido sutilmente em favor dela.

Não é por ele ter medo de assumir a liderança, pensou ela. *É porque sabe que ele e o seu grupo são relativamente novos e que os outros se sentiriam mais à vontade comigo, em parte porque estou aqui há mais tempo e sou mais velha, e em parte porque sou mulher.* Ela balançou a cabeça. Ele realmente era sábio demais para a idade que tinha.

— Amanda tem razão. Temos que tentar. — Sasha olhou para Holly. — E logo. É perigoso demais deixá-la assim por muito tempo. Ela tem poder demais para deixá-lo descontrolado ou nas mãos de forças erradas. — Ela respirou fundo. — À noite; tentaremos hoje à noite.

Michael, Seattle

— À noite — declarou Michael, sorrindo para o duque Laurent. — Hoje à noite enfrentamos o restante da confraria.

Legado

O ancestral concordou com a cabeça.

– Sei que a sua mulher está com eles.

Michael tensionou o maxilar.

– Ex-mulher. Imagino que ela e eu temos muito o que conversar.

O duque Laurent riu.

– Você sabe, na minha época não existia isso de ex-mulher. Ou a sua mulher era a sua mulher, ou ela era sacrificada.

Michael sorriu.

– Acho que vocês tinham razão quanto a isso. Pois é, acho que está na hora de voltarmos a adotar os ótimos valores familiares de antigamente.

– Por falar em família – acrescentou Laurent –, acho bom você ficar de olho no seu filho mais velho.

– Eli? – Michael fez um gesto desdenhoso. – Ele é inofensivo. Além do mais, nunca ousaria fazer nenhum mal contra mim.

– Não tenha tanta certeza disso. Ele não aceitou muito bem o fato de você ter abandonado Jeraud no incêndio no Tempo do Sonho.

Michael riu.

– Duvido. Eles se odeiam. Sei de fonte segura que Eli até tentou matar Jer várias vezes nos últimos meses. Acredito que a última tentativa foi com comida envenenada...

– Talvez isso seja até verdade, mas eu tomaria cuidado. – Laurent ergueu uma sobrancelha enquanto olhava para o parente vivo.

Michael pressionou os lábios. O duque não costumava errar. Mas aquilo não parecia plausível. Teria de refletir sobre esse assunto mais tarde. Naquele momento, tinha de se preparar para os sacrifícios da noite.

Eli virou o *athame* inúmeras vezes, observando como a lâmina resplandecia diante da luz. Lembrou-se do dia em que ele e Jer o abençoaram, alimentando-o com o sangue dos dois. *Sangue dos Deveraux.*

Com raiva, bateu com a adaga na mesa próxima da cama. Havia meses que tentava matar Jeraud. E agora era bem provável que o irmão estivesse morto, mas Eli não estava contente.

Papai não devia tê-lo deixado. Jer sempre foi o preferido dele.

Se Michael Deveraux era capaz de abandonar o querido Jer, um filho cuja vida havia implorado para que sir William salvasse, o que seria *dele próprio*? Eli sempre soube que o pai era impiedoso, que era melhor ter cautela. Ele simplesmente não acreditou que o pai mataria Jeraud. Agora Eli percebia que também não estava imune à espada do pai.

Michael era poderoso, mas Eli tinha certeza de que ele não seria capaz de derrotar sir William sozinho. *Ele precisa de mim e de James para conjurar o Fogo Negro. Enquanto não for capaz de conjurá-lo sozinho, estou em relativa segurança. Só preciso tomar cuidado. E, claro, sempre há a opção de ficar ao lado de sir William numa luta contra papai.*

Eli estremeceu. Se havia uma pessoa que o assustava mais do que pai era sir William. Ele balançou a cabeça, sem querer qualquer tipo de aliança com o líder da Suprema Confraria, além das declarações de lealdade vazias e cotidianas esperadas dos membros. *Melhor enfrentar o inimigo que já conheço...*

Ele ergueu o *athame* novamente e ficou observando as joias refratando a luz. *Vou sentir falta daquele canalha*, pensou ele, surpreso. Pelo menos Eli sempre soube o que esperar de Jer. E, além disso, odiar Jer tinha servido de foco para ele, um foco de que agora necessitava imensamente.

Ele deu uma olhada no relógio. Tinha marcado de encontrar James em meia hora. Usaria todo esse tempo para meditar, para se impedir de cortar a garganta dele assim que o visse. *Pelo menos Jer nunca roubou a minha mulher*, pensou ele, com amargura.

Confraria Tripla, Seattle

As mãos de Sasha estavam suadas, e ela enxugou-as mais uma vez no manto. Meia hora antes, Pablo tinha contado ao grupo que achava que Michael estava em ação, preparando-se para alguma coisa.

Será que ele está prestes a atacar? Mais um motivo para que façamos Holly voltar a ser ela mesma. Sasha respirou fundo várias vezes. Os móveis haviam sido removidos do centro da sala, e havia velas nas pontas do pentagrama formado com ervas espalhadas no chão. Ela apertou a adaga prateada com mais firmeza. Lamentava o fato de Kari estar lá em cima, dormindo sob efeito dos remédios. O grupo teria se beneficiado com o dom dela para a pesquisa.

Armand e Tommy carregaram Holly para a sala e a colocaram no centro do pentagrama. Os olhos dela ainda estavam desfocados, e ela continuava murmurando baixi-

Ametista

nho para si mesma e se balançando lentamente para a frente e para trás.

Aos poucos, os outros entraram na sala, cada um segurando uma vela e parando ao longo do perímetro, ficando o mais longe possível do pentagrama. Ninguém sabia ao certo o que ia acontecer, então Sasha tinha decidido que seria melhor todos ficarem o mais longe que pudessem. Ela percebeu que, além da vela, cada um dos homens, exceto Dan, estava com uma cruz. Tommy ergueu a dele numa saudação, com um sorriso que parecia dizer "Fazer mal não vai".

Quando todos estavam nos respectivos lugares, Sasha começou:

– Deusa, escute-nos, os seus servos, enquanto formamos um círculo sagrado esta noite. Abençoe-nos e abençoe a sua escolhida.

– Que assim seja – murmuraram os outros.

– Nós a colocamos no centro do pentagrama e reconhecemos os cinco pontos de equilíbrio. Fogo, nós o convocamos para expulsar as criaturas que passaram a residir dentro deste corpo. Poderoso vento, suplicamos para que elas sejam levadas de volta para o lugar de onde vieram. Terra, cure este corpo cuja vida vem de você e prenda o espírito dela, para que ele possa ficar. Água, nutra o espírito dela, pois ela está perambulando há tempo demais num plano seco e desolado. E, por último, convocamos o espírito, o quinto e último elemento. Volte para o lugar ao qual você pertence. Holly, venha para nós mais uma vez!

As ervas pegaram fogo, e o pentagrama começou a brilhar com uma luz anormal. Holly parou de murmurar e estava olhando para o fogo. De repente, a cabeça dela retesou-se e os olhos, que estavam tão dilatados e inexpressivos, encheram-se de um ódio malicioso.

– Não! – A voz que saiu não era a de Holly. Amanda gritou e tampou os ouvidos. Uma rajada de vento percorreu a sala, apagando todas as velas.

O rosto de Holly contorceu-se e transformou-se numa cara que rosnava, com caninos de cinco centímetros e olhos vermelhos reluzentes.

– Vamos matá-la primeiro – sibilou uma voz distorcida.

– Sim, vamos – confirmou outra voz.

Holly começou a agitar-se descontroladamente numa convulsão. Deixou sair alguns gases, e um fedor pútrido espalhou-se pelo ar. Um fogo vermelho resplandecia nos seus olhos enquanto ela afundava as próprias unhas no rosto. A saliva que escorria pelo queixo era verde e fétida. Como se fosse uma boneca, ela foi arremessada para o outro lado da sala.

– Holly, me escute, sei que você está aí dentro! Lute! – gritou Sasha por cima de um ruído penetrante que só tinha ouvido nos pesadelos.

Holly estava dormindo. Ou ao menos era o que ela achava. Alguém estava tentando acordá-la. Eles forçavam, mas ela forçava no sentido contrário. Ela abriu o olho e viu a mulher de cabelo ruivo. Quem era ela mesmo? Era a mãe de alguém, de Jer, de Jean... não conseguia lembrar. Não devia ser tão importante, já que não estava lembrando. Fechou os olhos mais uma vez.

Ametista

★ ★ ★

A boca de Holly escancarou-se, e Sasha ficou observando em estado de choque enquanto dois espíritos saíam do peito dela. Eram criaturas medonhas, cobertas de crostas, com pele de cobra e garras de jaguar. Depois de deixarem Holly, voaram, circulando a sala a uma velocidade imensurável. Ela tentou acompanhá-los com os olhos, mas não conseguiu. Nem sequer os avistou quando eles bateram nela, um de cada lado.

Ela caiu com bastante força no chão e escutou o barulho nauseante de ossos se quebrando. Começou a gritar enquanto sentia as garras deles enfiando-se na sua garganta e no seu peito. Um forçava a barriga para chegar ao estômago. O outro começou a entrar pela boca.

Desesperada, tentou golpeá-los com a adaga, cortando-se no meio da confusão. Escutou os outros gritando, e alguém segurou o punho dela no ar quando ela estava prestes a enfiar a faca no próprio peito para matar o demônio que estava ali.

– Tire isso daí! – ordenou ela, soluçando. – Mate logo, mate! Se não conseguir matá-los, me mate! – Então várias mãos se aproximaram, ajudando-a, segurando-a, e os demônios foram embora. Devagar, ela sentou-se, sentindo uma dor lancinante nas costelas quebradas. Olhou para Holly e ficou paralisada. O rosto de Holly estava imóvel, com a aparência da morte, mas da boca emanava uma gargalhada ruidosa e histérica.

Legado

★ ★ ★

Enquanto observava Sasha esfaqueando o próprio corpo numa tentativa de matar os demônios, Tante Cecile sentiu como se tivesse cinco anos de novo. Cenas do exorcismo, reprimidas por tanto tempo, vieram à tona e encheram a sua mente, fazendo-a cair de joelhos, sentindo-se enjoada. Enquanto os outros corriam para ajudar Sasha, ela tentou levar a própria mente para as memórias, tentando lembrar o que a avó tinha feito, como tinha derrotado o demônio.

Ela murmurou um encantamento de calma para si mesma, mas não adiantou nada. Olhou para Sasha, que estava sentada, apertando as costelas, sangrando por causa da meia dúzia de feridas no peito e na barriga. *Que sejam superficiais*, rezou ela. Alonzo ajudou-a e a tirou da sala rapidamente. Pablo estava encostado num canto, com os olhos arregalados de tanto terror, balançando-se. Por um instante terrível, ela achou que ele também estava possuído. Então lembrou que o garoto conseguia ler mentes. Que coisas horríveis ele devia estar vendo dentro de Holly e Sasha!

Os outros pareciam tão abalados e confusos quanto ela.

– É hora de acabar com isso – murmurou ela, virando-se para Holly e os demônios.

– Vamos matar você e depois ela, e então todo o resto – responderam os demônios, gargalhando. – Somos numerosos demais, você não vai conseguir nos deter.

– Posso detê-los e é isso que vou fazer – retrucou ela. – Holly, Holly, querida. Você tem que voltar. Lute contra eles, lute, lute!

Ametista

Lentamente, o rosto de Holly começou a se contorcer mais uma vez, deixando de ter a aparência demoníaca. A cabeça dela relaxou para o lado, e Tante Cecile prendeu a respiração, esperando que Holly a tivesse escutado e que estivesse voltando para eles.

Irritada, Holly percebeu que havia outra pessoa chamando-a. Tentou cobrir os olhos com a mão, mas não conseguiu se mexer. Em pânico, abriu os olhos e desviou a vista para baixo. Estava vestindo algo bem branco, e os braços estavam presos dentro da roupa. As palavras *lute, lute* repetiam-se na sua mente.
 Ficou em pânico. *Será que estamos sendo atacados?* Como ela poderia lutar se os braços estavam amarrados?
 Murmurou algumas palavras e a camisa de força soltou-se. Assim era melhor; agora que podia se mover, brandiu o braço esquerdo para a frente com lentidão. Ótimo. E agora, o que era mesmo isso de luta?
 Fechou os olhos. Isso teria de esperar.
 Precisava de um cochilo.

A camisa de força soltou-se de Holly segundos antes de o seu rosto voltar a assumir a aparência demoníaca. Um demônio medonho, rosnando, surgiu. O braço de Holly sacudiu-se para cima desajeitadamente, como se ela fosse uma marionete. Devagar, o dedo estendeu-se em direção a Tante Cecile.
 – *Muerte* – sibilou a voz.

Nicole ficou horrorizada quando viu Tante Cecile cair no chão, com as mãos no peito. A pele dela estava pálida e os lábios chamavam atenção de tão roxos. Os olhos esbugalharam-se de tanto terror e, de repente, ficaram fixos, revirando para dentro da cabeça.

Silvana começou a gritar.

Nicole deu um passo em direção ao que costumava ser Holly.

– Ordeno que você liberte a minha prima! – gritou ela, com a voz tremendo de fúria.

Por um instante, o mundo pareceu ficar em câmera lenta, e ela sentiu um forte poder percorrendo o corpo, como se fosse um vento quente. O sangue de bruxa zunia nas veias, e por um instante ela compreendeu muito bem como devia ser ter a vida de Holly.

– Vocês vão libertá-la – vociferou ela, fazendo as janelas explodirem.

– Ora, ora, vejam só como a rosa floresceu. – James deu uma risadinha.

Nicole ficou boquiaberta e virou-se, com a concentração arruinada.

TREZE

LÁPIS-LAZÚLI

☾

Terra e fogo, água e ar,
Todos instrumentos de nossa ira sem par,
O que trazemos é morte e destruição,
Nas nossas cantorias, esse é o único refrão.

Deusa, Sacerdotisa, estamos a suplicar,
Os nossos corpos e almas vocês precisam alimentar,
Sacerdotisa-Mor, pedimos a sua atenção,
Do seu sono desperte para a sua missão.

James e Eli estavam escondidos por fora da janela da cabana de Dan. Ainda havia cacos de vidro caindo.

– O que você quer, James? – perguntou Nicole. Apesar de a voz dela ter estremecido de tanto poder alguns instantes atrás, agora estremecia de medo.

– Imagino que isso seja bem óbvio – respondeu ele, deixando os olhos percorrerem todo o corpo dela.

Ela corou, mas se defendeu:

– Vá embora.

Ele fez uma reverência, zombando dela:

– Claro, querida. Só vim aqui para deixar uma advertência amigável.

Ele e Eli viraram-se para ir embora. Mas, contrariando os instintos, ela perguntou:

– O quê?

Legado

Ele virou-se para ela mais uma vez.

– Ah, é que o pai de Eli juntou um exército e tanto de Deveraux mortos. Ele vai atacar vocês em, hum... – Ele conferiu o relógio. – Em cerca de quinze minutos. – Com isso, James virou-se, e ele e Eli desapareceram na escuridão.

As pernas de Nicole começaram a ceder, e Philippe segurou-a. Ela deu uma olhada nos rostos arrasados espalhados pela sala. Todos encaravam-na, exceto Silvana, que chorava sobre o corpo da tia, e Holly, que ria de tudo aquilo. Era barulho demais para Nicole. Ela fez um gesto no ar e foi como se tivesse apertado o botão de "mudo" da televisão. Silvana continuava chorando, e Holly ainda gargalhava, mas Nicole não conseguia mais escutá-las.

Philippe abaixou-a devagar até o chão, e ela segurou-se no braço dele. Em cerca de quinze minutos, estariam tão mortos quanto Tante Cecile.

Holly escutou explosões. Abriu os olhos, grogue, percebendo que tinha de se esforçar para fazer isso. *Onde estou?* E então se lembrou de tudo de uma vez só, do Tempo do Sonho, dos demônios. Será que tinha conseguido voltar para casa? Devagar, deu uma olhada ao redor. Conseguia sentir as garras que lutavam com ela, rasgando as fronteiras da sua consciência.

Os olhos de Holly foram parar em Silvana. A garota que estava encurvada sobre Tante Cecile, soluçando. *Será que Tante Cecile está dormindo?*, perguntou-se Holly. Do jeito que o corpo dela estava deitado, imaginou que a mulher na verdade estava morta. Ela escutou-os arranhando a própria mente, mordiscando as beiradas como se fossem ratos. Escutou as patinhas movendo-se pelos cantos. Todos estavam olhando para Nicole. Todos, menos Silvana. O cabelo de Silvana estava ficando molhado por causa das lágrimas.

Holly começou a rir.

– O que vamos fazer? – perguntou Amanda, abalada e perplexa.

– Não sei – admitiu Nicole enquanto segurava a cabeça com as mãos.

Alonzo entrou na sala. Então, de repente, apareceu uma mulher que Nicole nunca tinha visto antes. Considerando os acontecimentos do resto da noite, aquilo não a surpreendeu.

Anne-Louise Montrachet estava parada, séria.

– Vocês precisam da nossa ajuda.

Nicole ficou encarando Amanda.

– Quem é ela?

O maxilar de Amanda estava bem tenso, mas não havia como disfarçar o alívio que surgiu nos olhos.

– Anne-Louise. Ela é da Confraria Mãe.

Nicole fez que sim com a cabeça e virou-se para Anne-Louise, que assentiu também apressadamente. *Ela não gosta muito de nós*, pensou Nicole.

– Por ora, vocês estão em segurança. Os encantamentos de proteção vão dar conta.

Nicole ergueu a sobrancelha interrogativamente. Antes que pudesse perguntar, entretanto, Amanda disse para ela:

– Ela é boa nesse tipo de coisa.

Legado

— Sou a melhor — respondeu Anne-Louise. — Mas isso não importa. O exército de Michael Deveraux está a caminho. Vai haver uma batalha.

Amanda respirou fundo. Tommy entrou na sala, aproximou-se dela e a abraçou. Ele disse para a mulher:

— Você trouxe ajuda?

Anne-Louise fez que sim com a cabeça.

— Vamos fazer tudo o que pudermos.

—Peço à Deusa que isso seja suficiente — sussurrou Tommy baixinho.

A distância, ruídos de passos retumbavam e pássaros berravam. O chão começou a tremer.

Os membros do grupo olharam uns para os outros e depois para Anne-Louise.

Mas ela estava encarando Holly, cujo rosto tinha voltado a ficar demoníaco.

— Talvez tenhamos que... que matá-la — murmurou ela.

Amanda e Nicole a encararam.

— Eles estão chegando — avisou Pablo.

Os mortos marchavam para Michael Deveraux. No interior dos cemitérios, erguiam-se, com as roupas que usaram no enterro sujas de lama e de restos de decomposição. Na baía, foram abrindo caminho à força entre os destroços de navios e as algas para chegar à superfície, sem precisar de ar, e subiram nos arrecifes. Enquanto marchavam na escuridão — e depois na chuva —, partes dos corpos soltavam-se e eram abandonadas: braços, costelas e, em alguns casos, cabeças.

Lápis-Lazúli

Com a chuva terrível, monstros libertavam-se de outras dimensões e cambaleavam em direção à colina onde Michael Deveraux aguardava-os. Enxurradas de falcões bloqueavam a lua e diabretes estavam montados em pesadelos alados de cujas garras pingavam sangue e veneno.

Eles se aglomeraram na encosta, onde Michael os aguardava de braços abertos, entoando encantamentos em línguas antigas. Demônios vestindo armaduras completas ergueram lanças e escudos para ele. Eram criaturas enormes – com escamas, dentes pontiagudos e chifres –, movendo-se pesadamente na lama, com os relâmpagos azulados reluzindo nos dentes e nos olhos vermelhos e brilhantes.

Pairando acima da bacanal, Fantasme soltou um chiado agudo e deu uma cambalhota no ar, de tanta ansiedade para que a batalha começasse.

Laurent estava parado ao lado de Michael, de braços cruzados, aprovando com a cabeça enquanto o exército se agrupava. Eles estavam a uma pequena distância da cabana do xamã, onde as bruxas com certeza estavam tremendo de medo.

– Isso vai acabar num instante – disse Michael, presunçosamente.

Laurent ergueu a sobrancelha.

– Onde estão o seu filho e James Moore? Era para eles estarem ao seu lado. – Ele limpou a garganta. – Avisei que era para você ficar de olho nele.

Michael disfarçou a vergonha que sentiu. Não sabia onde estavam, e Laurent tinha razão: deviam estar ali. Isso era enervante, assim como a nítida falta de respeito que Eli tinha pelo próprio pai e Sacerdote-Mor. Isso também pode-

Legado

ria ficar desastroso: se Laurent decidisse que Michael era fraco demais para assumir como líder da Suprema Confraria, ele poderia simplesmente esperar a próxima geração da família Deveraux surgir e escolher alguém dela.

Droga, Jeraud, pensou ele. *Por que você tinha que ser o rebelde da família?*

Você teria sido um líder e tanto.

Laurent ergueu a mão, e o céu acima deles iluminou-se de repente, criando um vórtice de energia que rodopiava e pulsava. De lá caíram mais guerreiros, incluindo cavaleiros com os seus cavalos e homens com roupas de combate modernas: eram os Deveraux mortos de gerações passadas. Eram muitos, e desciam do vórtice juntando-se ao exército na base da colina. Nenhum deles falou nada, mas as armaduras retiniram e as armas batiam nas laterais da vestimenta metálica enquanto olhavam para Michael em silêncio.

Michael não tinha esquecido que Holly havia sido capaz de erguer o próprio exército de mortos. Nem que ela tinha conseguido derrotá-lo com essa força. Levar a batalha para as águas não a deteve.

Mas desta vez ela não está aqui, pensou ele.

Na cabana de Dan, Anne-Louise invocou a Deusa, e, em meio a uma névoa trêmula bem na frente da casa, os guerreiros da Confraria Mãe assumiram as suas formas.

Eram cavaleiros de armaduras, soldados, amazonas e valquírias. Mas não estavam totalmente sólidos.

Nicole deu uma olhada em Anne-Louise, que parecia envergonhada e frustrada até o instante em que percebeu que Nicole estava olhando para ela. Então, ergueu o queixo e continuou o encantamento.

Mais guerreiros apareceram – eram centenas –, cada um tão imaterial quanto os outros.

Ela parou e voltou a atenção para Holly, envolvendo-a com uma bolha de energia verde. Holly inclinou a cabeça como se não entendesse o que estava acontecendo, depois irrompeu em gritos e começou a se jogar contra a barreira.

– Me tira daqui, sua bruxa! – berrou ela. – Vou matar você!

Amanda pressionou o rosto no peito de Tommy. Então ela endireitou a postura e disse com firmeza para Nicole:

– Estamos no comando, Nicki. Está nas nossas mãos.

Ela estendeu a mão. Nicole colocou a palma da mão sobre a de Amanda, e dois terços do lírio juntaram-se. Uma energia percorreu os braços delas, crepitando.

Juntas, viraram-se para a porta. Dan e tio Richard uniram-se a elas.

Então a casa começou a tremer com a força da chuva e do vento que havia lá fora, e Tommy sussurrou para Amanda:

– Amo você.

– Ataquem! – ordenou Michael, e os mortos lançaram-se para cima da casinha do xamã.

Da posição estratégica em cima de um tanque espectral, observou a própria força militar indo para cima dos oponentes fantasmagóricos. *A força militar da Confraria Mãe*, pensou ele com desdém. *É quase o mesmo que nada.*

Legado

De fato, o inimigo estava pronto, e o massacre começou. Os guerreiros da Confraria Mãe simplesmente não tinham a mesma força que as tropas de Michael. Alguns dos lutadores da Confraria Mãe até se esforçaram, mas muitos se esvaeceram, ou desapareceram, causando uma chuva de centelhas. Não demorou para que os monstros, zumbis e demônios de Michael os dizimassem e convergissem em direção à cabana.

Michael deu uma risada, e o duque Laurent, que estava em pé ao lado dele no tanque, ergueu o dedo.

– Não fique convencido demais – alertou. – As bruxas não apareceram ainda.

Holly, sussurrou a mulher dentro da cabeça da bruxa. *Holly, podemos salvá-la.*

– Vá embora – sibilou Holly. – Vá embora, vá!

Ela caiu na gargalhada. Enquanto as pessoas que a tinham prendido olhavam, ela abriu os braços e gritou:

– Eu renego todos vocês! Vão para o inferno! Vão para o diabo!

– Meu Deus – murmurou Richard quando a barreira mágica que as suas filhas tinham erguido começou a tremer. Clarões de magia explodiram no escudo que cobria a janela quebrada e nas proteções que cobriam todas as outras janelas. A porta estava prestes a ceder.

Na sala, todos que sabiam magia estavam trabalhando, fortalecendo as proteções. Lá fora, os soldados da Confraria Mãe eram eliminados. A batalha tinha começado havia apenas uns trinta segundos, mas já estava quase perdida.

Lápis-Lazúli

Richard flexionou os braços, pronto para enfrentar o que viesse, torcendo para conseguir ferir o inimigo antes de ser abatido.

– Não aguento mais isso! – exclamou Kari enquanto ficava em posição fetal. Os outros olharam para ela, perguntando-se quando foi que ela tinha acordado.

– Eu devia ter dado um tranquilizante mais forte para ela – murmurou Armand.

De repente, uma luz apareceu à direita dela e transformou-se num portal, e James e Eli entraram na sala.

– Peguem-nos! – gritou Philippe.

Richard correu na direção dos dois, mas foi arremessado para o outro lado da sala por James antes que pudesse se aproximar muito. Tommy foi o próximo a tentar enquanto Dan, Amanda e Nicole miravam energia mágica neles.

James e Eli defenderam-se de tudo com facilidade. Rindo, os dois foram depressa até Nicole, agarraram-na pelos braços e, antes que alguém percebesse o que estava acontecendo, jogaram-na dentro do portal e dispararam atrás dela.

O portal sumiu.

– Não! – lamentou Philippe. – Não!

Então a cabana explodiu.

O tanque tremeu com a explosão. Michael estava rindo tanto que quase caiu lá de cima; Laurent teve de ajudá-lo a se equilibrar.

– Acabem com eles! – ordenou para os seus guerreiros. – Destruam todos! – Ele agarrou o braço do ancestral fantas-

Legado

magórico para se equilibrar. – Como dizem os jovens: isso é demais!

– É mesmo – concordou Laurent.

Apesar da chuva, a floresta tinha pegado fogo. Os galhos incendiados das árvores acumulavam-se nas ruínas da estrutura. A fumaça embaçava a sua visão, e Michael tentava ver se havia algum sobrevivente.

O tanque rolou na lama.

– *Alors* – disse Laurent bem alto. Ele apontou. – Olhe lá!

Michael ficou boquiaberto.

Pairando acima do chão da cabana destruída, uma esfera verde continha uma única pessoa que esmurrava o seu interior.

Holly.

O seu rosto estava contorcido de tanto terror. Ela berrava descontroladamente.

Laurent estalou os dedos para ela, que caiu no chão da esfera.

Ele e Michael desceram do tanque e, com dificuldade, passaram por cima dos corpos de demônios mortos e cadáveres sem vida enquanto iam em direção à esfera.

Holly olhou para eles. Ficou mais aterrorizada.

E é para ficar mesmo, pensou Michael, preparando-se para aniquilá-la. Ele ergueu as mãos.

– Faça isso parar – suplicou ela. – Faça isso parar.

– Ah, vou fazer – assegurou-lhe Michael. Ele começou a conjurar uma bola de fogo.

Então Laurent ergueu a mão.

– *Attends*. – Ele inclinou-se na direção a Holly. – Você sabe quem somos?

Ela balançou a cabeça.

– Faça isso parar. Faça isso *pararfaçaissopararfaçaissoparar!* – Ela jogou a cabeça para trás e berrou: – Me ajudem!
Os dois Deveraux ficaram se olhando, pasmos.
– Bom. – Michael ergueu as sobrancelhas. Então se virou mais uma vez para Holly Cathers, a bruxa Cahors mais forte desde Isabeau. – Tudo bem – disse ele animadamente.
– Acho que podemos chegar a algum tipo de acordo, *Holly*.

Eles corriam pela floresta enquanto o exército do mal os perseguia. Os relâmpagos e o fogo crepitavam sobre a cabeça de Tommy e de Amanda enquanto os dois seguiam rapidamente, tentando se salvar.
– Quem mais? – perguntou Amanda, ofegante. – Quem mais conseguiu sair? – Ela recobrou o fôlego enquanto mais um grito de agonia atravessava o caos ao redor deles. – Você ouviu isso? Eles ainda estão torturando Holly!
Ele ergueu a mão.
– Olhe! É Philippe!
– Philippe! – exclamou ela. Ela deixou Tommy puxá-la enquanto os dois alcançavam Philippe, que os abraçou.
– Pablo está com vocês? – indagou ele, olhando ao redor, desesperado.
– Não. E o meu pai? – murmurou Amanda. – E Sasha?
A distância, Holly gritou mais uma vez. Amanda berrou e virou-se na direção dela. Tommy segurou-a depressa.
– Não podemos voltar para buscá-la – falou Tommy. – Não podemos voltar.
– Ele tem razão, *petite* – concordou Philippe, com o rosto pálido e os olhos cheios de aflição. – Agora temos que permanecer vivos para podermos salvar os outros.

Legado

As lágrimas escorreram pelo rosto de Amanda enquanto ela se virava de volta.

Um dia voltarei, prometeu ela para Holly. *Voltarei para buscá-la. E para buscar Nicole também. Juro que volto.*

Ou vou morrer tentando.

Do poleiro em meio às brumas do tempo, Pandion, a águia fêmea dos Cahors, moveu-se e levantou voo sobre o tempo e a perdição; sobre todos os condenados a batalhar e se esforçar. Ela era o símbolo místico da linhagem de bruxas mais forte de toda a história da humanidade, e enquanto pairava e dançava nos céus, escutou o chiado do inimigo imortal, o falcão dos Deveraux, cujo nome era Fantasme.

Como se tivessem sido transformados em efígies de mármore, os jogadores do tabuleiro da vida mantinham a pose, congelados nas crônicas coloridas do que já havia acontecido entre os Cahors e os Deveraux e o que ainda iria acontecer.

Para Pandion, preocupações eram como ratos; já os temores eram uma presa maior. Ela era o familiar mais importante de todos, e não se podia dizer que as suas intenções eram totalmente boas. A caça agitava o seu sangue; a perseguição era o que levava o seu espírito de um século para outro. E era assim com a bruxaria e a feitiçaria (na verdade, com todas as Confrarias): paixões e ódios, ambições e sonhos frustrados eram o que mantinham as grandes Confrarias vivas, quer elas soubessem ou não.

Então, como Pandion amava tanto os Cahors, estava decidida a descobrir quais eram as ambições deles. Não deveriam se contentar com vitórias pequenas, pois se o fizessem, terminariam se esvaecendo com o passar do tempo. Tudo viraria pó.

Isso não poderia acontecer com aqueles a quem tinha jurado servir.

Então Pandion desceu e dançou diante da lua, o lar celestial da Deusa, e rezou pedindo obstáculos, espinhos, ciladas. Caso contrário, a bruxa mais amada de todas – Holly Cathers, a herdeira legítima do trono dos Cahors – sucumbiria às torturas de Michael Deveraux, e tudo estaria perdido.

Que o desespero, e não a derrota, fosse o destino de Holly.

Com um grito de triunfo, Pandion pediu isso à Deusa.

E, piscando diante do luar gélido e invernal do Yule, a Deusa concedeu.

O fim ainda não tinha chegado para Holly Cathers.

Nem para os membros da sua Confraria.

Nem para o seu amor.

Impresso na Gráfica JPA Ltda.
Rio de Janeiro – RJ